El JUEGO *de los* DESEOS

El
JUEGO
de los
DESEOS

MEG SHAFFER

Traducción de Leire García-Pascual Cuartango

☾ UMBRIEL

Argentina • Chile • Colombia • España
Estados Unidos • México • Perú • Uruguay

Título original: *The Wishing Game*
Editor original: Ballantine Books
Traductora: Leire García-Pascual Cuartango

1.ª edición: agosto 2023

© 2023 *by* Meg Shaffer
All Rights Reserved
© de la traducción 2023 *by* Leire García-Pascual Cuartango
© 2023 *by* Urano World Spain, S.A.U.
Esta edición se ha publicado en virtud de un acuerdo con Jane Rotrosen Agency, LLC a través de International Editors & Yáñez Co' S.L.
Plaza de los Reyes Magos, 8, piso 1.º C y D – 28007 Madrid
www.umbrieleditores.com

ISBN: 978-84-19030-55-9
E-ISBN: 978-84-19699-09-1
Depósito legal: B-11.580-2023

Fotocomposición: Ediciones Urano, S.A.U.

Impreso por: Rodesa, S.A. – Polígono Industrial San Miguel
Parcelas E7-E8 – 31132 Villatuerta (Navarra)

Impreso en España – *Printed in Spain*

Este libro se lo dedico a Charlie

*y a todos los que aún seguimos buscando
nuestro billete dorado.*

La Ciudad de
Segunda Mano

La Casa

I – El merendero de la una en punto
II – La piscina de olas a las dos
III – La roca del frailecillo a las tres
IV – La bienvenida a tierra a las cuatro
V – La playa Cinco en punto
VI – Las Seis más meridional
VII – La cabaña de invitados del Séptimo cielo
VIII – A las ocho, pide un deseo en el pozo
IX – El muelle Nueve en punto
X y XI – La ciénaga y el bosque a las diez
y a las once
XII – El faro de la medianoche y el mediodía

La Isla
del Reloj

PRÓLOGO

Mayo

Todas las noches, Hugo paseaba por la playa Cinco en punto, pero esa noche era la primera vez en cinco años en la que sus pies dibujaban un SOS en la arena.

Trazó las letras con cuidado, dibujándolas lo suficientemente grandes como para que las pudiesen ver desde el espacio. No era que importase. La marea lo borraría todo al amanecer.

Jack había sido un poco pretencioso al nombrarla la playa Cinco en punto. «Cosa del destino», había dicho Jack al encontrar esa pequeña franja de bosque atlántico hacía veintitantos años. Esos noventa acres justo frente a la costa sur de Maine formaban un círculo casi perfecto. Jack Masterson, que había creado la Isla del Reloj dibujándola sobre el papel y con su imaginación, ahora podía construirla en el mundo real. En su salón, Jack tenía un reloj en el que los dibujos de la isla eran los que daban la hora: el faro a las doce, la playa a las cinco, la cabaña de invitados a las siete, el pozo de los deseos a las ocho..., lo que llevaba a conversaciones como:

—*¿A dónde vas?*

—*A las cinco en punto.*

—*¿Cuándo volverás?*

—*Al faro.*

Los lugares eran horas. Las horas eran lugares. Un poco confuso al principio. Después se volvió algo encantador.

A Hugo ya no le parecía confuso ni encantador. Uno podía volverse loco viviendo en una casa como esa. Quizás eso era lo que le había ocurrido a Jack.

O quizás eso era lo que le estaba ocurriendo a Hugo.

SOS.

Salven nuestra cordura.

La arena estaba tan fría bajo sus pies descalzos que parecía incluso húmeda. ¿Qué día era? ¿14 de mayo? ¿15 de mayo? No podía asegurarlo, pero sabía que el verano llegaría pronto. Su quinto verano en la Isla del Reloj. *Quizá*, pensó, *un verano de más*. ¿O eran cinco veranos de más?

Hugo se recordó que tan solo tenía treinta y cuatro años, lo que significaba, si es que sus cálculos eran correctos (aunque los pintores no fuesen conocidos precisamente por sus buenos cálculos), que había pasado casi un quince por ciento de su vida en una isla jugando a ser la maldita niñera de un hombre adulto.

¿Conseguiría marcharse? Había estado soñando con irse de allí desde hacía años, pero lo había hecho de la misma forma en la que un adolescente sueña con escaparse de casa. Ahora era distinto. Ahora estaba planeando hacerlo o al menos pensando en trazar un plan. ¿A dónde iría? ¿De vuelta a Londres? Su madre vivía allí, pero por fin estaba empezando su vida otra vez: nuevo marido, nuevas hijastras, nueva felicidad o algo por el estilo. No quería entrometerse.

Vale, ¿Ámsterdam? No, nunca conseguiría trabajar allí. ¿Roma? Más de lo mismo. ¿Manhattan, entonces? ¿Brooklyn? ¿O alejarse unos cuantos kilómetros de Portland para poder seguir vigilando a Jack desde una distancia cercana pero prudente?

¿Sería Hugo capaz de hacerlo? ¿Podría abandonar a su viejo amigo aquí sin nadie que le ayudara a distinguir una hora de otra, el faro de la cabaña de invitados?

Si tan solo el viejo empezase a escribir de nuevo. Empuñase un bolígrafo, un lápiz, una máquina de escribir, un palo con el que escribir en la arena... cualquier cosa. Hugo incluso escribiría lo que le dictase si Jack se lo pidiera, él ya se lo había ofrecido.

—Por favor, por el amor de Dios, de Charles Dickens y de Ray Bradbury —le había dicho a Jack el día anterior—, escribe algo. Cualquier cosa. Echar a perder un talento como el tuyo es como quemar una pila de billetes delante de la casa de un pobre. Es cruel y apesta.

Era lo mismo que Jack le había echado en cara hacía unos años, cuando era Hugo quien estaba ahogando su talento en alcohol. Esas palabras eran tan ciertas y afiladas entonces como ahora. Había millones de niños ahí fuera, y millones de personas que también habían sido niños alguna vez, que llorarían de alegría si Jack Masterson volviese a publicar un libro sobre la Isla del Reloj y su misterioso maestro Mastermind que vivía en las sombras y concedía deseos a los niños valientes. La editora de Jack solía enviar cajas enteras llenas de cartas de sus admiradores, miles de niños que le pedían a Jack que volviese a escribir.

«SOS», suplicaban esas cartas.

«Salva nuestras historias».

Pero Jack no había hecho nada en cinco años más que perder el tiempo con tonterías en su jardín, leer algunas páginas de un libro, echarse una siesta muy larga, beber demasiado vino en la cena y quedarse dormido entre pesadillas para cuando la manecilla señalaba el muelle Nueve en punto.

Algo tenía que cambiar. Pronto. Esa noche, en la cena, Jack no se había bebido toda la botella de vino como solía hacer. Había estado más callado que de costumbre, lo que podía ser tanto una buena señal como una terrible. Y tampoco había planteado ningún acertijo desagradable, ni siquiera su favorito:

Dos hombres hay en la isla que culpan al mar
por perder a una esposa y a una hija matar,
pero ninguno se casó y ninguno pudo engendrar.
¿Cuál es el secreto de las mujeres y el mar?

¿Era demasiado esperar que Jack estuviese saliendo del pozo? ¿Por fin?

Hugo caminó por la arena, acercándose al mar. El océano y él ya no se hablaban. ¿Era algo excéntrico? Sí. Pero eso era buena señal. Era pintor, se suponía que tenía que ser excéntrico. Hubo un tiempo en el que había amado el océano, adoraba verlo cada mañana, cada noche, verlo en todas sus facetas, con todas sus caras. No había mucha gente que supiese cómo era el océano en todas las estaciones, en todas las fases lunares, pero él sí. Ahora sabía que el océano era tan peligroso como un volcán dormido. En paz, era magnífico, pero cuando quería, podía hacer caer reinos enteros. Hacía cinco años, había derribado el pequeño y extraño reino de la Isla del Reloj.

Puede que Jack creyese en los deseos, al menos una vez sí que había creído, pero Hugo no. El trabajo duro y la pura suerte eran lo que le habían llevado a donde estaba ahora. Nada más.

Pero esa noche, Hugo pidió un deseo, y deseó con ganas algo que sacase a Jack de su apatía, que rompiese la maldición, que le diese una razón para volver a escribir. Cualquier razón. ¿Amor? ¿Dinero? ¿Rencor? ¿Algo más que hacer más allá de ahogarse poco a poco con un cabernet carísimo?

Hugo le dio la espalda al mar. Encontró sus zapatos y les sacudió la arena de encima.

Cuando vino a la Isla del Reloj se prometió que se quedaría uno o dos meses. Después dijo que se quedaría hasta que Jack volviese en sí. Habían pasado cinco años y seguía aquí.

No. Nunca más. Se acabó. Hora de irse. Para la próxima primavera, ya no estaría aquí. No se podía quedar sentado viendo como su viejo amigo se desvanecía como la tinta sobre un papel envejecido hasta que nadie pudiese leer lo que había escrito nunca más.

Cuando hubo tomado la decisión, Hugo enfiló el camino. Entonces vio luz surgiendo de una ventana.

La ventana de la fábrica de escritura de Jack.

Fábrica a la que solo había entrado el ama de llaves desde hacía años… y hoy era su día libre.

La luz que salía de la ventana era tenue y dorada. La lámpara del escritorio de Jack. Jack estaba sentado ante su escritorio por primera vez en muchos años. ¿Acaso el Mastermind estaba volviendo a poner la pluma sobre el papel?

Hugo esperó que la luz se apagase, demostrando que había sido un error, una visión, que Jack estaba buscando una carta que había perdido o un libro fuera de su sitio.

La luz siguió encendida.

Era esperar demasiado, y aun así, Hugo lo esperaba con toda su alma y se lo pedía a cada estrella del cielo nocturno. Deseaba, esperaba y rezaba por ello.

Rezaba por el milagro más antiguo del mundo: que un hombre muerto volviese a la vida.

—Está bien, viejo —le dijo Hugo a la luz que salía por la ventana de la casa de la Isla del Reloj—. Ya era hora, maldita sea.

PARTE UNO

Pide un deseo

Astrid se despertó de un sueño profundo y sin sueños. ¿Qué la había despertado? ¿Su gato saltando sobre la cama? No, Vince Purraldi estaba completamente dormido hecho un ovillo en su cesta sobre la alfombra. A veces el viento despertaba a Astrid cuando golpeaba el tejado de su vieja casa, pero las ramas de los árboles estaban completamente quietas más allá de su ventana. No soplaba el viento esa noche. Aunque asustada, salió de entre sus sábanas y se acercó a la ventana. ¿Quizás había sido un pájaro que se había chocado contra el cristal?

Astrid soltó un grito ahogado cuando la habitación se llenó de luz blanquecina, como los faros de un coche pero mil veces más potente y luminosa.

Entonces, tan rápido como había aparecido, desapareció. ¿Era eso lo que la había despertado? ¿Esa ráfaga de luz en su cuarto?

¿De dónde habrá salido?, *se preguntó.*

Astrid tomó sus prismáticos, que colgaban del poste de su cama. Se arrodilló frente a la ventana, con los prismáticos apoyados contra su rostro, y observó a través del cristal, al otro lado del mar, hacia una isla solitaria que yacía como una tortuga dormida en medio del frío océano.

La luz volvió a aparecer.

Provenía del faro. Del faro de la isla.

—Pero —susurró Astrid contra la ventana—, ese faro siempre ha estado apagado.

¿Qué significaba eso?

La respuesta le llegó tan repentinamente como la luz volvió a aparecer, atravesando su ventana.

Tan silenciosamente como pudo, salió de su dormitorio y se coló en la habitación al otro lado del pasillo. Max, su hermano pequeño, de nueve años, dormía tan profundamente que estaba babeando la almohada. Puaj. Asqueroso. Chicos. Astrid le clavó el dedo en el hombro a Max, repitiendo el gesto. Tuvo que darle doce veces para despertarle.

—Qué. ¿Qué? ¿Quééé? —Abrió los ojos, limpiándose las babas con la manga de su pijama.

—Max, es el Mastermind.

Eso consiguió llamar su atención. Se sentó erguido en la cama.

—¿Qué pasa con él?

Ella sonrió en la oscuridad.

—Ha regresado a la Isla del Reloj.

—De *La casa en la Isla del Reloj*, La Isla del Reloj, Libro uno, de Jack Masterson, 1990.

CAPÍTULO UNO

Un año más tarde

El timbre del colegio sonó a las dos y media, seguido por la tradicional estampida de piececillos. Lucy se ocupó de las mochilas y de las fiambreras mientras que la señora Theresa, la maestra principal, soltaba sus recordatorios habituales.

—¡Las mochilas, las fiambreras y las fichas! ¡Si os dejáis algo no os lo voy a llevar a casa, ni tampoco la señorita Lucy!

Unos niños la hicieron caso. Otros la ignoraron. Por suerte, era la clase preescolar, así que las expectativas estaban bastante bajas.

Algunos niños le dieron un abrazo al salir. Lucy siempre disfrutaba de esos «rápidos estrujamientos», como ellos los llamaban. Hacían que las agotadoras jornadas de maestra auxiliar, en las que tenía que ejercer de juez en las peleas del recreo, limpiar orinales, atar y volver a atar cientos de cordones y secar miles de lágrimas, valiesen cada una de las horas de trabajo sin descanso.

Cuando la clase por fin estuvo vacía, Lucy se dejó caer en su silla. Por suerte, hoy no le tocaba ir en el autobús con los niños y tenía unos minutos para tomar aliento.

Theresa inspeccionó los daños con una bolsa de basura en las manos. Todas las mesas redondas estaban llenas de trozos de cartulina, además de botes de pegamento abiertos y chorreando. Había virutas de los lápices de colores y limpiapipas peludos por todo el suelo.

—Es como el Rapto —dijo Theresa, agitando las manos—. Puf. Se han ido.

—Y nosotras nos hemos vuelto a quedar atrás —dijo Lucy—. ¿Qué hemos hecho mal?

Obviamente algo habían hecho mal, porque, en ese instante, estaba rascando un chicle pegado bajo una de las mesas por segunda vez esa semana.

—Trae, dame la bolsa de basura. Ese es mi trabajo. —Lucy le quitó la bolsa de las manos y tiró el chicle en su interior.

—¿Estás segura de que no te importa limpiar sola? —le preguntó Theresa.

Lucy, con un gesto de la mano, le pidió que se marchase. Theresa parecía tan agotada como ella misma se sentía, y la pobre mujer todavía tenía que asistir a una reunión del comité escolar ese día. Si alguien pensaba que enseñar era un trabajo fácil era porque nunca lo había intentado.

—No te preocupes —dijo Lucy, aferrando la bolsa de basura—. A Christopher le gusta ayudar.

—Adoro cuando los niños aún son lo suficientemente pequeños como para poder hacerles creer que ayudar con las tareas no es más que un juego. —Theresa sacó su bolso del cajón del escritorio—. Esta mañana le dije a Rosa que no podía fregar la cocina porque era cosa de mayores, y literalmente estuvo haciendo pucheros hasta que la dejé ayudarme.

—¿En eso consiste ser madre? —preguntó Lucy—. ¿En engañar constantemente a tus hijos?

—Más o menos —dijo Theresa—. Te veré por la mañana. Saluda a Christopher de mi parte.

Theresa se marchó, y Lucy echó un vistazo a la clase. Parecía como si le hubiese pasado un tornado multicolor por encima. Paseó entre las mesas con la bolsa de basura en las manos, tirando recortes de manzanas, naranjas, uvas y limones de papel pegajosos.

Cuando terminó de limpiar tenía las manos llenas de pegamento, una fresa de papel pegada a sus pantalones de color caqui y un calambre en el cuello de estar agachada bajo las pequeñas mesas durante media hora. Necesitaba una ducha bien caliente y una buena copa de vino blanco.

—Lucy, ¿por qué tienes un plátano en el pelo?

Ella se giró y vio a un niño con el pelo negro y los ojos abiertos de par en par, de pie en la entrada de la clase mirándola fijamente. Se llevó la mano a la cabeza y palpó en busca del papel. Menos mal que llevaba un par de años practicando para controlar su paciencia trabajando como maestra auxiliar, o en ese momento habría soltado una retahíla de improperios bastante creativos.

En cambio, y con toda la dignidad que aún tenía, se quitó el plátano de papel del pelo.

—La pregunta es, Christopher, ¿por qué *tú* no tienes un plátano en el pelo? —Intentó no pensar en cuánto tiempo llevaría el plátano ahí pegado—. Todos los niños guais tienen uno.

—Oh —dijo, poniendo sus ojos de color avellana en blanco—. Supongo que yo no soy guay.

Ella le pegó el plátano delicadamente sobre la cabeza. Su pelo oscuro estaba lo suficientemente ondulado como para que siempre pareciese que había estado colgado boca abajo durante horas.

—*Voilà*, ya eres guay.

Él se quitó el plátano de la cabeza y lo pegó en su mochila azul. Se pasó las manos por el pelo, no para peinarse, sino para volver a enmarañarlo. Adoraba a ese niño rarito suyo. Casi suyo. Algún día suyo.

—¿Ves? Ya no soy guay —dijo.

Lucy sacó una sillita de debajo de una mesa, tomó asiento, y después sacó una segunda para Christopher. Él se sentó soltando un suspiro cansado.

—Lo sigues siendo. Yo creo que eres guay. ¡Caza de calcetines! —Le tomó de los tobillos y colocó los pies del niño sobre sus rodillas para emprender su excavación arqueológica diaria en sus zapatos a la caza de sus calcetines. ¿Es que el niño tenía unos tobillos extrañamente delgados o sus calcetines eran inusualmente escurridizos?

—Tú no cuentas —dijo Christopher—. Los profes tienen que pensar que todos los niños son guais.

—Sí, pero yo soy la maestra auxiliar más guay del mundo, así que sé algo de ese tipo de cosas. —Le subió los calcetines del todo con un último tirón.

—Ya no lo eres. —Christopher dejó caer sus pies en el suelo y se llevó su mochila azul contra el pecho como si fuese un cojín.

—¿No lo soy? ¿Quién me ha ganado? Me enfrentaré a ella en el aparcamiento.

—La señorita McKeen. Da fiestas de pizza todos los meses. Pero dicen que tú eres la más guapa.

—Bueno, me parece bien —comentó, aunque sin demasiado entusiasmo. Al fin y al cabo, era la maestra auxiliar más joven, y eso era todo lo que tenía a su favor. Era, como mucho, una mujer normal y corriente en todos los demás sentidos: pelo castaño que le llegaba hasta los hombros, ojos marrones enormes que siempre hacían que la pidiesen el carnet de identidad, y un armario que no había sido actualizado desde hacía años. Comprar ropa nueva requería tener dinero—. Más vale que reciba un diploma que ponga justamente eso en el Día de los Premios. ¿Tienes deberes?

Lucy se levantó y empezó a limpiar de nuevo, pasando un trapo con desinfectante por las mesas y sillas. Esperaba que respondiese que no. Sus padres de acogida estaban siempre tan ocupados que no solían prestarle atención y ella intentaba compensar ayudándole con aquello con lo que no le ayudarían en casa.

—No muchos. —Dejó caer su mochila sobre la mesa. Pobrecito, parecía agotado. Tenía ojeras bajo la mirada y los hombros caídos por el cansancio. Un niño de siete años no debería tener la mirada de un detective cansado de trabajar en un caso de asesinato particularmente perturbador.

Se colocó frente a él, con la botella del desinfectante colgando de un dedo y los brazos cruzados.

—¿Estás bien, peque? ¿Pudiste pegar ojo anoche?

Él se encogió de hombros.

—Pesadillas.

Lucy se volvió a sentar a su lado. Él apoyó la cabeza en la mesa.

Ella recostó su cabeza sobre la mesa a su lado y le miró a los ojos. Los tenía rojos, como si hubiese estado intentando no llorar durante todo el día.

—¿Quieres hablarme de tu sueño? —le preguntó.

Intentó decirlo con el tono más amable y delicado que pudo, como en un susurro. Los niños que tenían una vida difícil se merecían que les hablasen con amabilidad.

Algunas personas suelen hablar de lo fuertes que son los niños, pero estas son las mismas personas que suelen olvidar el daño que pueden hacerte las cosas cuando eres pequeño. Lucy aún tenía cicatrices en el corazón de todos los golpes que había soportado en su niñez.

Christopher dejó caer la barbilla contra su pecho.

—Lo mismo de siempre.

Lo mismo de siempre era un teléfono sonando, un pasillo, una puerta abierta, sus padres tumbados en su cama aparentemente dormidos pero con los ojos bien abiertos. Si Lucy pudiese quitarle sus pesadillas para sufrirlas ella y, de esa manera, que el niño pudiese pasar una sola noche tranquilo, lo haría sin dudar.

Le acarició su pequeña espalda. Tenía los hombros tan delgados y delicados como las alas de una mariposa.

—Yo también sigo teniendo pesadillas de vez en cuando —dijo—. Sé cómo te sientes. ¿Se lo has contado a la señora Bailey?

—Me dijo que no la despertase a menos que fuese una emergencia —respondió él—. Ya sabes, con todo el tema de los bebés…

—Entiendo —dijo Lucy. No le gustaba ni un pelo. Pero sabía que la madre de acogida de Christopher estaba cuidando de dos bebés enfermos. Aun así, alguien tenía que cuidar de él también—. Sabes que iba en serio cuando te dije que podías llamarme si no podías dormir. Te puedo leer un cuento por teléfono.

—Quería llamarte —dijo—. Pero ya sabes…

—Lo sé —respondió. A Christopher le aterraban los teléfonos, y no podía culparle por ello—. Está bien. Quizá pueda buscar una vieja grabadora con la que grabarme leyéndote un cuento para que lo puedas escuchar la próxima vez que no puedas dormir.

Él sonrió. Era una sonrisa pequeña, pero las mejores cosas vienen siempre en los frascos más pequeños.

—¿Quieres echarte una siesta? —le preguntó—. Puedo ponerte una esterilla.

—Nah.

—¿Quieres que leamos?

Él se volvió a encoger de hombros.

—¿Quieres… —se detuvo, intentando pensar en algo que consiguiese hacerle olvidar por un momento sus pesadillas— ayudarme a envolver un regalo?

Eso captó su atención. Se sentó todo lo recto que era y sonrió.

—¿Has vendido una bufanda?

—Por treinta dólares —dijo—. La lana me costó seis. Así que haz los cálculos.

—Eh... ¿veintidós? ¡Cuatro! Veinticuatro.

—¡Bien hecho!

—¿Puedo verla? —preguntó.

—Déjame que vaya a por ella, la envolveremos y escribiremos una nota de agradecimiento.

Lucy se dirigió al escritorio en el que Theresa y ella guardaban sus bolsos y sus llaves todos los días. Dentro de una bolsa de plástico estaba la última creación de Lucy: una bufanda a dos agujas tejida con una lana sedosa y suave de color rosa y crema. Dejó la bolsa sobre la mesa y sacó la bufanda, colocándosela como si fuese una boa de plumas sobre los hombros para que Christopher viese cómo quedaba puesta.

—¿Te gusta?

—Es de chicas —dijo, moviendo la cabeza de un lado a otro como si estuviese sopesando si le gustaba o no.

—La ha hecho una chica y la ha comprado una chica —dijo Lucy—. Y te diré que, en el siglo diecinueve, el rosa era un color de chicos y el azul era de chicas.

—Eso es raro.

Lucy le señaló.

—Tú eres raro.

—*Tú* eres rara.

Lucy le dio un suave toquecito sobre la cabeza con el extremo de la bufanda y él se rio.

—Ve a por el papel con nuestro logo —dijo ella—. Tenemos que escribir esa nota.

Christopher corrió hacia el armario donde guardaban el material escolar. Adoraba ese armario. Allí era donde se escondían todas las cosas divertidas: los paquetes llenos de cartulinas, la bolsa de los limpiapipas, la purpurina, los rotuladores, los lápices y bolígrafos de colores, las decoraciones de Halloween, etc. También había materiales de papelería más sofisticados que había donado la madre de uno de los niños del año anterior, que tenía una tienda de material de oficina. Lucy había reclamado el papel azul cielo con nubes blancas para su «empresa».

—¿Puedo escribirla yo mientras tú envuelves? —preguntó Christopher, volviendo a la carrera hacia la mesa con el papel en la mano.

—¿Quieres escribir tú la nota? —preguntó Lucy mientras retiraba una pelusa rebelde de la bufanda. Vendía entre una y dos bufandas cada semana por Etsy. Para la mayoría, esos treinta o cuarenta dólares extra a la semana no merecían la pena con todo el tiempo que se tardaba en tejer una bufanda a dos agujas. Pero, para Lucy, cada céntimo importaba.

—He estado practicando —dijo Christopher—. Escribí una página entera anoche.

—¿A quién le escribiste la carta? —preguntó mientras doblaba con cuidado la bufanda y la envolvía en papel de seda blanco.

—A nadie —dijo.

—¿Quién es Nadie? —preguntó—. ¿Un nuevo amigo?

—No se la escribí a nadie —dijo.

—Vale —Lucy no le presionó. Especialmente porque creía tener una idea de a quién le podía haber escrito. Más de una vez le había pescado escribiendo notas a sus padres.

Te echo de menos mamá. Ojalá huvieses estado en el picnic del cole hoy. Vinieron muchas mamás.

Papá, hoy me han puesto una estrella en los deberes.

Pequeñas cartas. Notas que te rompían el corazón. Había intentado hablar de ellas, pero él nunca quería admitir que había escrito a sus padres. Le avergonzaba. Entendía que estaban muertos y probablemente pensara que los otros niños se reirían de él si descubriesen que seguía hablando con ellos de vez en cuando.

Christopher colocó el folio en la mesa y tomó un lápiz.

—¿Cómo se llama la señora de la bufanda? —preguntó. El niño era lo suficientemente listo como para saber cómo cambiar de tema.

—Carrie Washburn. Vive en Detroit, en Michigan.

—¿Eso dónde está?

Lucy se acercó al mapa de los Estados Unidos que había colgado en la pared. Una estrella azul señalaba dónde estaban ellos: el colegio Redwood, en Redwood Valley, California. Posó el dedo sobre una estrella azul y después la deslizó sobre el mapa hasta detenerse cerca del lago Erie.

—Vaya. Eso está lejos —dijo Christopher.

—No me gustaría ir caminando hasta allí —respondió ella—. En Detroit hace mucho frío en invierno. Está bien tener muchas bufandas.

—Yo sé dónde vive el Mastermind.

—¿Quién? —preguntó. Los disparates de los niños nunca cesaban de sorprenderla.

—El Mastermind de nuestros libros.

—Oh —dijo—. ¿Te refieres a Jack Masterson? ¿El autor de nuestros libros?

—No, el Mastermind. Vive en la Isla del Reloj.

Lucy no estaba segura de cómo responder a aquello. Christopher tan solo tenía siete años, así que ella no tenía ninguna prisa en hacerle saber que sus personajes favoritos de los libros y las películas no eran reales. No tenía demasiadas cosas en las que poder creer en ese momento, así que por qué no dejarle pensar que el Mastermind de los libros de *La Isla del Reloj* era una persona real que iba por ahí haciendo realidad los sueños de los niños.

—¿Cómo sabes dónde vive el Mastermind?

—Mi profe me lo enseñó. ¿Quieres verlo?

—Adelante, Magallanes.

—¿Qué?

—Magallanes. El famoso marino. Se lo hicieron pasar bastante mal en Filipinas. Probablemente se lo mereciese. Pero me estoy yendo por las ramas. Enséñame dónde está la Isla del Reloj.

Él dio un saltito para señalar la esquina superior derecha del mapa.

—Ahí —dijo, y a Lucy le sorprendió que hubiese dicho la ubicación exacta sin equivocarse. Sus dedos tocaron una franja de mar justo frente a la costa de Portland, Maine.

—Bien hecho —dijo ella.

—¿De verdad es la Isla del Reloj? —preguntó, acercando su rostro al mapa—. ¿Hay un tren y unicornios allí?

—¿Quieres decir si es como en los libros? —preguntó Lucy—. Bueno, he oído que es un lugar increíble. ¿Sabes que algunos piensan que el Mastermind y Jack Masterson son la misma persona?

—Pero tú dijiste que le conociste.

—Conocí a Jack Masterson. Hace mucho tiempo. Él, eh, me firmó un libro.

—Y no era el Mastermind, ¿a que no?

Mierda. La había atrapado. El Mastermind siempre se escondía en las sombras, sombras que le cubrían de oscuridad y que le seguían allá donde fuese.

—No, no parecía el Mastermind cuando le conocí.

—¿Ves? —Christopher estaba exultante. Nada hacía más feliz a un niño que demostrar que un adulto estaba equivocado.

—Sigo llevando razón.

Christopher trazó una línea desde la Isla del Reloj hasta su ciudad, Redwood, California.

—Eso está muy, *muy* lejos.

Frunció el ceño con fuerza. Maine era lo más lejos que se podía estar de California sin dejar de estar en el mismo país, que era precisamente el motivo por el que ella se había mudado de Maine a California.

—Bastante lejos, sí —dijo—. Tendrías que ir en avión.

—¿Pueden ir los niños?

Lucy sonrió.

—¿A la Isla del Reloj? Pueden, pero probablemente no deberían sin haber sido invitados. Es una isla privada y el Mastermind es el dueño, como de todo lo que tiene en su casa. Sería bastante maleducado presentarse sin que te hayan invitado.

—Los niños lo hacen todo el tiempo en los libros.

—Cierto, pero aun así, hay que esperar a que nos inviten. —Le guiñó el ojo.

Lucy sabía mejor que nadie lo que pasaba con los niños que se presentaban sin haber sido invitados en la Isla del Reloj. No era que se lo fuese a contar a Christopher, no hasta que fuese mayor al menos.

Él dejó caer las manos a sus costados y la observó.

—¿Por qué no hay más libros?

—Ojalá lo supiese —dijo Lucy mientras retomaba la tarea de envolver la bufanda con el papel de seda y una cuerda—. Cuando tenía tu edad publicaban un libro nuevo cuatro o cinco veces al año. Y los leía todos el mismo día que salían a la venta. Y unas diez veces más durante la semana siguiente.

—Qué suerte… —se lamentó Christopher. Los libros de *La Isla del Reloj* no eran muy largos, unas 150 páginas más o menos, y solo había 65 libros publicados. Christopher se los habría leído todos en seis meses si ella no se los hubiese repartido para que leyese uno a la semana. E incluso así, habían terminado de leer la saga entera y habían vuelto a empezar el primer libro hacía unas semanas.

—No te olvides de la nota para nuestra clienta. —Lucy le guiñó el ojo.

—Oh, sí. ¿Cómo se escribe Carrie? —preguntó, apoyando el lápiz sobre el papel.

—Dilo en voz alta.

—*K, A...*

—Es con *C* —dijo Lucy.

—¿Carrie se escribe con *C*? La *C* suena como una *K* —dijo.

—Pero la *C* también suena así, a veces. Es como la *C* en Christopher. —Le dio un toquecito en la nariz.

Él la miró enfadado. No le gustaba que le diesen en la nariz.

—Hay un niño llamado Kari en mi clase —explicó como si Lucy no fuese tan lista como creía—. Empieza con *K*.

—Puedes deletrear un mismo nombre de muchas formas. Esta Carrie es con *C*, dos *R*, una *I* y una *E*.

—¿Dos *R*?

—Dos *R*.

—¿Por qué?

—¿Que por qué tiene dos *R*? No tengo ni idea. Probablemente por codicia.

Con la caligrafía de un niño, Christopher escribió lentamente las palabras *Querida Carrie* y se aseguró de poner las dos R en el nombre.

—Estás mejorando mucho tu ortografía y tu caligrafía.

Él sonrió.

—He estado practicando.

—Se nota.

Lucy incluía una tarjeta de agradecimiento por haber comprado una bufanda tejida a mano de Hart & Lamb en cada paquete. No era una empresa de verdad, tan solo el nombre de su tienda de Etsy, pero a Christopher le encantaba ser «copresidente».

—¿Qué pongo ahora? —preguntó.

—Algo bonito —dijo Lucy—. Quizá… *Gracias por comprar una bufanda. Espero que te guste.*

—¿Espero que te mantenga el cuello calentito? —preguntó Christopher.

—Me gusta. Escribe eso.

—No voy a poner eso.

Christopher se rio y volvió a escribir. Hacerle sonreír o reír era mejor que ganar la lotería, aunque tendría mucho más tiempo para hacerle reír si ganase la lotería. Miró por encima de su hombro la carta que estaba escribiendo. Había mejorado muchísimo su escritura. Tan solo unos meses atrás habría escrito mal casi una palabra de cada dos. Ahora era una de cada cuatro o cinco. También había mejorado su lectura y con las matemáticas. Algo que no había ocurrido el año anterior cuando tuvo que pasar por una docena de casas de acogida. Este año tenía un acuerdo de convivencia fijo, unos terapeutas geniales y Lucy le daba clases particulares cada día después del colegio. Sus notas habían mejorado muchísimo desde entonces. Si tan solo pudiese hacer algo con sus pesadillas y su miedo a llamar por teléfono…

Sabía lo que necesitaba, y era exactamente lo mismo que ella quería que tuviese: una madre. No una madre de acogida con dos bebés enfermos que ocupaban cada minuto de su día. Necesitaba una madre para siempre, y Lucy quería ejercer ese papel.

—Lucy, ¿cuánto dinero tienes en tu fondo de los deseos? —preguntó mientras escribía su nombre con cuidado para firmar la carta.

—Dos mil doscientos dólares —dijo ella—. Dos, dos, cero, cero.

—Guau… —La miró con los ojos abiertos como platos—. ¿Todo eso es dinero de las bufandas?

—Casi todo. —Dinero de las bufandas y de cualquier trabajo de niñera que pudiese conseguir. Cada día pensaba en volver a trabajar como camarera, pero eso significaría no ver más a Christopher por las tardes, y él la necesitaba más de lo que ella necesitaba el dinero.

—¿Cuánto tiempo has tardado en conseguirlo?

—Dos años —dijo ella.

—¿Cuánto necesitas?

—Eh… un poquito más.

—¿Cuánto más?

Lucy dudó antes de responder.

—Quizás otros dos mil —dudó—. Puede que un poco más.

A Christopher se le cayó el alma a los pies. Al niño se le daban demasiado bien las matemáticas.

—Tardarás otros dos años —dijo—. Para entonces ya tendré nueve años.

—¿Puede que tarde menos? ¿Quién sabe?

Christopher dejó caer la cabeza sobre la carta que le estaba escribiendo a Carrie de Detroit. Lucy se acercó a él, lo levantó de la silla y le depositó sobre su regazo. Él le rodeó el cuello con los brazos.

—Aprieta —susurró, abrazándole más fuerte.

Tendrían que pasar dos años más hasta que pudiese ser su madre si las cosas seguían así. Al menos dos años.

—Lo conseguiremos —murmuró, meciéndole—. Un día, lo conseguiremos. Tú y yo. Estoy trabajando para conseguirlo cada día. Y cuando lo consigamos, seremos tú y yo para siempre. Y tendrás tu propia habitación con barcos pintados en las paredes.

—¿Y tiburones?

—Tiburones por todas partes. Tiburones en los cojines. Tiburones en las mantas. Tiburones conduciendo barcos.

Incluso puede que haya un tiburón en la cortina de ducha. Y desayunaremos tortitas cada mañana. Nada de cereales fríos.

—¿Y gofres?

—Gofres con mantequilla y sirope, y nata montada y plátanos. Plátanos de verdad. Nada de plátanos de papel. ¿Te parece bien?

—Me parece bien.

—¿Qué más vamos a pedir mientras seguimos pidiendo deseos? —Ese era el juego favorito de Christopher y Lucy: el juego de los deseos. Deseaban dinero con el que Lucy se pudiese comprar un coche. Deseaban un apartamento de dos habitaciones donde cada uno tuviese la suya.

—Un nuevo libro de *La Isla del Reloj* —pidió.

—Oh, ese es bueno —dijo—. Estoy bastante segura de que el señor Masterson se ha jubilado, pero nunca se sabe. Quizá nos sorprenda un día de estos.

—¿Me leerás todas las noches cuando viva contigo?

—Todas y cada una de ellas —dijo—. No podrás detenerme. Puedes incluso ponerte las manos en las orejas y gritar: *LA, LA, LA, NO TE ESCUCHO, LUCY,* y yo seguiré leyendo.

—Eso mola.

—Lo sé. Porque yo molo. ¿Qué otro deseo quieres pedir? —preguntó.

—¿Importa?

—¿El qué? ¿Nuestros deseos? Claro que importan. —Ella le apartó un poco de su pecho para poder mirarle a los ojos—. Nuestros deseos importan.

—Nunca se hacen realidad —dijo.

—Recuerda lo que el señor Masterson dice siempre en sus libros. *Los únicos deseos concedidos…*

— *… son los deseos de los niños valientes que siguen pidiéndolos incluso cuando parece que nadie los escucha, porque siempre hay alguien escuchando.*

—Exacto —dijo, asintiendo.

Le sorprendía lo bien que recordaba todo lo que leía. Su cerebro era como una pequeña esponja, por eso siempre intentaba llenarlo de cosas buenas: historias y acertijos, barcos y tiburones, y amor.

—Tan solo tenemos que ser lo suficientemente valientes para seguir deseando y no rendirnos.

—Pero yo no soy valiente. Me siguen dando miedo los teléfonos, Lucy. —La miró terriblemente decepcionado consigo mismo. Odiaba esa mirada.

—No te preocupes por eso —dijo, meciéndole de nuevo—. Lo superarás pronto. Y, confía en mí, muchos adultos también tienen miedo de sus teléfonos cuando suenan.

Él dejó caer la cabecita sobre su hombro una vez más, y ella le abrazó contra su pecho con fuerza.

—Vamos —dijo—. Un deseo más, y después nos pondremos con los deberes.

—Mmm… deseo que haga frío —pidió Christopher.

—¿Quieres que haga frío? ¿Por qué?

—Para que puedas vender más bufandas.

CAPÍTULO DOS

Había pasado mucho tiempo desde que Hugo paseó por última vez por las calles de Greenwich Village. ¿Cuánto tiempo? ¿Cuatro años? ¿Cinco desde su última exposición de arte? Todo parecía seguir igual que siempre. Algunos restaurantes nuevos. Algunas tiendas nuevas. Pero la esencia del barrio era la misma que recordaba: bohemia, ruidosa y excesivamente cara.

Cuando era más joven, romantizaba la idea de vivir en el Village, terreno de juego de Jason Pollock, Andy Warhol y tantos otros de sus ídolos. Qué no habría dado por vivir apretado en una de las viejas casas de piedra rojiza de antes de la guerra con otra docena de aspirantes a pintor y comer, beber y respirar arte día y noche. Una pena que siguiese habiendo jóvenes artistas sin una moneda a su nombre que se seguían aferrando a esa fantasía. No podían ni siquiera permitirse dormir sobre una caja de cartón en un rincón del dormitorio de alguien del Village. Ahora que Hugo se podía permitir un apartamento allí se dio cuenta de que ya no era lo que quería. Tampoco quería vivir en Park Slope, ni en Chelsea, ni en Williamsburg…

No había nada como el éxito para apagar el fuego que solía arder en su interior. Cada piso, cada apartamento, cada piedra rojiza que había visto aquella mañana parecía la casa de un extraño, y si se mudaba allí, estaría viviendo una vida que ya no le pertenecía. Quizá simplemente aquel

37

viejo sueño se le había quedado pequeño y aún no había encontrado uno que lo sustituyese.

Hugo abandonó su plan de buscar apartamento. En cambio, se dirigió hacia su galería favorita de la ciudad, la 12th Street Art Station, que seguía abierta incluso con el aumento en los precios de los alquileres. Se dijo que solo quería ver qué había de nuevo, quizás incluso tomarse un café. Siempre le había impresionado su capacidad para mentirse.

El aire frío le golpeó el rostro al empujar las puertas de cristal que daban acceso a la galería principal, con todos sus colores primarios y sus estrafalarias alfombras de piel de imitación. Se quitó las gafas de sol, metiéndolas en su funda, y se puso sus gafas de ver, algo que había tenido que comprar recientemente por necesidad pero que no le gustaba demasiado.

La galería tenía una nueva exposición, sobre monstruos del cine clásico: Drácula, Frankenstein, la Mancha; todos representados en retratos de apariencia antigua con marcos dorados. La exposición se titulaba *El bisabuelo era un monstruo* y la artista era una mujer puertorriqueña de veintitrés años que vivía en Queens.

A Hugo le gustaba su estilo y le impresionó que hubiese tenido éxito tan joven. ¿Veintitrés? Él aún no había olvidado su primera exposición en solitario cuando tenía veintinueve.

En alguna parte de aquella galería, Hugo seguía teniendo sus cuadros expuestos. Se dirigió de la zona principal hacia la Sala de los Ladrillos, donde las obras de arte colgaban en marcos negros contra una pared de ladrillo a la vista. Allí estaban, un trío de cuadros con un precio tan desorbitado que dudaba que jamás saliesen de esas paredes. Lo que le parecía bien. Le gustaba poder verlos en público. Eran algunas de sus mejores obras, aunque no eran ni por asomo tan populares como sus últimos cuadros de la Isla del Reloj.

—Te haré saber, Hugo Reese, que es culpa tuya que no pueda traer a mi hija aquí.

Hugo se volvió y se encontró con una mujer de pie a pocos pasos de él. Tenía el cabello negro cortado justo por encima de los hombros, los ojos marrones como el chocolate, y los labios rojos apretados en una fina línea porque quería sonreír pero no quería que él lo supiese.

—Piper —murmuró a modo de saludo—. No sabía que seguías trabajando aquí. —Una mentira descarada.

—A media jornada —respondió ella, encogiéndose de hombros elegantemente—. Así tengo algo que hacer ahora que Cora ha empezado preescolar. Su maestra me preguntó si podrían hacer una excursión a la galería. Por tu culpa, tuve que decir que no.

Ella enarcó una ceja, pero Hugo sabía que no estaba enfadada. Ya habían superado esa fase hacía tiempo.

—Eran unos desnudos de muy buen gusto.

Señaló el trío de cuadros que había hecho de Piper durante un invierno muy largo hacía muchos años. Las poses eran clásicas, representando a una hermosa mujer desnuda y tumbada sobre una cama. Lo que los convertía indudablemente en cuadros de Hugo Reese eran las escenas extrañas que había pintadas a través de un ventanal a su espalda: un circo de demonios con cara de payaso, un castillo en llamas fundiéndose como una vela, un tiburón blanco gigante flotando por el cielo como un zepelín.

—La desnudez no es el problema. A Cora le dan pánico los payasos.

—Están un poco locos —admitió, mirando de reojo su circo demoníaco—. ¿Qué me pasaba por la cabeza entonces?

—Yo —dijo ella, y luego se rio. Piper se acercó y le dio un beso en la mejilla—. Me alegro de volver a verte.

—Yo también. Estás preciosa.

—Tú tampoco estás tan mal. Te has afeitado, por lo que veo. Se acabó la barba de hípster.

Le acarició la mejilla. La barba que se había dejado cuando le había roto el corazón tras la separación hacía tiempo que había desaparecido. Incluso se había arreglado, lo que para él significaba ponerse un par de vaqueros limpios, una camiseta sin agujeros y un bléiser negro a medida. Y se había cortado el pelo y había vuelto a correr, así que parecía un ser humano, lo que era un paso adelante de su aspecto anterior, que era como si hubiese traído a su propio odio a la vida.

—La barba tenía que desaparecer —dijo Hugo—. Un día encontré una araña en ella.

—Las gafas son nuevas, ¿verdad? Muy elegantes. ¿Bifocales?

—No bromees con eso.

Sonriendo, le quitó las gafas y se las puso ella. Las monturas negras le sentaban mucho mejor que a él, en su opinión.

—Si Monet hubiese llevado unas como estas —dijo Piper, mirándose con la cámara de su teléfono móvil—, nunca habríamos tenido el impresionismo.

Se quitó las gafas y se las devolvió.

—La mala vista ha arruinado la carrera de más de un pintor. La mía incluida. —Se volvió a poner las gafas y Piper se enfocó otra vez en su mirada por arte de magia—. Dime, ¿qué tal le va a Bob el esnob?

—*Rob*. No Bob. Y no es un esnob. Es mi marido. Y le va de maravilla.

—¿Sigue haciendo de niñera de mascotas?

—Es cirujano veterinario, como sabes, y sí, sigue ahí. ¿Qué tal está Jack? ¿Mejor? ¿O no debería preguntar?

Él dudó antes de responder.

—¿Puede? He oído la máquina de escribir algunas noches. Lo suficientemente ruidosa como para despertar a un muerto. Y ha dejado de beber tanto.

—¿Eso significa que te mudarás? ¿Por fin?

—Eso parece.

Ella le miró como si intentase decir: *lo creeré cuando lo vea.* Pero era lo suficientemente amable como para guardarse el comentario.

—¿Por eso estás aquí? —Sonaba ligeramente divertida, aunque desconfiada. Cualquier mujer lo estaría cuando su examante se presentaba en su trabajo—. ¿Te mudas al Village?

—Lo estoy considerando. Tienes que odiarte para pagar con gusto los alquileres que tienen por aquí, así que creo que encajaría perfectamente.

—Ay, Hugo. Te lo juro, cuanto más éxito tienes, más roto estás. —Ahora estaba molesta con él. Echaba de menos incordiarla.

—No, no. —Negó, moviendo el dedo de un lado a otro frente a ella—. Cuanto más roto estoy, más éxito tengo. Hay que sufrir por el arte, ¿no? ¿Por qué crees que hice mis mejores obras justo después de que me dieses la patada?

Piper se despidió de él con un movimiento de la mano y se dio la vuelta.

—No voy a escuchar ni una palabra de eso nunca más.

Empezó a alejarse, y Hugo dio unas cuantas zancadas para ponerse a su altura.

—No te culpo —dijo—. Yo también me habría dado la patada.

—Nadie te dio la patada. Tú elegiste seguir escondiéndote en esa isla con Jack antes que mudarte de vuelta al mundo real y empezar una vida conmigo.

—El mundo real es demasiado caro. Y no puedes negarme que hice unos cuadros malditamente buenos después de que te marchases.

Eso era cierto. Después de que Piper rompiese con él, empezó a pintar los paisajes de la Isla del Reloj: la manada de ciervos picazos, el reflejo de la luna sobre el océano, el faro, el parque abandonado… todos en tonos de gris en acuarela, los colores de un corazón roto. Aquellos paisajes abstractos captaron la atención del mundo del arte por primera vez en su vida. Por fin, los mayores de dieciocho sabían su nombre. Así que ¿por qué esperaba que, contra toda esperanza, Jack estuviese escribiendo de nuevo? ¿De verdad echaba de menos pintar barcos pirata, castillos y niños subiendo por una escalera secreta hacia la luna?

Puede que un poco.

—Tengo dos cosas que decirte. Número uno: eres un mentiroso de mierda. Y número dos…

—Ser un mentiroso de mierda debería ser lo segundo, si lo piensas bien. —Se golpeó la frente con el dedo.

Ella le ignoró.

—Y número dos: puedes decir lo que quieras pero yo sé la verdad, era una novia fabulosa y tú querías casarte conmigo.

—No voy a negar nada de eso.

—Y aun así elegiste esa isla y a Jack antes que a mí. No finjas que lo odias. Te encanta ese lugar. Te encanta y adoras a Jack, y no quieres marcharte.

Hugo no se lo tragaba.

—¿Sabes lo difícil que es encontrar a alguien con quien salir en una isla privada cuyos únicos habitantes son dos hombres, veinte ciervos y un cuervo que se cree escritor?

—Si quieres un consejo…

Él miró a su alrededor buscando algo de ayuda, sin éxito.

—No estoy seguro de que lo quiera.

Piper le golpeó con el dedo suavemente en el pecho.

—Encuentra una mujer que adore a Jack tanto como tú.

42

—Vale… ¿entiendes ahora el problema? —Él ya no sonreía, y ella tampoco.

Ahí estaba el problema, no es algo que Hugo admitiría en voz alta, pero nadie adoraba a Jack tanto como él.

—Lo que pasa, Pipes, es… —Ella odiaba cuando la llamaba Pipes tanto como él odiaba cuando ella decía que Hugo era el diminutivo de Hugo Ego— que me encanta vivir en esa pequeña isla maldita.

El bosque, la ciénaga, las focas del muelle tomando el sol en la orilla justo al lado de su cabaña, los graznidos de las gaviotas por la mañana. ¿Las gaviotas por la mañana? En Londres, cuando era pequeño, se despertaba con el sonido de la pareja que vivía en el piso de abajo librando la Tercera Guerra Mundial. Y ahora… focas y gaviotas y brisa marina y amaneceres que incluso Dios se despertaba temprano para poder obervar.

—Lo sabía —dijo ella.

—Odio amarlo, porque no… no me merezco vivir allí.

—¿Por qué no?

—Porque Davey habría vendido su perfecta alma de oro para poder pisar aunque fuese solo una vez la Isla del Reloj, y mi inútil y despreciable persona vive allí sin pagar alquiler.

Piper negó con la cabeza.

—Hugo, Hugo, Hugo.

—Pipes, Pipes, Pipes.

—Un alumno de primero de psicología podría diagnosticarte el síndrome del superviviente a una legua.

Hugo alzó la mano, haciendo un gesto como si intentase zafarse de sus palabras.

—No. No es…

—Sí. —Ella le volvió a clavar el dedo en el pecho—. Sí es.

Una familia de cuatro miembros con unas camisetas a juego en las que se podía leer: «I ♥ New York» pasaron frente a la galería. Piper les sonrió con cortesía. Hugo intentó sonreírles. Y ellos se alejaron rápidamente.

—No es el síndrome del superviviente —dijo cuando se hubieron alejado lo suficiente. Piper alzó una ceja sin poder creerse sus palabras—. No me siento culpable por estar vivo. Estar vivo es... bueno, no es mi primera opción, pero ya que sigo aquí, pues me quedo un rato más. Lo que tengo es el síndrome del que *ha salido adelante*. No es solo que siga vivo. Sigo vivo y... Dios, mira mi vida; mi carrera, mi casa, mi... todo. Cada día me despierto y me pregunto: ¿por qué estoy yo aquí, en esta isla, y Davey está bajo tierra? ¿Por qué todo lo bueno me pasó a mí y toda la mierda le pasó a él? Gracias a Dios que me dejaste, así no me puedo odiar por ello más de lo que ya me odio.

—Hugo...

—No, se acabó. —La cortó con un gesto de la mano—. Se acabaron los diagnósticos de psiquiatra novato acerca de las enfermedades mentales de los artistas modernos. Sé que es tu pasatiempo favorito, pero ya no quiero jugar más a ser el paciente.

—Lo siento —dijo—. No pretendía tocar la fibra sensible.

—Davey no es una fibra sensible. Davey es mi sistema nervioso al completo.

—Te puedes enfadar conmigo todo lo que quieras pero, lo creas o no, de verdad quiero que seas feliz.

Aunque no quisiera creerla, lo hizo.

Con un largo suspiro, se recostó contra la pared entre *El monstruo de Frankenstein*, un retrato de un caballero con un sombrero de copa y levita, y *La novia de Frankenstein*, con su cabello recogido bajo un parasol blanco y negro.

—Jack ha vuelto a escribir —dijo Hugo—. Yo soy feliz. Bueno, más feliz que antes. Ahora puedo marcharme de la Isla del Reloj con la conciencia tranquila. Puedo ser un desgraciado en Manhattan o un amargado en Brooklyn.

Ella alzó una ceja, observándole, pero la dejó caer rápidamente. Le sonrió y suspiró.

—¿Tregua? —Le tendió la mano y él la tomó, aceptando. Cuando intentó retirarla, ella se la aferró con más fuerza—. No tan rápido. Ya que estás aquí…

—Mierda…

—Quiero cuadros, y los quiero ahora.

Como un lobo enjaulado, fingió intentar morderse la muñeca para escaparse.

—Has dicho que me debías el renacimiento de tu carrera —le recordó, apretándole los dedos—. Si ibas en serio, lo mínimo que puedes hacer es traerme una ilustración de alguna cubierta de *La Isla del Reloj*, o dos, o cincuenta, por favor.

—Las ilustraciones para las cubiertas no están en venta. La editora de Jack haría que la policía de la ficción me apresase por ello.

—Entonces solo para exponerlas. —Le apretó la mano más todavía.

—Suéltame, bruja. No me vas a obligar bajo presión.

Ese no era el método tradicional en el que los artistas vendían sus obras a las galerías. Normalmente había gestores, agentes y correos electrónicos de por medio, no un pulso.

Ella soltó su amarre.

—Como antes.

—Contraoferta —dijo—. Quiero una exhibición en solitario. Te traeré cinco ilustraciones originales de las cubiertas de *La Isla del Reloj* y otras diez o veinte obras más recientes, que *puedes* vender. Y quiero una fiesta de inauguración con un buen catering esta vez.

—Mmm… —Ella fingió mesarse una barba imaginaria—. Podría funcionar. Una retrospectiva de Hugo Reese. Me gusta. Trato hecho.

—Invítame a un café y elegiremos una fecha —dijo—. Debería tener algunas ilustraciones viejas de las cubiertas en mi pila secreta bajo la tarima donde guardo los cadáveres.

Ella le hizo una peineta, un gesto que habría significado algo completamente distinto cuando estaban juntos, y le llevó hacia la cafetería de la galería.

Una joven, con un delantal rojo, estaba frente al mostrador vertiendo agua hirviendo en una especie de artilugio en equilibrio sobre una taza de café.

—¿Qué está haciendo? —susurró Hugo—. ¿Un experimento?

—Es un método de vertido, Hugo. Es el mejor modo de hacer café.

—Creo que me quedo con mi Mr. Coffee. Aunque siempre me he preguntado… ¿existe una Mrs. Coffee?

—Ashley —la llamó Piper cuando llegaron hasta el mostrador—. ¿Puedes ponerme una taza de café para mi invitado?

—No, gracias —dijo Hugo mirando los precios del menú—. ¿Trece dólares por una taza? ¿Es que está elaborado con diamantes y la sangre de especies en peligro de extinción?

—Paga la galería —dijo Piper.

—Confía en mí —repuso Ashley, la barista—. Vale cada uno de esos trece pavos.

Sacó una taza blanca gigante y otro artilugio de vertido.

—Ashley, este es uno de nuestros artistas, Hugo Reese. Solía ilustrar los libros de *La Isla del Reloj*, de Jack Masterson.

—¡Qué dices! —Ashley golpeó el mostrador con ambas manos. Tenía los ojos abiertos como platos y hablaba como si no pudiese creerlo—. ¿Va en serio?

Aquello nunca pasaba de moda. Había un rango de edad específico que reaccionaba al nombre de *La Isla del Reloj* y Jack Masterson de la misma manera en la que las adolescentes solían reaccionar al escuchar el nombre de los Beatles.

—En serio —dijo Hugo—. Por desgracia.

Piper le dio un golpe en el hombro.

—¿Cómo es él? —susurró Ashley como si Jack estuviese de pie a sus espaldas.

—Oh, es Albus Dumbledore, Willy Wonka y Jesucristo todo en uno. —Si es que Dumbledore, Wonka y Jesús tuviesen depresión y fuesen unos borrachos.

—Eso es maravilloso —dijo.

Hugo era británico, y ya se había dado cuenta de que los estadounidenses no solían diferenciar bien entre su acento y su sarcasmo.

—Sabes, pareces demasiado joven para ser quien los ilustrase —dijo.

Los halagos la llevarían lejos.

—No era el ilustrador original. Después de cuarenta libros quisieron reinventarlos y volver a sacar la saga con nuevas portadas. Me dieron el trabajo cuando tenía veintiuno. —Hacía catorce años de aquello. Parecía que habían pasado un millón de años desde entonces y, a la vez, parecía que hubiese sido ayer.

—Tus portadas son las mejores, sin duda —dijo Piper—. El anterior ilustrador no era malo, pero su obra era poco original, demasiado parecida a la saga de *The Hardy Boys*. Las tuyas eran más... no sé, como si Dalí ilustrase libros infantiles.

—Por el bien de los niños, demos gracias de que no lo haya hecho —dijo Hugo.

—¿Puedo preguntarte algo? —Ashley dejó caer una mano sobre su cintura, y ladeó la cabeza coquetamente.

Ahí venía. Le iba a pedir que le firmase un autógrafo. O que se hiciese una foto con ella. A él no le solían tratar como una estrella a menudo, así que planeaba disfrutar cada segundo.

—Adelante —dijo.

—¿En qué se parece un cuervo a un escritorio? —preguntó.

—Ambos pueden... espera. —Hugo entrecerró los ojos—. ¿Por qué preguntas?

La joven dio dos toques a la pantalla de un elegante teléfono móvil negro que estaba sobre el mostrador y lo levantó para mostrarle una página web.

—Lo han publicado hoy en la web de Jack Masterson. También está por todo Facebook.

—¿Qué?

—Déjame ver —dijo Piper.

Le quitó el teléfono a Ashley de entre las manos. Hugo miró por encima de su hombro y leyó en voz alta:

Mis queridos lectores:

He escrito un libro nuevo: Un deseo para la Isla del Reloj. *Solo existe una copia, y me gustaría regalársela a alguien muy valiente, muy inteligente, y a aquel que sepa cómo pedir un deseo.*

A Hugo le empezó a latir el corazón tan acelerado que no podía seguirle el ritmo. ¿Que Jack estaba haciendo *qué*?

—Tengo que irme pitando —dijo.

—¿Ya? ¿Qué está pasando? —Piper parecía preocupada.

—No tengo ni idea. —Le dio un beso en la mejilla y salió corriendo hacia la calle, dejando a sus espaldas su taza de café de trece dólares repleta de diamantes. Alzó la mano para pedir un taxi y cuando este se detuvo frente a él, se metió corriendo.

—A Penn Station, rápido, por favor.

Hugo sacó su teléfono del bolsillo trasero de sus vaqueros. Lo había puesto en modo avión mientras estaba viendo pisos. En cuanto lo quitó, un torrente de correos electrónicos, mensajes y llamadas perdidas salieron de su móvil en una cacofonía de pitidos, timbres y zumbidos.

Ochenta y siete llamadas perdidas, y alrededor de doscientos correos electrónicos nuevos, todos de medios de comunicación y amigos de los que sospechosamente no había oído nada desde hacía años.

Llamó a la casa en la Isla del Reloj. Jack respondió.

Hugo no le dejó decir nada.

—¿Qué demonios estás tramando? —exigió Hugo—. El *Today Show* me ha dejado cinco mensajes de voz.

—Marcha —dijo Jack—, pero no puede caminar.

—Odio tus estúpidos acertijos. ¿Me podrías explicar con frases cortas y sencillas por qué una chica en una cafetería me acaba de preguntar en qué se parece un cuervo a un escritorio?

—Marcha —repitió Jack, más despacio esta vez, como si estuviese hablando con un niño pequeño—. Pero no puede caminar.

Entonces colgó.

Hugo gruñó contra el teléfono y pensó en lanzarlo por la ventana con el coche en marcha. Aunque probablemente no debería hacerlo porque le estaban llamando desde las noticias de la CBS. Les colgó la llamada, mandándoles directos al buzón de voz.

—¿Estás bien, colega? —le preguntó el taxista.

—¿Qué marcha pero no puede caminar? —preguntó Hugo—. ¿Alguna idea? Es un acertijo, así que la respuesta será estúpida, molesta y exasperantemente obvia en cuanto lo resuelvas.

El taxista se rio.

—¿No lo sabes, *Sherlock*? Deberías. Suenas como él.

—¿Qué quieres decir con…? —Y entonces Hugo lo supo.

¿Qué marcha pero no puede caminar?

En marcha, no *marchar*.

Como Sherlock Holmes dijo una vez:

—El juego está en marcha.

Jack Masterson estaba jugando. Ahora. De la nada. ¿Es que había perdido la cabeza? Jack apenas había salido de su casa desde hacía años y ¿ahora estaba jugando? ¿Con el mundo entero? ¿Con todo el maldito planeta Tierra?

Hugo maldijo con tanta violencia que dio gracias de que el taxista no supiese quién era o nunca volvería a conseguir un trabajo ilustrando libros infantiles en su vida.

Volvió a llamar a Jack.

—Cuando te dije —le reprochó Hugo, marcando cada sílaba— que volvieses a planear, me refería a *tramas para tus libros*.

Y ahí estaba esa risa que tanto conocía, la risa que decía: *Se te ha olvidado encerrar al demonio de nuevo y te está esperando en la puerta de atrás.*

—Ya sabes lo que dicen, muchacho… Cuidado con lo que deseas.

Capítulo tres

Lucy estaba de pie frente al espejo del baño, intentando que su aspecto pareciese el de una adulta responsable y madura. Las coletas fuera, eso estaba claro. Adoraba llevar el pelo recogido en dos coletas bajas porque les hacía gracia a los niños en el colegio, sobre todo cuando ataba dos grandes lazos para sujetarlas. Pero se había tomado medio día libre para acudir a una reunión, y era tan importante que presentarse pareciendo una versión crecidita de las Supernenas no era una buena opción.

Se alisó el pelo y se cambió a unos caquis limpios y planchados conjuntados con una blusa blanca de corte clásico que había encontrado en una tienda de segunda mano a muy buen precio. En vez de parecer recién salida de una convención de anime, ahora no parecería tan fuera de lugar en una iglesia o en una reunión de negocios.

De mala gana, Lucy entró en el salón. La novia de Chloe llamaba a su salón «El pozo de la desesperación», y era un nombre bastante acertado. Los antiguos muebles no pegaban, pero tampoco le importaba demasiado. No era ninguna esnob. Sin embargo, había cajas de pizza y botellas vacías de vodka por todas partes. Había calcetines sucios en el suelo y la alfombra bereber gris estaba empezando a adquirir un toque marrón pálido porque sus compañeros se negaban a quitarse los zapatos en casa. Tan solo había tres habitaciones que estuviesen inmaculadamente limpias en aquella casa de tres pisos: el dormitorio de Lucy, el baño de Lucy y la cocina, que se encargaba de limpiar ella porque si no nadie lo haría.

Odiaba ese sitio y quería mudarse, desesperadamente, y no solo por el bien de Christopher. Pero el alquiler era barato y le permitía ahorrar, así que lo soportaba. No había estado tan mal hacía un par de años cuando todos sus compañeros eran universitarios de último curso y bastante ordenados. Pero en cuanto se habían graduado, unos novatos borrachos habían ocupado sus cuartos.

En ese momento, Beckett, el más joven de todos, estaba tumbado en el sofá a cuadros manchado de cerveza viendo algo en su teléfono. Conociéndolo, probablemente sería porno o videos de gatitos. Esas eran sus únicas opciones.

—Beck, colega, ¿estás despierto? Me dijiste que me prestarías el coche.

Él parpadeó lentamente para volver en sí.

—¿Qué?

—Beckett. Despierta y céntrate —dijo, chasqueando los dedos frente a su rostro.

Él parpadeó.

—Oye, L. ¿Qué llevas puesto? ¿Es que ahora eres una monja? Estás más buena con las coletas.

Lucy respiró profundamente. Sus compañeros pondrían a prueba hasta la paciencia de un maestro zen.

—No voy a aceptar las críticas sobre moda de un chico con una camisa de hojas de marihuana que no se ha duchado en seis días.

—Cinco. Y ducharse demasiado es malo para la piel. Se llama «cuidado personal».

—También hay algo que se llama «higiene» —replicó Lucy—. Te sugiero que lo pruebes de vez en cuando. En fin, ¿llaves, por favor?

—Estoy cansado. Me duele la cabeza.

Lucy se giró, encaminándose hacia la cocina, y volvió con una botella que había sacado de la nevera.

—Prueba esto. Te reto.

Él abrió la botella y tomó un sorbo. Abrió los ojos de par en par.

—Madre mía, ¿qué es esto?

—Se llama… *agua.*

—Increíble.

—¿Te sientes mejor?

—Fantástico —dijo Beck—. Eres tan sabia, como una bruja sexi.

—¿Puedes darle las llaves de una vez a esta bruja sexi?

—Vale. —Sacó las llaves de su coche del bolsillo de los vaqueros y Lucy se las quitó con una sonrisa.

—Gracias. Ahora, dúchate, por favor.

Frente a las puertas dobles de cristal del Centro de Atención Infantil, Lucy volvió a revisar su ropa, respiró hondo y se armó de valor para mantener la calma y el control. La mujer con la que se iba a reunir era la señora Costa, la trabajadora social encargada de decidir el hogar de acogida y el cuidado de Christopher. Tenía que haber algo que Lucy pudiese hacer para acelerar el proceso. La expresión del niño cuando había hecho los cálculos y se había dado cuenta de que hasta que tuviese nueve años no podrían ser una familia la atormentaba.

En la sala de espera de la oficina de la señora Costa, Lucy miró fijamente la pantalla de su teléfono. Odiaba estar allí. Le recordaba demasiado a la sala de espera de un hospital: el suelo típico de baldosas, la pintura y los carteles de colores chillones: PRIMEROS AUXILIOS, APOYO INFANTIL, APOYO FINANCIERO. Apoyo financiero para las familias adoptivas o para las familias de acogida, para los niños con padres encarcelados o para los niños con padres drogadictos. Pero nada para una mujer soltera de veintiséis años intentando ser madre de un niño pequeño.

En el cartel más grande que había colgado de la pared ponía con letras llamativas y en negrita: NO TIENES QUE SER PERFECTO PARA SER PADRE DE ACOGIDA. Genial. Fantásticas noticias considerando lo imperfecta que era.

Claro que la familia que salía en el cartel parecía feliz, sonriente y totalmente perfecta.

No había ninguna familia aparentemente perfecta esperando en la sala. Mujeres con bebés llorones. Mujeres con niños pequeños gritando. Mujeres, y algún que otro hombre, sentados con adolescentes silenciosos y distantes que probablemente habrían tenido que vivir el tipo de atrocidades que la mayoría tan solo conoce por leerlas en libros o en periódicos. ¿Christopher se volvería algún día uno de esos adolescentes traumatizados? Lucy sabía que el tiempo que le quedaba para salvarle de ese destino se le estaba agotando rápidamente.

En la mesa junto a ella había paquetes informativos y folletos. Lucy encontró uno que se titulaba *Datos sobre la acogida*. El primer dato era que la media de tiempo que un niño pasa en acogida es de veinte meses, poco menos de dos años. Christopher ya había superado esos veinte meses. Otro dato, mucho más perturbador, era que los niños en acogida tienen el doble de probabilidades que los veteranos de guerra de desarrollar un trastorno de estrés postraumático.

—¿Lucy Hart? —La señora Costa estaba de pie en la entrada de su despacho. Sonreía, aunque no era una sonrisa amplia, de esas que llegaban a los ojos, sino una sonrisa de cortesía. Lucy ya tenía la sensación de que estaba haciéndole perder el tiempo a esa mujer.

Lucy entró y se sentó en una silla frente al escritorio desordenado de la señora Costa. Los expedientes se tambaleaban en el borde de la mesa, a punto de caerse en cualquier momento.

—Bueno, Lucy —dijo la señora Costa con fingido entusiasmo—. ¿Qué puedo hacer por ti?

—Quería volver a hablarle acerca de adoptar a Christopher. ¿Todavía no se ha presentado ningún familiar reclamándole?

La señora Costa la miró. Era una mujer mayor, con el rostro curtido por el sol, el cabello castaño surcado de canas y una mirada que había tenido que ver cosas que nadie jamás debería ver.

—Obviamente una reunificación familiar sería la mejor opción —dijo la señora Costa—, pero no, no hemos encontrado a ningún familiar aparte de un tío abuelo que está en la cárcel y otro que está en una residencia de ancianos. Así que sí, cumple los requisitos para ser adoptado. Será un proceso muy largo, pero Lucy...

—Para Christopher ya soy su nueva madre en todo excepto ante la ley.

—Sé que quiere vivir contigo. Sé que tú quieres ser su madre...

Lucy no la dejó terminar.

—Christopher se está haciendo mayor. Está haciendo más preguntas. Sabe que a su madre de acogida no le hace especial ilusión cuidar de él y de los gemelos a los que también está acogiendo.

—Catherine Bailey y su marido son una de nuestras mejores familias. Tiene suerte de tenerlos.

—Yo sería mejor. A mí ya me tiene cariño —dijo. El apego infantil era importante. Ella lo sabía. La señora Costa lo sabía.

—Le alimentan, le visten, le dan un techo bajo el que vivir, le mantienen a salvo, se aseguran de que haga los deberes del colegio y la señora Bailey se presenta preparada a todas las vistas judiciales, a todas las reuniones… ¿Qué más quieres?

—Quiero que le quieran. Ellos no le quieren. No como yo.

La señora Costa suspiró.

—Eso no es un delito.

Lucy la interrumpió, con un tono tan afilado que incluso ella se sorprendió por su vehemencia.

—Debería serlo.

—Escúchame —dijo la señora Costa. Su tono era amable, obligando a Lucy a mirarla a los ojos—. Te entregaría a ese niño ahora mismo si pudiese. Si el amor fuese suficiente, serías la persona perfecta para adoptarle.

Lucy esperó. Se le hizo un nudo en el estómago. Sabía lo que venía a continuación, ya lo había oído antes.

—Pero…

—Cierto. *Pero* nunca pasarías la inspección. No tal y como están las cosas ahora. Tienes muchas deudas en tus tarjetas de crédito, Lucy. No tienes acceso a un medio de transporte fiable. Vives con tres compañeros de piso en una casa que está a un incendio de grasa de salir ardiendo. Ah, y a uno de esos compañeros le han arrestado recientemente por conducir borracho. Incluso si te diésemos toda la ayuda que tenemos disponible, todavía seguirías sin poder permitirte pagar una vivienda adecuada *y* un coche. Lo que quiero decir, Lucy, es que lo pienses así: si enviase a Christopher a vivir contigo hoy, ¿dónde dormiría? ¿En el suelo de tu dormitorio?

—Yo dormiría en el suelo. Él se puede quedar con la cama.

—Lucy…

—Nos darían una ayuda monetaria, ¿no es así? Los padres de acogida cobran una paga del Estado. Yo usaría ese dinero para conseguirnos una vivienda mejor.

—Necesitas tener una vivienda adecuada antes de poder acoger a un niño.

—Mire —dijo Lucy, sacando el folleto de *Datos sobre la acogida*—. Aquí dice que los niños en acogida tienen siete veces más probabilidades de entrar en depresión y cinco veces más probabilidades de tener ansiedad que cualquier otro niño. Además de cuatro veces más probabilidades de terminar en prisión. ¿Quiere que siga? —Agitó el folleto—. ¿Es que vivir en mi cutre casa un par de meses no es un pequeño precio que pagar por salvarle? Necesita una madre de verdad. Está mejor conmigo que con alguien que se limita a hacer las cosas medianamente bien.

—Hacer las cosas bien también es muy importante. Sé que piensas que los niños no necesitan nada más que amor, pero una buena dosis de estabilidad tampoco hace daño a nadie. Odio tener que decirlo, pero tu vida ahora mismo no es lo suficientemente estable como para tener un niño a tu cargo. Tiene colegio. Tiene sesiones de terapia dos veces a la semana. ¿Y qué pasará cuando se despierte enfermo y necesite medicamentos en medio de la noche y la única farmacia abierta esté a kilómetros de distancia? ¿Esperarás dos horas a que venga el autobús? ¿Despertarás a uno de tus compañeros y le pedirás que te lleve en coche? ¿Irás pedaleando en bicicleta a las cuatro de la madrugada por la autopista?

—Puedo pedirles prestado uno de sus coches. Puedo…

La señora Costa la silenció con un gesto de la mano.

—Necesitas un trabajo nuevo.

Lucy trató de explicarle que había intentado ser maestra de infantil, pero que no se podía permitir las clases que necesitaba, la licencia y las tasas de certificación.

—¿Un segundo trabajo entonces? —propuso la señora Costa.

—Si consiguiese un segundo trabajo no volvería a ver a Christopher. No usa teléfonos, le aterran. A usted también le darían miedo si estuviese en su situación. Me está pidiendo que le abandone.

—Te estoy pidiendo que tomes una decisión difícil.

—Claro, porque todas las decisiones que he tomado últimamente han sido pan comido.

—Lucy, Lucy, Lucy… —La señora Costa negó con la cabeza—. Sé que ya te han contado que se necesita un pueblo entero para criar a un niño. ¿Dónde está tu pueblo? ¿Dónde está tu sistema de apoyo?

—No lo tengo, ¿vale? Mis padres solo se preocupaban por mi hermana. Aún se preocupan solo por ella. Viví con mis abuelos, y ya no están. Ya no tengo a nadie.

—¿Qué hay de tu hermana?

Lucy soltó una carcajada amarga.

—¿Es que no me ha oído? Era la favorita de mis padres. Hace años que no hablamos.

—Bueno… ¿puede que ella se arrepienta de que sea así? ¿Lo has pensado alguna vez? Quizá podrías llamarla, ver si puedes conseguir algo de apoyo.

—Vendería todos mis órganos en el mercado negro antes de llamar a mi hermana para pedirle dinero.

La señora Costa se cruzó de brazos y se reclinó en su asiento.

—Entonces me temo que no sé cómo puedo ayudarte si tú misma no quieres hacerlo por ti.

Lucy parpadeó para evitar echarse a llorar.

—Debería haber visto su expresión cuando le dije que necesitaría un par de años o más para poder ahorrar todo el dinero que necesito para poder pagar un coche y un apartamento. Es como si le hubiese dicho que tendrían que pasar veinte años. O para siempre. —Lucy extendió las manos, con las palmas vacías—. Se debería permitir que la gente pobre tuviese hijos. ¿No es así?

—Sí, sí, sí, claro que se debería permitir —dijo la señora Costa—. Aunque también creo que los niños pobres no deberían ser pobres. Pero yo no me encargo de esos temas.

—Tiene que haber alguna manera —rogó Lucy, echándose hacia delante, implorando con la mirada—. ¿No existe ningún modo?

—Si creyese en los milagros diría que rezases por uno, pero... no he sido testigo de ningún milagro últimamente. —La señora Costa tenía la misma mirada vacía que algunos de los adolescentes que estaban en la sala de espera—. Puede que sea hora de que le digas a Christopher que no va a ser posible.

Lucy negó con la cabeza.

—¿Qué? No puedo. Yo... no puedo hacer eso.

¿Qué era lo que le había dicho su exnovio? *La gente como nosotros no tiene hijos, Pajarillo. Estamos demasiado rotos. La gente rota termina destrozándoles la vida a sus hijos. Serías tan mala madre como yo mal padre...*

Se obligó a olvidar sus palabras. Las lágrimas le surcaron las mejillas. Con un gesto elegante que probablemente se debía a todos los años de práctica, la señora Costa echó la mano hacia atrás sin mirar siquiera y sacó unos cuantos pañuelos de una caja y se los ofreció.

—La última vez que hablé con Christopher —continuó la señora Costa—, dijo que jugabais al juego de los deseos. Que ambos pedís todo tipo de deseos descabellados. Pero sabes que las cosas no funcionan así, ¿verdad? ¿Sabes que los deseos no se hacen realidad porque los desees con todas tus fuerzas?

—Lo sé. —El tono de Lucy era afilado incluso para ella, afilado y amargo—. Pero quería que Christopher tuviese... no lo sé. ¿Esperanza?

—¿Le has dado esperanza? —preguntó la señora Costa—. ¿O solo has aumentado sus expectativas?

Fuera del despacho había una sala de espera llena de gente necesitada, gente en situaciones peores que la de Lucy, y niños que estaban incluso peor que Christopher.

—Se lo puedo decir yo, si es lo que quieres —ofreció la señora Costa—. Iré a casa de los Bailey y hablaré con él a solas. Le diré que fui yo quien tomó la decisión, que no es culpa tuya.

Era una oferta muy amable para algo tan horrible. Lucy casi quería aceptarla, pero sabía que sería una cobarde si lo hacía.

—Yo… —Lucy se secó las lágrimas—. Pensaré en cómo decírselo. Debería ser yo quien se lo dijese.

Tragó para intentar aflojar el nudo que tenía en la garganta.

—Con el tiempo lo entenderá. Pero estoy segura de que será más difícil para ambos cuanto más tardes en decírselo. Llegará el día en el que una familia quiera adoptarle. Será mucho más fácil que él acepte a esta nueva familia si no te está esperando.

Lucy no podía ni imaginarse a alguien que no fuese ella adoptando a Christopher. La señora Costa le tendió otro pañuelo.

—Lo creas o no, probablemente te sentirás mucho más aliviada en unos días. Será como si te quitasen un peso de encima.

Lucy la miró a los ojos, y respondió lenta y deliberadamente.

—Si Christopher fuese mi hijo, nunca sería una carga. Si fuese mi hijo, mis pies ni siquiera tocarían el suelo.

El rostro de la señora Costa era una página en blanco.

—¿Hay algo más con lo que pueda ayudarte?

La estaba echando. ¿Y por qué no debería echarla? No había nada más de lo que hablar.

—No, gracias —dijo Lucy—. Ya ha ayudado suficiente.

Capítulo cuatro

Lucy le devolvió el coche a Beckett. Podía ir andando de vuelta al colegio. Necesitaba caminar, respirar, recomponerse antes de volver al trabajo.

¿Un alivio? ¿Quitarse un peso de encima? ¿Es que la señora Costa pensaba que Christopher era un proyecto de caridad para Lucy? ¿Uno que la mantuviese alejada de tener una vida propia? Tenía una vida. Había hecho todo lo que se suponía que tenía que hacer en la universidad. Había ido a fiestas, se había acostado con imbéciles guapísimos, se había ido a la ciudad de Panamá en las vacaciones de primavera, seis chicas y una habitación de hotel cutre. Incluso había ido un paso más allá de lo que se suponía que tenía que hacer en su época universitaria y había salido con uno de sus antiguos profesores, que también resultó ser uno de los escritores más famosos del país. Un escritor famoso con varios premios bajo el brazo que la llevó a cócteles en las azoteas de Nueva York, a cenar en mansiones de los Hampton y a viajes por Europa. Había vivido su vida. Había cometido locuras. Se había divertido.

Y habría cambiado cada una de esas fiestas salvajes, cada cena elegante, cada famoso al que había conocido y cada noche en un hotel de cinco estrellas por una semana siendo la madre de Christopher. O un día. Un solo día.

Pero según la señora Costa, nada de eso importaba.

Lucy mantuvo la cabeza gacha, esperando que nadie pudiese ver sus ojos rojos y pensase que estaba paseando sin rumbo por las calles borracha o drogada. Era un viernes por la tarde. Después del colegio le contaría a Christopher que había ido de nuevo a ver a la señora Costa y que el Estado había decidido que Lucy no podría ser su madre adoptiva. Quizá podría llevarle al cine ese fin de semana para compensar. Tenía más de dos mil dólares ahorrados. ¿Por qué no empezaba a gastárselos en pequeños detalles que hiciesen feliz a Christopher? Quizá si se pasaba todo el fin de semana mimándole, el lunes todo le parecería bien. En realidad, no cambiaría nada. Lucy siempre sería su amiga. Aunque nunca fuese su madre.

Tampoco estaba tan mal, ¿no?

Entonces, ¿por qué se sentía tan, tan horrible?

Mientras atajaba por un aparcamiento, Lucy pasó frente a una pequeña tienda de juguetes y entró. Un padre se había ofrecido voluntario para sustituirla en clase ese día, así que Theresa no la necesitaba todavía.

En el instante en el que Lucy puso un pie en La Tortuga Morada, se dio cuenta de que había cometido un error. Casi todo era extremadamente caro. ¿Cómo sería ser una de esas madres que tenían casi tanto dinero como para permitirse importar tablones de madera de Alemania y muñecas pintadas a mano de Inglaterra?

—¿Puedo ayudarte? —le preguntó una joven desde detrás del mostrador. Lucy se volvió y vio que estaba mirando fijamente la pantalla de su teléfono móvil con el ceño fruncido.

—¿Tenéis algo para un niño que adora los tiburones o los barcos? Tiene siete años. —Quería comprarle algo a Christopher que suavizase el golpe. Algo que le recordase que ella siempre le querría y que quería seguir formando parte de su vida—. ¿Algo pequeño?

Algo no muy caro.

—Hay un barco pirata de Lego por allí, pero es enorme. —La chica señaló la caja y Lucy vio que el precio eran casi doscientos dólares. Eso costaría un diez por ciento de sus ahorros.

—¿Algo más? ¿Algo más pequeño?

—También tenemos las figuras Schleich de animales —dijo la chica—, si lo que quieres es algo pequeño. Creo que hay un par de tiburones.

Lucy siguió la dirección hacia donde señalaba la joven. Se acercó a una estantería de madera enorme llena de animales de todos los géneros y especies: leones, pájaros y lobos, por supuesto, pero también había dinosaurios y unicornios y, sí, incluso tiburones.

Eran siete dólares cada uno, pero si comprabas tres figuras entonces eran quince en total. Lucy pasó casi diez minutos debatiéndose sobre si debía comprar tres: el tiburón tigre, el tiburón blanco y el tiburón martillo; o solo uno. Al final terminó quedándose con los tres y se los llevó hasta el mostrador. A la mierda todo, ¿no? Eran quince dólares y, si lo pensaba, en realidad sabía que podría gastarse los dos mil dólares de su fondo de los deseos y que aun así eso no curaría su corazón roto o el de él. Pero tampoco es que fuese a buscar un apartamento nuevo o a comprarse un coche próximamente.

No, no podría justificar gastarse doscientos dólares en un juego de Lego, pero se podía permitir comprarle tres tiburones.

—¿Podrías envolverlos para regalo gratis?

La chica alzó una ceja.

—¿Quieres que envuelva tres tiburones pequeños para regalo?

—Si no te importa, ¿por favor?

—Claro —dijo la chica—. ¿Son para tu hijo?

Lucy volvió a intentar deshacer el nudo que se le formó en la garganta.

—Son para un niño de mi colegio —dijo Lucy—. Está pasando por una época difícil y no suele tener muchos regalos.

—¿Eres maestra? —le preguntó mientras colocaba los tiburones en una caja de cartón. Lucy señaló el papel de regalo azul con dinosaurios. A Christopher le gustaría más ese papel que el que tenía arcoíris.

—Maestra auxiliar en Redwood.

—¿Sabes algo de acertijos o algo por el estilo?

—¿Acertijos? Supongo —dijo Lucy, sin entender del todo la pregunta—. Damos un tema que trata sobre los chistes, las bromas y los acertijos a los niños cada mes de abril.

—¿Conoces este acertijo: *En qué se parece un cuervo a un escritorio?* —La joven envolvió la caja de cartón con el papel de regalo.

—Sí, claro —dijo Lucy—. Es de *Alicia en el País de las Maravillas* o de *A través del espejo*. Aunque no consigo recordar de cuál de los dos.

—¿Sabes la respuesta?

¿Sabía la respuesta? Hacía un tiempo alguien le había planteado ese mismo acertijo como si fuese una broma. No tenía solución, al menos, no según Lewis Carroll.

—En realidad no tiene ninguna respuesta —dijo Lucy—. Es un acertijo del País de las Maravillas. Todos están locos en el País de las Maravillas.

—Mmm —dijo la chica—. Una pena.

—¿Por qué lo preguntas?

—Todos están hablando de eso en internet —explicó—. Llevo todo el día intentando resolverlo.

—Mucha suerte, entonces.

La chica colocó la caja envuelta en una bolsa marrón con una tortuga morada impresa. Era un regalo muy bonito por quince dólares más impuestos.

Pero el barco pirata, pensó mientras salía de la tienda, *habría sido un regalo mucho mejor.*

◄━━━━)•((━━━━►

Para cuando Lucy llegó al colegio estaban cantando las dos últimas canciones del día: «De colores» seguida por «The Farmer in the Dell» en inglés y en español. Para cuando el *queso* ya estaba solo, sonó el timbre, y todo volvió a ser como el Rapto un día más. En cuestión de segundos la clase estaba completamente vacía salvo por Lucy y Theresa.

—¿Cómo ha ido? —le preguntó Theresa al empezar con la limpieza.

—No preguntes —respondió Lucy intentando no llorar.

Theresa la abrazó rápidamente.

—Me lo temía. —Era una mujer lo suficientemente sabia como para entender que no debía alargar el abrazo, si no quería que Lucy se volviese a echar a llorar.

Lucy respiró con dificultad e intentó recobrar la compostura por tercera o cuarta vez ese día.

—No pasa nada. Lo conseguirás. Tan solo tienes que seguir ahorrando cada centavo.

Ella negó con la cabeza.

—Los centavos no van a ser suficientes.

—Bienvenida a Estados Unidos —dijo Theresa—. Nos dicen que cuidar de los niños es el trabajo más importante que podemos hacer y después nos pagan como si fuese el menos importante de todos. Sabes que te daría el dinero si lo tuviese.

—No pasa nada. No te preocupes. Me suicidaré después de clase y ya está.

—Oh, no. Borra esas palabras desagradables de tu boca.

—Lo siento. Mal día.

Lucy fue a buscar el espray de limpieza y el trapo para limpiar las pizarras.

—¿Lucy? —Theresa estaba de pie junto a ella y la miraba fijamente, pero Lucy no consiguió obligarse a devolverle la mirada—. Vamos, habla conmigo.

—No va a pasar.

Theresa soltó un grito ahogado.

—Cariño, no…

—Lo he intentado todo. La trabajadora social me ha dicho claramente que no voy a poder adoptar a Christopher y que ha llegado el momento de contárselo.

—¿Qué sabrá ella? No te conoce como te conozco yo.

—Tiene razón. Él se merece algo mejor.

—¿Mejor? ¿Qué hay mejor que lo mejor? Y tú eres lo mejor para él. *Tú.* —Theresa le clavó suavemente el dedo en el hombro para marcar sus palabras.

Lucy respiró hondo y se obligó a centrarse en limpiar las pizarras. Las frotó hasta que quedaron blancas y relucientes.

—¿Qué sabré yo de ser madre? Tuve unos padres horribles. Salí con unos hombres de mierda…

—¿Sean? ¿Todo esto se trata de Sean? Porque si es así, no me importa que tengas veintiséis años, te daré una patada en el culo ahora mismo.

Lucy se rio con tristeza, en voz baja, cansada.

—No se trata de Sean. Aunque era un capullo.

—Un capullo integral —dijo Theresa—. Rompió todos los récords de los capullos.

—Se trata de la realidad. Y la realidad es que nunca va a pasar.

Theresa suspiró con pesadez.

—Odio la realidad.

—Lo sé. Lo sé —dijo Lucy—, pero por el bien de Christopher…

—Por su bien, no le abandones. —Theresa la tomó de los hombros y la sacudió suavemente—. He sido maestra desde hace casi veinte años. He conocido a todo tipo de malos padres que tú jamás querrías conocer. Padres que se compran toda clase de ropa nueva y que dejan que sus hijos vayan al colegio con zapatos tres tallas más pequeños. Padres que azotan a un niño de cinco años por haber dejado caer un vaso de leche. Padres que no bañan a sus hijos durante semanas o que no lavan su ropa. Padres que llevan a sus hijos al colegio conduciendo borrachos, con los niños en el asiento delantero y con el cinturón sin abrochar. Y esos no son los peores, Lucy, y lo sabes.

—Lo sé, ya lo sé. Algunos hacen que mis padres parezcan unos santos. Bueno, en realidad, no, pero podría haber sido peor. —Se sentó en una de las mesas redondas—. La señora Costa prácticamente me dio unas palmaditas en la cabeza y me dijo que hace falta un pueblo entero para criar a un niño, y que debería llamar a mi hermana para pedirle ayuda.

—Tiene razón en que hace falta gente que te apoye. ¿Por qué no la llamas?

—¿Qué? —Lucy se quedó perpleja.

Theresa hizo un gesto de la mano, quitándole importancia.

—Yo también odiaba a mi hermana cuando éramos pequeñas. Podríamos incluso habernos hecho pelucas con todo el pelo que nos arrancábamos a tirones. Ahora mataríamos la una por la otra. No la prestaría mi chaqueta favorita, pero mataría a cualquiera que se metiese con ella. Yo la llamaría si fuese tú. Cariño, lo peor que puede pasar es que te cuelgue el teléfono.

—No —dijo Lucy tajantemente. Y, por si acaso no había quedado claro, lo repitió—. No.

—Vale, vale. —Theresa alzó los brazos en señal de rendición—. Pero no se lo digas a Christopher hoy al menos. Tomate un tiempo. Piénsalo bien. ¿Vale?

Lucy parpadeó para evitar llorar.

—No va a cambiar nada en una semana.

Theresa se irguió todo lo alta que era frente a ella y le clavó el dedo en el pecho.

—¿No? Déjame decirte una cosa: mi primo JoJo, que es el mayor mujeriego que conozco, que me caiga un rayo si estoy mintiendo, estaba a punto de perder su casa por una deuda con el banco cuando su novia incendió su cama por haberle puesto los cuernos con su hermana. Toda la casa estaba en llamas en menos de una hora —dijo, saboreando cada palabra—. Le dieron una indemnización *gigantesca*. Ahora está viviendo en Miami en un apartamento enorme con dos chicas a las que les duplica la edad.

Lucy la miró a los ojos.

—Una historia muy inspiradora y alentadora. Gracias. Deberías dar charlas TED.

—Una semana. Incluso aunque sea solo un día, ¿vale? Pero no lo hagas hoy. Nunca jamás rompas un corazón un viernes. Le arruinas a esa persona todo el fin de semana.

—Le he comprado unos tiburones de juguete para suavizar el golpe.

—Guárdate los tiburones. Y no se lo digas aún.

Lucy se rio por primera vez ese día.

—Sí, señora —dijo.

Theresa se marchó a la reunión del comité de planificación. Estando a solas en la sala completamente vacía, Lucy sacó su teléfono móvil y se metió en Google. Por mera curiosidad buscó «Angela Victoria Hart», después solo «Angela Hart» y luego «Angie Hart Portland Maine».

Lucy no tardó mucho en encontrarla. Angie Hart, de Portland, Maine, treinta y un años, era una de las mejores agentes inmobiliarias en Weatherby's International Realty. Lucy pinchó sobre su fotografía y vio a su hermana hecha toda una adulta. Preciosa, no guapa. Pero tenía una dentadura perfectamente blanca y el maquillaje impecable, y llevaba puesto un traje gris de falda y chaqueta que probablemente costara más que el alquiler de Lucy. Según la página web de la compañía, Angie acababa de vender una propiedad de dos millones de dólares. Y para clavar el puñal un poco más hondo, Lucy buscó cuál era la comisión que se llevaban los agentes inmobiliarios de media por venta, un tres por ciento. Un tres por ciento de dos millones eran sesenta mil dólares.

Justo debajo del rostro sonriente de Angie estaba toda su información de contacto. Su número de teléfono y su correo electrónico.

¿Sesenta mil dólares? ¿Por una sola venta?

El dedo de Lucy se posó sobre el número de teléfono. ¿Tampoco era que mandar un mensaje de texto fuese a matarla, no?

Su corazón latía acelerado al pensarlo. Empezó a sudar descontroladamente. ¿Pero qué le diría? *¿Gracias por contarme que mamá y papá nunca me quisieron? ¿Gracias por recordarme que nadie me quería y nunca jamás me querrían? ¿Gracias por convertirme en una extraña en mi propia casa? Ah, y, por cierto, ¿me puedes prestar algo de dinero?*

No, no le diría nada, porque no había nada de lo que hablar.

Lucy lanzó su teléfono móvil dentro de su bolso. Se le estaba acabando la batería de todas maneras.

⟵———⟩•⟨———⟶

Para cuando Christopher llegó a la clase, Lucy estaba lo suficientemente calmada para actuar como si todo fuese bien.

—Hola, corazón —dijo Lucy alegremente cuando él se acercó para abrazarla.

Se apoyó contra su pecho, cansado, pero ella se dio cuenta de que estaba cansado de estar jugando, no porque estuviese triste.

—¿Un día duro? —preguntó. Tenía mejor aspecto que el día anterior, ya no tenía esas ojeras gigantes.

—Demasiadas... mates —dijo con un gemido. Lanzó su mochila sobre la mesa y se sentó en una silla hundiendo de manera exagerada sus hombros delgados.

—¿Tienes muchos deberes de matemáticas? —preguntó mientras emprendía la excavación diaria en sus zapatos para encontrar sus calcetines. Iba a tener que empezar a pegarle los calcetines a los tobillos con cinta adhesiva.

—No, ya los he hecho. —Se pasó los dedos por el pelo hasta que sus mechones sudados se quedaron en punta como los de Einstein—. Pero tengo el cerebro frito.

—Ya me parecía a mí haber visto humo saliendo de tus orejas. Espera a ver qué pasa cuando empieces con las tablas de multiplicar. —Lucy se sentó en una sillita frente a él—. ¿Qué deberes tienes?

—Solo una lectura. La señora Malik quiere que lea una historia y responda diez preguntas sobre ella. Con frases completas —dijo, para después añadir—: Uf.

—¿Leer una historia y responder diez preguntas? Eso parece mucho —dijo Lucy. Eran unos deberes para niños de cuarto de primaria más que para niños de segundo—. ¿Tiene que hacerlo toda la clase? ¿O solo las Águilas?

Christopher estaba en el grupo de lectura de las Águilas. Las Águilas eran los mejores lectores de la clase, estudiantes que estaban por encima del nivel de la mayoría. Por debajo de las Águilas estaban los Halcones, y por debajo de los Halcones, los Búhos. Incluso con nombres de animales tan inofensivos, los niños captaban enseguida que ser un Águila te hacía especial, y que ser un Búho te hacía inferior y que el resto se compadeciese de ti. Nunca se había sentido más aliviada que cuando descubrió que Christopher cumplía los requisitos para entrar en el grupo de las Águilas. Los chicos ya se metían con él bastante por ser un niño de acogida.

—Mmm… solo yo —dijo, mesándose el pelo por ningún motivo en concreto.

—¿Solo tú? ¿Es que te has metido en problemas o algo así?

Se pasó los dedos por debajo de los ojos y tiró de sus mejillas hacia abajo hasta parecer un zombi. Estaba claro que algo le entusiasmaba. Lucy le apartó las manos del rostro con delicadeza antes de que se le saliesen los ojos de sus cuencas.

—¿Qué? —dijo, sujetándole de las muñecas.

—La señora Malik dice que leo demasiado bien incluso para las Águilas. Y piensa que puede que me interese mejorar más.

Ella le miró sorprendida, con los ojos bien abiertos.

—¿Lo dices en serio?

Él asintió rápidamente, gesto que hacía cuando algo le hacía especial ilusión.

Lucy le tomó las manos e hizo un pequeño baile con él. ¿Dónde estaba el desfile triunfal cuando lo necesitabas? ¿Dónde estaban los globos? ¿Cómo era posible que los padres no se desmayasen de la alegría cuando sus hijos volvían del colegio con noticias como aquella? No, ella no podía darle las malas noticias hoy, no cuando estaba más feliz de lo que le había visto en mucho tiempo.

—Eres increíble —dijo—. Estás por encima de un águila. ¿Qué animal vuela más alto que un águila? ¿Un cisne, quizá? ¿Un ganso? ¿Quieres ser un ganso?

—*No* quiero ser un ganso —respondió.

Ella chasqueó los dedos dos veces cuando supo la respuesta.

—Un cóndor. Tú, Christopher Lamb —dijo, señalándole—, eres un cóndor. Vamos a cambiarte el nombre. Christopher Cóndor. Buen trabajo, señor Cóndor.

Chocaron los cinco.

—Vale, ¿de qué va la historia? ¿Y cuáles son las preguntas? —preguntó mientras él sacaba el libro de la mochila.

—Es la primera historia: «Un día en la playa». Se supone que tengo que encontrar la diferencia entre… algo de los artículos.

—¿Algo de los artículos? Déjame ver. —Lucy abrió el libro y buscó la historia. No era un cuento demasiado emocionante, pero no estaba mal. Aún no estaba listo para leer a Chéjov. El ejercicio decía que Christopher tenía que prestar atención para descubrir cuándo había que usar *uno* o *una* en vez de *el* o *la*.

—Oh, los artículos determinados y los indeterminados —dijo Lucy—. Es fácil. Seguro que lo entiendes en nada. ¿Listo?

Acercó su silla a la de Christopher, pero antes de que pudiesen empezar a leer la historia, Theresa volvió del despacho de dirección. Estaba leyendo algo en su teléfono móvil con tanta concentración que se chocó con una de las mesas mientras caminaba hacia el escritorio.

—¿Theresa? —la llamó Lucy, intentando captar su atención.

—¿En qué se parece un cuervo a un escritorio? —dijo Theresa. Se sentó tras su escritorio y hojeó algo en la pantalla de su teléfono.

—Eres la segunda persona que me hace esa pregunta hoy. ¿Qué narices está pasando? —preguntó Lucy.

—Un cuervo es un pájaro, ¿no? —preguntó Christopher.

—Sí, un pájaro negro —dijo Lucy—, pero es bastante grande. ¿Es que hay algún tipo de broma circulando por internet?

Theresa alzó la mirada, apartándola de su pantalla.

—Vosotros habéis leído todos esos libros sobre la Isla del Reloj, ¿no?

A Lucy le dio un vuelco el corazón. De repente estaba muerta de miedo porque Jack Masterson hubiese muerto. Que llevase mucho tiempo enfermo explicaría por qué había dejado de escribir.

—¿Qué está pasando?

—Jack Masterson ha organizado una especie de concurso para ganar su nuevo libro.

Lucy miró a Christopher, quien la miraba de vuelta con los ojos abiertos como platos.

—Lucy… —susurró—. Deseamos que hubiese un nuevo libro.

—Alguien debía de estar escuchando nuestro deseo —dijo Lucy, sonriendo.

Tomó a Christopher de la mano y fueron corriendo hasta Theresa.

—¿De qué va el concurso? —preguntó Lucy.

—No puedes participar —dijo Theresa—. Así que no te emociones. Parece que te tienen que invitar para poder participar.

Lucy se sentó en el suelo con las piernas cruzadas y subió a Christopher sobre su regazo para que pudiese ver lo mismo que ella. El fondo de la página web era de un azul cielo muy sencillo, y el acertijo estaba escrito en una pantalla en negro con una caligrafía elaborada. *¿En qué se parece un cuervo a un escritorio?*

Deslizó el dedo por la pantalla y le leyó a Christopher en voz alta.

Mis queridos lectores:

He escrito un libro nuevo: Un deseo para la Isla del Reloj. *Solo existe una copia, y me gustaría regalársela a alguien muy valiente, muy inteligente, y a aquel que sepa cómo pedir un deseo. Algunos de mis lectores más valientes, aquellos que me leen desde hace años, recibirán una invitación muy especial hoy. Sabéis quienes sois si conocéis la respuesta a este acertijo:* ¿En qué se parece un cuervo a un escritorio? *Comprobad vuestros buzones.*

Con cariño, desde la Isla del Reloj.
El Mastermind

Lucy inhaló con fuerza.

—¿Qué pasa? —preguntó Christopher.

Al principio no contestó. Estaba demasiado sorprendida como para hablar.

Sabéis quienes sois si conocéis la respuesta a este acertijo.

—¿Lucy? —Christopher se bajó de su regazo y se volvió para mirarla de frente. Theresa no les prestaba atención.

—Christopher —susurró Lucy. Una sonrisa se extendió por su rostro, tan amplia que movió sus orejas hacia atrás.

—¿Qué? —le respondió él también en un susurro.

—Sé la respuesta.

Capítulo cinco

—Vamos —dijo Lucy. Tomó a Christopher de la mano y corrieron juntos por los pasillos.

—¿A dónde vamos?

—A la sala de ordenadores —dijo Lucy—. A mi teléfono no le queda casi batería y necesitamos investigar.

La sala estaba vacía a excepción del señor Gross, su pobre profesor de informática. Gross, «bruto», no era el apellido ideal para alguien que trabajara con niños.

—Vamos a usar uno de los ordenadores unos minutos —le dijo Lucy mientras corrían hacia el que estaba en el rincón más alejado de la sala.

—Todo vuestro. —Él estaba intentando instalar una nueva impresora y, a juzgar por la retahíla de maldiciones para todos los públicos que estaba soltando, no estaba teniendo demasiado éxito.

En cuanto Lucy se sentó frente al escritorio, subió a Christopher sobre su regazo de nuevo. Aunque el niño no duró más que un segundo allí, ya que bajó de un salto y fue a buscar una silla para sentarse a su lado. El estar sentado en su regazo era algo que no le importaba cuando estaban a solas, pero no le gustaba cuando había hombres adultos a su alrededor. Y ella estaba demasiado distraída como para tomárselo como algo personal.

Rápidamente, Lucy tecleó su usuario y contraseña. Se metió en la página de Facebook de *La Isla del Reloj*, pero no encontró nada que no hubiese visto en el teléfono de Theresa. Tan solo estaba el anuncio de Jack Masterson y cientos de miles de comentarios de los lectores que querían saber algo más.

Lucy comprobó la bandeja de entrada de su correo electrónico. Sus compañeros de la universidad se la habían llenado de preguntas.

¿Has visto lo de Jack Masterson? Eso se lo enviaba Jessie Conners, su compañera de cuarto de su último curso. *¿No le conociste una vez?*

Un antiguo compañero de trabajo del restaurante donde Lucy había trabajado como camarera le escribió: *Hola, ¿conoces a Jack Masterson, verdad? ¿Sabes en qué se parece un cuervo a un escritorio?*

Lucy no se molestó en responder a ninguno de ellos. Se metió directamente en Google y buscó: «Concurso deseos Jack Masterson Isla del Reloj». Christopher miró la pantalla sobre su hombro mientras ella entraba en un enlace de Twitter. Sabía que probablemente no debería estar haciendo esto con él observándolo todo. Una red social para adultos no era algo que un niño pequeño debiese ver, pero estaba demasiado emocionada como para parar.

El tuit era de un periodista de la CNN que decía: *¡Quiero jugar! ¿Dónde está mi carta de Hogwarts, Jack?* El enlace a un artículo anunciaba el repentino regreso de Jack Masterson al mundo literario.

—¿Carta de Hogwarts? —preguntó Christopher.

—La gente debe de estar recibiendo invitaciones en papel a la Isla del Reloj o algo por el estilo. Me pregunto…

—¿Qué?

—¿Puedes guardarme un secreto?

—Claro

—Va en serio. Este es un secreto muy gordo. No se lo puedes contar a nadie.

Lucy odiaba tener que pedirle a un niño que guardase un secreto. Era demasiada presión y ella lo sabía. Pero no podía arriesgarse a que esa historia saliese a la luz. Los padres irían a por su pellejo.

—No se lo contaré a nadie, lo juro. —Christopher estaba empezando a enfadarse con ella.

—Vale —dijo—. Este es el tema… he estado en la Isla del Reloj.

La reacción de Christopher fue la misma que había esperado. Sus ojos se abrieron de par en par, y se quedó boquiabierto.

—¿Has estado allí?

—He estado allí.

Christopher gritó.

—¡Shh! —dijo, agitando su mano en el aire. Esto era lo mejor de trabajar con niños. Se convertía en una niña de nuevo por unas horas al día. En vez de ser una adulta cansada, preocupada por el dinero, el trabajo y las facturas, volvía a ser solo una niña, preocupada por meterse en problemas por hablar demasiado alto.

—¿Va todo bien? —preguntó el señor Gross.

—Todo bien —dijo Lucy—. Cuando tienes que gritar, gritas.

—Creo que yo también voy a ponerme a gritar —murmuró el señor Gross, golpeando la impresora.

—¡Shh! Cálmate —le dijo ella a Christopher—. Estás asustando al señor Gross.

Christopher no pareció haberla oído.

—¡Has ido a la Isla del Reloj! ¡Has ido a la Isla del Reloj! —El niño respiraba con dificultad y agitaba las manos en el aire. Lucy le tomó suavemente de las muñecas antes de que pudiese tirar el ordenador.

—Sí, todo eso es cierto —dijo—. Lo sé porque te lo acabo de contar.

—¡Me mentiste! —le reprochó Christopher. El maldito niño era demasiado listo para su propio bien—. Me dijiste que le habías conocido, que te había firmado tu libro.

—No mentía. No. Nunca. Yo nunca… bueno, sí, mentiría. Sin duda he mentido antes. Pero en este caso simplemente no te conté toda la historia. Te conté que conocí a Jack Masterson y que me firmó mi libro. Todo eso es cierto. Lo que no te conté fue que lo conocí en la Isla del Reloj.

Christopher la fulminó con la mirada.

—Me mentiste.

Lucy se quedó mirándole.

—Tú me contaste que tu vecino era Superman.

—¡Yo pensaba que lo era! ¡Lo juro! ¡Se parecía mucho a él! —Christopher frunció el ceño—. O casi.

—¿Quieres que te cuente la historia o quieres mandarme a la cárcel por tergiversar ligeramente lo que pasó?

—Por mentir.

—Vale. Te mentí.

—¿Cómo fue? ¿Conociste al Mastermind? ¿Viste el tren? —Christopher le hizo un montón de preguntas.

—Fue genial. No vi a ningún hombre escondido en las sombras —dijo—, o ningún tren, pero estuve en la casa.

—¿Cómo llegaste hasta allí?

Y ahí era donde entraba en juego la parte secreta de su historia.

—Cuando tenía trece años —dijo—, me escapé de casa.

Christopher se quedó boquiabierto. Para un niño pequeño, escaparse de casa era la mayor de las travesuras, el delito más grande que un niño puede cometer. Todos los niños habían soñado con ello, hablado de ello, amenazado con hacerlo y casi ningún niño lo había hecho en realidad, y los que sí que lo habían hecho no solían contarlo.

La miró con un respeto completamente nuevo, casi como si la admirase por ello.

—¿Por qué? —susurró.

—Porque —confesó ella— mis padres no me querían tanto como a mi hermana. Quería llamar su atención.

—Pero eres buena persona —dijo, sonando completamente confuso—. ¿Por qué?

—¿Estás seguro de que quieres saber esta historia? Es un poco triste.

—No pasa nada —respondió Christopher—. Estoy acostumbrado a estar triste.

Lucy le miró, se le rompió el corazón por segunda vez aquel día. Pero era cierto. Christopher no estaba mintiendo. Estaba acostumbrado a estar triste. Y bueno, ella también.

—Vale —dijo ella—. Ahí va. Es una historia triste. Pero no te preocupes. Tiene un final feliz.

———————)|•((———————

Christopher escuchó atentamente mientras Lucy le contaba la historia de la que nunca le había hablado antes: la historia de Angie, su hermana.

Angie siempre estaba enferma. Decían que era una niña IDP, que básicamente significaba que no tenía un buen sistema inmunitario. Los padres de Lucy se centraron en hacer todo lo que pudiesen por Angie. Y Lucy, su hija menor, estaba sana y no necesitaba su atención, así que no le hacían ni caso. Y, por lo tanto, tampoco recibía mucho amor.

—Eso es triste —intervino Christopher.

—Te lo he advertido. —Lucy le dio un beso en la frente. Él la dejó. Ella siguió hablando.

La pequeña Lucy puede que hubiese estado completamente rota por la falta de amor y cariño de su familia si no hubiese sido por Jack Masterson y sus libros de *La Isla del Reloj.*

—No te contaré toda la larga historia sobre cómo encontré los libros —explicó Lucy—. Pero digamos que fueron ellos los que me encontraron en el momento adecuado. Los ocho años fueron un año difícil para mí. Cuando empecé a leer esos libros, mejoró.

Lucy había estado en la sala de espera del hospital infantil, atrapada allí mientras sus padres pasaban horas con su hermana. Quería ir con ellos y ver a Angie, pero era demasiado pequeña. Un cartel en la sala decía: NINGÚN NIÑO MENOR DE 12 AÑOS PUEDE VISITAR EL ALA PEDIÁTRICA. Lucy no estaba buscando un libro que leer. Estaba rebuscando en una cesta de libros para colorear cuando lo encontró.

Un libro de tapa blanda delgado. En la contraportada ponía que era para niños de entre nueve y doce años. No era un libro para bebés. No había dibujos en todas las páginas, tan solo en algunas. Y tampoco parecía un libro solo para chicos. No había robots que escupiesen fuego ni piratas con espadas. En la portada había un niño, pero este estaba junto a una niña. Parecía que tenían su edad o eran un poco mayores, quizá tendrían nueve años, puede que diez, y ambos llevaban una linterna en la mano. Parecía que estaban recorriendo el largo pasillo sombrío de una casa extraña y espeluznante. El libro se titulaba *La casa en la Isla del Reloj*. A Lucy le gustó inmediatamente porque la niña de la portada parecía la líder, sin miedo, y el chico estaba detrás de ella y parecía asustado. En otros libros solía ser al revés.

Intrigada, Lucy abrió el libro por una página al azar y leyó:

A Astrid no le gustaban las normas. Cuando sus padres le decían que tenía que esperar una hora después de comer para poder meterse al agua, ella siempre saltaba justo veinte minutos después. Y cuando veía un cartel que decía ¡NO SE PERMITEN NIÑOS! ¡ESTOY HABLANDO DE TI, NIÑO!, *pasaba de largo.*

Lucy estaba enganchada. ¿Una niña que se saltaba las normas? ¿Una niña con un nombre tan chulo como Astrid en vez del nombre de una vieja tonta como Lucy? Si Astrid hubiese estado en el hospital, habría encontrado una manera de colarse para ver a su hermana.

Deseaba que Astrid fuera su verdadera hermana…

En su mente, Lucy borró al pequeño Max de la portada del libro y se puso ella en su lugar. Ahora eran Lucy y Astrid quienes estaban juntas en la Isla del Reloj.

Horas después de que sus padres la dejaran sola, los abuelos de Lucy fueron a recogerla. Ella se llevó el libro.

—¿Lo robaste? —Christopher parecía más impresionado que horrorizado.

—Creía que era algo que Astrid haría —dijo Lucy. Christopher aceptó ese argumento.

Después de aquello, nada pudo interponerse en el camino de Lucy y sus libros de *La Isla del Reloj*. Sacó todos los que estaban en la biblioteca de su colegio. Cuando llegaba su cumpleaños, solo pedía dinero como regalo. Cuando su abuela se la llevó a la librería del pueblo, Lucy compró todos los libros que tenían en las estanterías, incluso aquellos que ya había leído de la biblioteca. Incluso se disfrazó de Astrid en Halloween, con unos pantalones pesqueros blancos, una camiseta a rayas náuticas blancas y azul marino, y un sombrero blanco de marinero. Nadie sabía quién se suponía que era, pero a ella no le importaba. Y cuando su maestra de quinto de primaria les puso a todos la tarea de escribirle una carta a su autor favorito, Lucy ya sabía a quién elegir.

Jack Masterson. Pan comido. Si querías escribirle a él o al maestro Mastermind todo lo que tenías que hacer era escribir…

—Eso me lo sé —dijo Christopher—. Escribes «Isla del Reloj» y la carta irá directamente allí.

—¿Cómo lo sabes? —preguntó Lucy.

Él la miró como si fuese la persona más estúpida del mundo.

—Lo pone en la contraportada de los libros —explicó.

—Oh, sí —cayó Lucy—. Lo había olvidado.

Lucy se pasó toda una semana trabajando en la carta para el señor Masterson antes de armarse de valor y entregársela a su maestra para que la enviase. Para la tarea tenían que contarles a los autores por qué habían leído sus libros en primer lugar, por qué les gustaban tanto, y después les tenían que hacer una pregunta. Les ponían una nota u otra dependiendo de sus habilidades de escritura, no por la respuesta del autor, por suerte.

El señor Masterson nunca le respondió.

Al no recibir respuesta después de varios meses, la señora Lee le dijo que no se desanimase. El señor Masterson era uno de los autores más vendidos del mundo. Sus libros infantiles vendían más copias que los de muchos escritores de narrativa adulta famosos.

A Lucy le había dolido, pero no le había roto el corazón. Estaba acostumbrada a que el amor fuese algo unilateral. Y, en realidad, a esa edad, no podía concebir que Jack Masterson fuese una persona real. Era el nombre que salía en la portada de los libros, eso era todo. El pensar que vivía en una casa, que dormía en una cama y que comía tarta o que iba al baño le parecía tan descabellado como imaginarse a Jesús haciendo ese tipo de cosas. O a Britney Spears.

—¿Quién es Britney Spears? —le preguntó Christopher.

—¿No sabes quién es la Gran Britney? —preguntó Lucy.

Christopher se encogió de hombros.

—Te he fallado, pequeño —dijo Lucy—. Pero volveremos a eso más tarde. Regresemos al señor Masterson.

Aunque Jack Masterson no le hubiese respondido después de aquella primera carta, Lucy decidió seguir escribiéndole. Cada par de meses le mandaba una nueva. Sin que su maestra las leyese antes, Lucy podía ser más sincera de lo que lo había sido antes con nadie. Le contó cómo sus padres no la querían tanto como a su hermana, cómo vivía con sus abuelos porque nadie la quería cerca.

De hecho, le contó que había vuelto a casa por las vacaciones de primavera ese año. Y que, en esa semana, Lucy había contado todas las palabras que sus padres le habían dicho. Desde el lunes por la mañana hasta el domingo por la noche, sumándolas todas.

¿El recuento final?

Mamá: 27 palabras
Papá: 10 palabras

Contó también los minutos que pasaron juntos en la misma habitación.

Mamá: 11 minutos
Papá: 4 minutos

Después contó cuántas veces le habían dicho que la querían esa semana, y el recuento quedó así:

Mamá: 0
Papá: 0

Quizás aquellas palabras fuesen las que lo cambiasen todo.

Ya que esa fue la carta a la que Jack Masterson respondió.

Capítulo seis

Christopher se inclinó sobre la mesa como si Lucy estuviese a punto de revelarle claves para activar una bomba nuclear.

—Recuerdo ese día como si fuera ayer —susurró Lucy. Se estaba divirtiendo demasiado relatándole esa historia.

Un día de otoño volvió del colegio y, sobre la mesa de la cocina de sus abuelos, había un sobre azul claro con su nombre. Acababa de cumplir trece años, pero sabía que no era una tarjeta de felicitación. Buscó un cuchillo y con un *zas* abrió el sobre.

—¿Qué decía la carta? —preguntó Christopher.

Lucy se la recitó palabra por palabra. La había leído tantas veces que se la sabía de memoria.

Querida Lucy:

Te voy a contar un secreto: tengo un monstruo en mi casa. Se queda detrás de mi silla en mi fábrica de escritura y no se aleja de mí hasta que he terminado todo mi trabajo. Este monstruo se hace llamar «editora», es verde y está cubierta de pelo, y tiene unos dientes enormes y la boca llena de los huesos de los otros escritores que se ha comido porque no han llegado a tiempo a la fecha de entrega. En este momento está atada en un rincón de mi fábrica, amordazada y con los ojos vendados. Conseguirá

*desatarse pronto, pero mientras está atada, por fin tengo
la oportunidad de responderte.*

*Es horrible lo que te han hecho tus padres. Supongo
que tendrás muchas excusas para ellos. Tu hermana tiene
una enfermedad crónica y, mientras que ser padre es un
trabajo a tiempo completo, ser padre de un niño con una
enfermedad crónica te convierte en prisionero de la enfermedad. Nadie quiere ser un prisionero. Nadie lo desea.
Ojalá no le pasase eso a tu hermana o a la hermana, al
hermano, a la madre o al padre de nadie.*

*Dicho eso, es horrible lo que te han hecho tus padres.
Tan terrible que he tenido que escribirlo dos veces. Puede
que incluso lo escriba una tercera.*

Es horrible lo que te han hecho tus padres.

Si fueses hija mía, las cifras serían muy distintas.

¿Palabras que te he dicho en una semana?

*100.000 (sobre todo te hablaría del monstruo podrido
con el que tengo que tratar a diario).*

¿Minutos que hemos pasado juntos en una semana?

*Alrededor de 840 y 1000. Eso serían unas tres o cua-
tro horas al día de media. Serían tantos minutos porque
te daría un arpón y un lanzallamas, y juntos lucharía-
mos lado a lado todos los días para mantener al monstruo
editora fuera de mi casa. Es un trabajo agotador, eso seguro. Me tengo que beber teteras enteras cada día debido
al cansancio. Me vendría bien una compañera de aventuras. Mi actual compañero no está haciendo bien su trabajo, le puedes decir que he dicho eso.*

*Tengo miedo de que el monstruo del rincón casi haya
terminado de devorar sus ataduras. Ojalá pudiese hacer
algo más que decirte lo mucho que lamento lo horrible que
te han tratado tus padres. Sin duda eres una niña valiente
e inteligente, e incluso si ellos no son capaces de verlo, yo
sí. Y mi opinión vale más que la suya, porque soy rico y*

famoso. Eso es una broma. Bueno, en realidad, no. Soy
rico y famoso, pero no es por eso por lo que mi opinión vale
más. La verdadera razón es porque yo sé cosas que la ma-
yoría no sabe. Secretos místicos y conocimientos ocultos,
el tipo de cosas por las que los hombres con sombreros de
copa matarían y morirían por saber. Y también sé cosas
sobre las runas y las cartas del tarot, y sobre el cuervo que
vive en mi fábrica de escritura y que me dice lo mismo so-
bre ti: tú, Lucy Hart, vas a estar bien. Vas a estar mejor
que bien. Te van a querer como te mereces que te quieran.
Y vas a tener una vida mágica (si la quieres, eres libre de
decir que no ya que la magia siempre conlleva un precio).

No te rindas, Lucy. Y recuerda siempre que los úni-
cos deseos concedidos son los deseos de los niños valien-
tes que siguen pidiéndolos incluso cuando parece que
nadie los escucha, porque siempre hay alguien escuchan-
do. Alguien como yo.

Sigue pidiendo deseos.
Te estoy escuchando.

Tu amigo,
Jack Masterson

P. D.: Cielos, está libre de nuevo. ¡ALGUIEN QUE ME
TRAIGA AGUA BENDITA Y UN CRUCIFIJO!

—Es una broma —le explicó a Christopher—. No es
verdad que su monstruo editora sea un vampiro. Tienes
que usar agua bendita y crucifijos para mantener alejados a
los vampiros.

Pensaba que Christopher le preguntaría sobre el monstruo o diría algo sobre la divertida y rara carta que recibió
del señor Masterson. En cambio, le rodeó el cuello con los
brazos y apoyó la barbilla en su hombro.

—Siento mucho que tus padres no te quisiesen —dijo.

Lucy sonrió. No iba a echarse a llorar, no por ellos. No se merecían sus lágrimas.

—Yo no —dijo ella, devolviéndole el abrazo.

—¿No?

—Si me hubiesen querido, ahora no estaría aquí contigo —confesó—. Puede que siguiese viviendo en Maine. Y… si me hubiesen querido, nunca me habría escapado de casa. Y solo porque me escapé de casa entonces, ahora sé la respuesta al acertijo.

—¿Cuál es? —susurró Christopher.

—Espera, ahora lo sabrás.

Después de que Lucy leyese la carta del señor Masterson unas cien veces, decidió que le gustaban mucho más sus cifras. ¿Y no le había dicho que necesitaba una nueva compañera de aventuras?

En su clase de tecnología del colegio había aprendido cómo encontrar lugares usando internet y cómo llegar hasta ellos. Así que Lucy metió toda su ropa y todo el dinero que había ahorrado de sus trabajos como niñera y de hacer las tareas del hogar para su abuela: 379 dólares, en una mochila. Tomaría un autobús hasta la terminal de ferry de Portland. Allí le preguntaría a un adulto qué ferry tenía que abordar para llegar a la Isla del Reloj. Alguien probablemente se lo diría solo para presumir de que sabía dónde vivía una persona famosa y cómo llegar hasta allí. En los libros de *La Isla del Reloj*, los adultos subestimaban constantemente a los niños. Quizás alguien se lo dijera.

Y lo más gracioso es… que así fue.

—¿Te lo dijeron? —preguntó Christopher.

—Le pregunté a la mujer que estaba en la taquilla. Ella fue quien me lo dijo —contó Lucy—. Dijo que no podía bajarme en la Isla del Reloj. El ferry paraba allí únicamente para entregar el correo, aunque podía sacar fotos. Pero cuando el ferry atracó y el cartero se bajó, justo cuando la mujer me dio la espalda, yo también me bajé. Así de fácil.

A pesar de todo lo que había planeado, tramado y pensado que podía pasar, todo lo que podía salir mal, fue bastante fácil llegar a la Isla del Reloj. Fue como si Jack Masterson no fuese nadie fuera de lo común. Si querías saber dónde vivía una persona normal y corriente, se lo preguntabas a alguien que le conociese. Y si querías ir a su casa, ibas. Lucy se quedó perpleja al descubrir lo fácil que había sido todo mientras subía desde la playa por el camino de piedra que ascendía hasta lo que parecía la cima de una colina. ¿Dónde estaban las vallas eléctricas? ¿Dónde estaban los guardaespaldas? ¿Es que nadie sabía lo famoso e importante que era Jack Masterson?

Y entonces allí estaba, la casa de la Isla del Reloj. No tenía ninguna duda. Era enorme, espeluznante, blanca con contraventanas negras, con hiedra trepando por los costados… Sí, era *La Casa*.

Ella, de pequeña, no sabía nada acerca de las casas más allá de que había casas para gente rica y casas para gente normal. Y aquella era sin duda la casa de una persona rica.

De adulta se había percatado de que era una gran casa victoriana, la casa de alguien demasiado rico y un poco chiflado. Con torretas, torres y vidrieras… madre mía.

Tenía miedo mientras se acercaba. Su corazón latía acelerado, como si se le fuese a salir del pecho de un momento a otro y fuese a huir de vuelta a casa de sus abuelos. Se dio cuenta de lo que había hecho cuando se detuvo detrás del tronco de un pino, contemplando el edificio más bonito que había visto jamás. ¿Qué acababa de hacer? ¿Y cómo volvería a casa? ¿Qué estaba haciendo allí?

Entonces se acordó… recordó cómo, en cada libro sobre la Isla del Reloj, los niños siempre estaban aterrorizados antes de llegar y tocar al timbre, para pedirle ayuda al maestro Mastermind. Y él daba miedo, pero eso no le convertía en alguien malvado. Las tormentas daban miedo. Los lobos daban miedo. Pero a Lucy le encantaban las tormentas y los lobos.

Antes de saber qué estaba haciendo, Lucy estaba frente a la puerta principal. Tocó al timbre.

Esperó.

Un hombre le abrió la puerta.

Supo que era él inmediatamente. Jack Masterson, un anciano de tez blanca, con el pelo castaño surcado de canas y despeinado, los ojos marrones y el ceño permanentemente fruncido. Con un cárdigan azul marino. Unos caquis arrugados. El rostro arrugado. Ese era él. No se podía creer que fuese él quien hubiese abierto su propia puerta. ¿No tenía un millón de sirvientes?

—Señor Masterson —comenzó Lucy antes de que él pudiese decir nada—. Soy Lucy Hart. Usted me escribió. Dijo que necesitaba una compañera de aventuras. Así que… aquí estoy.

Debía de ser el hombre más sabio del mundo. Cualquier otro hombre, cualquier otro escritor, si se encontrara con una admiradora en la puerta de su casa pidiendo ser su compañera, probablemente llamaría a la policía, a un psiquiátrico y a los bomberos para deshacerse de ella. Y si eso hubiese pasado, a Lucy le habría destrozado. La habría roto el corazón de tal manera que nunca podría volver a juntar las piezas, sin importar cuántos Christopher hubiese conocido.

En cambio, en vez de hacer lo que habría sido lo más cuerdo, el señor Masterson hizo lo que solo Jack Masterson podía hacer.

—Ah, Lucy —dijo—. Te estaba esperando. Entra. Estaba preparando té en mi fábrica de escritura. ¿Lo tomas al estilo estadounidense o al estilo inglés?

No era una pregunta de «sí» o «no», pero ella respondió de igual manera.

—Mmm… ¿no?

Estaba bastante segura de que nunca se había tomado una taza de té caliente antes.

—Entonces te lo prepararé del modo que a mí me gusta: noventa por ciento azúcar. Vamos, hablemos.

Le siguió al interior y subió tras él por la escalera principal. Apenas recordaba cómo era el interior de la casa, se sentía sobrepasada por todo lo que estaba ocurriendo. Pero recordaba haber visto algunos cuadros extraños colgados en las paredes de color verde oscuro. Extraños, pero maravillosos.

Recorrieron un largo pasillo hasta llegar a su fábrica de escritura, donde había una tetera sobre una placa caliente y bolsitas de té colgando de la tapa y con sus etiquetas cayendo por el lateral.

Jack Masterson la sentó en una silla enorme de cuero marrón y le entregó una taza de té humeante llena de azúcar tal y como le había prometido. Y estaba bueno. (Aún hoy seguía bebiendo té negro con azúcar, sin leche). Observó a su alrededor con asombro y maravillada. Todas esas estanterías. Todos esos libros. Máscaras. Maquetas de cohetes. Una calabaza de Halloween de cristal que funcionaba como una lámpara de escritorio. Polillas con ojos en las alas metidas en cajas de cristal. Una esfera de la luna. Un pájaro negro apoyado en una percha de madera junto a la ventana abierta mirando hacia el océano.

Un pájaro vivo.

—Es un pájaro —dijo sorprendida cuando este se movió.

El señor Masterson se llevó un dedo a los labios y la mandó callar.

—*Un cuervo* —susurró—. Thurl es muy sensible. Pero solo es un bebé, así que se le terminará pasando la tontería. Ven aquí, Thurl.

Silbó y el cuervo batió sus alas y voló por la habitación hasta posarse en la muñeca de Jack.

—Guau —dijo Lucy—. ¿Cómo se llama? ¿Thurl?

—Sí, Thurl Ravenscroft. Sin parentesco.

—¿Parentesco con quién?

—Thurl Ravenscroft.

Ella le miró fijamente. Era más raro de lo que había esperado. No se quería marchar de allí nunca, *jamás*.

—¿Tienes un cuervo como mascota?

—«La esperanza es esa cosa con plumas», escribió una vez la preciosa Emily Dickinson. Bueno, si es verdad, entonces espero que sea una cosa con plumas *negras*. —Sonrió mientras acariciaba el pecho negro brillante de Thurl Ravenscroft—. Plumas negras, un pico afilado y garras. Cosas peligrosas, los deseos. A veces acuden a ti cuando les llamas. Otras veces se marchan volando justo después de morderte. —Puso el dedo en el pico de Thurl, pero el cuervo no le mordió. Jack volvió a silbar y Thurl retornó a su percha, un trozo de madera arrastrada por la corriente.

—Ten cuidado con lo que deseas, eso es lo que quiero decir.

—Tan solo deseo quedarme aquí —dijo ella—. Es lo que más deseo.

El señor Masterson se giró hacia ella, se pasó la mano por la barbilla y la miró como si la estuviese midiendo. Debió de pasar su examen porque entonces dijo:

—Lucy, ¿te gustaría ver en lo que he estado trabajando?

—Claro —soltó Lucy—. ¿Qué es?

—Hay un hombre muy extraño llamado Charles Dodgson, puede que tú le conozcas como Lewis Carroll, ¿no?

—Sí, le conozco —dijo Lucy, entusiasmada.

—¿Personalmente? —preguntó el señor Masterson.

—Nunca nos hemos conocido en persona —confesó Lucy. Eso le hizo sonreír.

—Él formuló un acertijo en uno de sus libros. *¿En qué se parece un cuervo a un escritorio?* No conseguía resolverlo —explicó Jack—. No existe nada peor que escuchar un acertijo y no saber la respuesta. Te vuelve loco, que probablemente era justo lo que él quería. Como tengo fechas de entrega a las que llegar, no tenía tiempo para volverme loco. Así que me inventé mi propia respuesta.

—¿Te inventaste tu propia respuesta?

Jack Masterson le dedicó una sonrisa de oreja a oreja. Según lo que decía la enciclopedia *online* sobre él, tenía cincuenta y cuatro años, pero en ese instante parecía un niño pequeño.

—Mira esto —dijo y se fue hacia la ventana donde estaba Thurl. El señor Masterson abrió la ventana de par en par. Después tomó un pequeño pupitre, que no era más grande que la bandeja de una cafetería. Con una floritura, lo lanzó por la ventana. Lucy soltó un grito ahogado. ¿Es que el señor Masterson se había vuelto loco? Corrió hacia la ventana, miró al exterior, esperando ver el pupitre en el suelo.

Pero sucedió algo asombroso, le explicó Lucy a Christopher. El pupitre no estaba en el suelo. Flotaba en el aire. El señor Masterson tenía una especie de mando de control remoto en su mano.

—Coloqué los rotores de un helicóptero de juguete debajo del pupitre —explicó mientras pulsaba los botones del mando—. Vuela como esas cosas flotantes que se ven en los centros comerciales.

El escritorio revoloteó, flotó, se elevó, bajó por el aire y, finalmente, regresó hasta el alféizar de la ventana, de donde él lo recogió.

Lucy supo en ese momento que Jack Masterson era el hombre más increíble que había vivido y viviría jamás, y que ella tenía que ser su compañera de aventuras, o nunca sería feliz de verdad.

Entonces Jack Masterson le hizo una pregunta.

—Ahora que ya lo sabes... ¿en qué se parece un cuervo a un escritorio?

Ahora, trece años más tarde, Christopher resolvió el acertijo.

Lo dijo en un susurro maravillado.

—Ambos pueden volar.

—Exactamente —dijo Lucy con una sonrisa—. Parece que... con una pequeña ayuda, ambos pueden volar.

Christopher la miró con los ojos bien abiertos, asombrado.

—De todos modos —siguió Lucy, le había prometido a Christopher que la historia tenía un final feliz, así que más le valía dárselo—. Me tuve que marchar, claro. No te puedes presentar en la puerta de tu escritor favorito y mudarte de verdad con él cuando tan solo tienes trece años. Pero fue muy amable y me firmó un libro. Y dijo que cuando fuera mayor, podría volver a visitarlo. Así que quizá pueda hacerlo algún día.

—¿Puedo ir contigo? —preguntó Christopher.

Estaba a punto de decirle que sí, claro que se lo llevaría con ella a cualquier parte, entonces recordó lo que había dicho la señora Costa, que nunca sería la madre de Christopher, no a menos que ocurriese un milagro.

Pero necesitaba responderle algo. Christopher la estaba mirando fijamente, esperando su respuesta. Puede que ese fuese el momento adecuado para decírselo, para al menos empezar a darle la noticia de que las cosas no iban a salir como ellos habían deseado.

—Sabes, cariño. Hay algo de lo que te quería hablar... —empezó, pero de repente Theresa apareció en el umbral de la puerta de la sala de ordenadores.

—Ahí estás —dijo Theresa. Lucy vio que llevaba un sobre azul en la mano—. Acaban de entregar esto para ti. Por correo postal. Espero que no sea una demanda, pequeña.

Observó el sobre azul. Miró a Christopher. Christopher observó el sobre azul. Miró a Lucy.

Él gritó. Ella gritó.

Cuando tienes que gritar, gritas.

PARTE DOS

Tic, tac
Bienvenidos al Reloj

En las profundidades del bosque había una casa medio escondida por los enormes arces. Astrid nunca había visto una casa tan extraña o tan oscura. Era alta y grande, estaba hecha de ladrillo rojo, y crecía tanta hiedra en sus paredes que solo se podían distinguir las ventanas por la luz de luna que se reflejaba en los cristales.

—¿Es esto? —susurró Max a su espalda—. ¿Esta es su casa?

—Eso creo —respondió Astrid también en un susurro—. Entremos.

—Está a oscuras. No hay nadie dentro. Deberíamos volver a casa.

—No cuando acabamos de llegar. —Astrid también quería volver a casa. Esa era la opción fácil. Pero no conseguirían que les concediesen su deseo si se rendían.

Apareció una luz en la ventana. Había alguien dentro.

Astrid gritó en voz baja. Max gritó en voz alta.

Se miraron el uno al otro. Lentamente, se acercaron a la casa por el camino hecho de piedras musgosas. Max la seguía pegado a su espalda.

Cuando llegaron a la puerta, estaba todo tan oscuro que Astrid tuvo que encender su linterna para poder encontrar el timbre. Pulsó el botón y esperó a que sonara.

No oyó un timbre, sino una voz, una extraña voz mecánica.

—¿Qué no se puede tocar, saborear o sujetar pero se puede romper?

Astrid dio un salto hacia atrás, lo que hizo que Max saltase también. Ambos respiraban con dificultad por el miedo.

—¿Qué ha sido eso? —preguntó Max con los ojos bien abiertos.

—Creo que ha sido el timbre. —Le temblaba la mano, pero volvió a pulsar el botón.

La voz volvió a hablar, era como oír hablar a un reloj, y cada sílaba era un tictac.

—¿Qué. No. Se. Pue. De. To. Car. Sa. Bo. Re. Ar. O. Su. Je. Tar. Pe. Ro. Se. Pue. De. Rom. Per?

—Es un acertijo —dijo Astrid—. No podemos entrar a menos que resolvamos el acertijo. ¿Qué no se puede tocar, saborear o sujetar pero se puede romper? ¡Piensa, Max!

Pero Max no estaba pensando. Estaba temblando.

—Astrid, quiero irme a casa. Me prometiste que si me daba miedo volveríamos a casa.

Entonces se dio cuenta. Sabía la respuesta.

Astrid la gritó hacia la puerta.

—¡Una promesa!

Tras una larga pausa, la voz volvió a hablar.

—Tic. Tac. Bien. Ve. Ni. Dos. Al. Re. Loj.

La puerta se abrió con un chirrido.

—De *La casa en la Isla del Reloj*, La Isla del Reloj, Libro uno, de Jack Masterson, 1990.

98

CAPÍTULO SIETE

A Hugo le habían echado. Culpa suya. A tres pisos de altura, se asomó sobre la barandilla de la plataforma de observación, viendo como los barcos y los ferris iban y venían, cargando cajas y bolsas de la compra, incluso habían contratado personal doméstico nuevo para que se ocupase de la limpieza de la casa y de la cocina. Jack había alistado temporalmente a un pequeño ejército de personal para su demencial concurso. Hasta ahora, solo se había roto un busto de mármol de valor incalculable realizado por un genio ya fallecido. Jack se había reído al verlo antes de decir:

—Por eso tenemos seguro.

A Hugo casi le había explotado la cabeza, por eso Jack le mandó a la plataforma de observación para «supervisar los barcos».

Hugo protestó.

—¿Supervisar los barcos? Alguien tiene que asegurarse de que no se rompa nada más aquí abajo.

—Hugo —dijo Jack con una sonrisa amplia y algo aterradora—, tu mal humor asusta a los niños.

Hugo sacudió los brazos en el aire, abarcando toda la sala.

—Aquí no hay niños.

—¿No fuimos todos niños una vez? —dijo Jack.

Buen punto. Hugo se retiró al tejado.

Pero ni allí arriba consiguió hallar paz y tranquilidad. El bolsillo de sus pantalones empezó a vibrar. Una nueva llamada entrante de otro número desconocido, sin duda. ¿Quién sería ahora? ¿La TMZ? ¿El *New York Post*? ¿El *National Enquirer*? Por puro despecho, respondió a la llamada.

—¿Sí?

—¿Hugo Reese? Soy Thomas Larrabee del *Shelf Talker*.

—Nunca he oído hablar de él.

—Somos un reconocido blog literario.

—¿Qué es un blog? —preguntó Hugo con puro rencor.

—Es, bueno, es un…

—No me importa. ¿Qué quieres?

—Esperábamos que pudiese responder unas preguntas…

—Tengo un límite de solo una pregunta por persona.

—Oh, vale, bien —dijo. Hugo escuchó cómo pasaba las páginas de un cuaderno al otro lado de la línea—. ¿Cómo es el verdadero Jack Masterson?

—Buena pregunta —dijo Hugo.

—Gracias.

—Si alguna vez conozco al verdadero Jack Masterson, te lo haré saber.

Hugo colgó la llamada. ¿Cómo era posible que toda esta gente estuviese consiguiendo su número de teléfono? Aunque estaba en el tejado, tenía la cobertura suficiente para buscar *Shelf Talker* en Google. Para sorpresa de nadie, ese reconocido blog literario tenía la cantidad ingente de diecisiete seguidores, muchos de los cuales parecían ser robots rusos.

Pero no era una mala pregunta. *¿Cómo es el verdadero Jack Masterson?* Hugo deseaba saber la respuesta.

De repente, ese año, de la nada, sin previo aviso y sin explicación alguna, Jack se levantó de la cama un día y empezó a escribir de nuevo. Y luego, también sin explicación, sin previo aviso, de la nada y de repente, ¿había decidido organizar un concurso en su propia casa en la isla?

Al viejo le encantaba la rutina, adoraba su privacidad, amaba la paz y la tranquilidad. Las mariposas sociales no vivían en islas privadas. No, Jack era justo lo contrario a una mariposa social; una polilla introvertida, quizá. Pero, durante una semana entera, iba a tener la casa llena de extraños. ¿Por qué?

Cuando Hugo había intentado preguntárselo, Jack había respondido simplemente:

—¿Por qué no?

Desquiciante. Totalmente desquiciante. Pero eso era Jack: un acertijo viviente. ¿Hugo había conocido al verdadero Jack? Puede que una vez. Puede que hace mucho tiempo.

Después de que ganase el concurso para ser el nuevo ilustrador que el propio Jack Masterson en persona había organizado, este le invitó a pasar unos meses en la Isla del Reloj, quedándose en una de las muchas habitaciones disponibles o incluso en la cabaña de invitados si era lo que prefería. Con veintiún años, Hugo nunca había salido de Reino Unido, mucho menos había cruzado el charco. ¿Cómo podía decir que no? Davey nunca le habría perdonado.

La primera vez que voló en avión fue el día que abandonó el aeropuerto de Heathrow en Londres para marcharse al JFK en Nueva York. Un Cadillac negro le había recogido en el aeropuerto, le había llevado a Lion House Books, en Manhattan, para que conociese a la editora de Jack y al equipo creativo. Había pasado una noche en el Ritz, cortesía de Jack, y al día siguiente se estaba montando en otro avión hacia el aeropuerto de Portland. Otro coche más. Después un ferri. Y entonces estaba de pie en el muelle de la Isla del Reloj, un lugar que hasta hacía una semana habría jurado que solo existía entre las páginas de los libros que le leía a su hermano cada noche.

Había esperado que un sirviente, un mayordomo trajeado quizá, le diese la bienvenida, pero no. No hubo sirvientes. Ninguna comitiva. Tan solo Jack Masterson en persona esperándole a solas. Si se había imaginado a Jack como un idiota elegante, se sorprendió al encontrarse con un hombre de apariencia completamente normal, de unos cincuenta años con un cárdigan azul marino y una camisa azul clara con manchas de tinta, como si hubiese estado luchando contra una pluma y hubiese perdido la pelea.

—Es un placer poder conocer al hombre en persona —le dijo Jack, actuando como si Hugo fuese el famoso y no él—. Bienvenido al Reloj.

Hugo ni siquiera recordaba lo que le respondió. «¿Muy guay el sitio?». O: «¿Gracias?». El clásico «¿Todo bien?» solía confundir a los estadounidenses cuando se lo decía. Puede que no dijese nada, abrumado como estaba, salvo un hosco «Hola».

Después de eso, recordaba que Jack le había ofrecido algo que comer y que Hugo había sido demasiado orgulloso como para admitir que estaba muerto de hambre. Le dijo a Jack que probablemente deberían ponerse directamente a trabajar si querían tener cuarenta nuevas portadas en un plazo de seis meses.

Era un joven idiota pretendiendo ser un gran hombre de negocios. En cambio, Jack le llevó alrededor de la Isla del Reloj. A la playa Cinco en punto y a las Seis más meridionales, un sitio fantástico donde hacer una merienda al aire libre, había dicho Jack. Hugo se quedaría en la cabaña de invitados del Séptimo cielo, pero podría trabajar en la casa principal si lo así lo deseaba. Había muchas habitaciones vacías y en la cocina siempre quedaba tarta.

Jack le mostró las fresas alpinas blancas que estaba cultivando en su invernadero («Prueba una, Hugo. ¡Saben a piña!»), las piscinas de olas («Si ves una estrella de mar, detenla. Tengo preguntas que hacerle»), la plataforma de observación desde donde tenías una vista de 360 grados de toda la isla («Puedes subir a dormir aquí si te gusta observar las estrellas y no te importa que los murciélagos se caguen en tu cara»). ¿No se suponía que debían de estar trabajando en un proyecto gigantesco?

Finalmente, el pobre viejo Jack se dio por vencido en su intento de conseguir que Hugo se relajase. Cuando le preguntó si quería descansar un poco antes de ponerse a trabajar, Hugo le hizo un gesto con la mano, desestimándolo.

—Prefiero empezar ya —le había dicho.

Catorce años más tarde quería poder volver atrás en el tiempo y sacudir a su yo más joven hasta que entrase en razón, decirle que dejase de hacerse pasar por un artista serio; vestido todo de negro, con sus miradas de superioridad y su mala actitud, había tardado varios años en descubrirlo; y es que no existía nada parecido a un *artista serio*. Era un oxímoron, y fue Jack quien intentó enseñárselo el día que se conocieron.

Durante una visita rápida a la casa de Jack, Hugo actuó como si todas las habitaciones no le estuviesen dejando boquiabierto. Todas aquellas primeras ediciones de valor incalculable de la biblioteca. La mesa de comedor en la que se podrían sentar doce personas cómodamente. Una cocina que era tan grande como el piso de su madre. Los retratos de personas hacía tiempo fallecidas con las que Jack no estaba emparentado. Los esqueletos de murciélagos en marcos tenebrosos. El panel secreto que conducía a un pasillo secreto que llevaba a una salida secreta al jardín no tan secreto. Y, por todas partes, había relojes de arena y relojes de sol. Incluso un reloj de péndulo. Todo el lugar parecía la casa de verano de un científico victoriano loco. Y a Hugo le encantaba. Aunque no se lo dijo a Jack.

—Bienvenido a mi fábrica de escritura —dijo Jack mientras entraban en la sala. Más estanterías. Un escritorio tan grande como un bote y, según Jack, hecho de madera de uno.

—¿Fábrica de escritura? —dijo Hugo.

—Willy Wonka tenía su fábrica de chocolate donde torturaba y recompensaba a los niños. Yo tengo mi fábrica de escritura donde torturo y recompenso a los niños. Solo sobre el papel, claro.

Le hizo un gesto con la mano para señalar sus máquinas de escribir, media docena de máquinas manuales y eléctricas. Una Olivetti roja. Una Smith Corona negra. Una Royal azul clara. Una Olympia rosa neón. Todas parecían sacarle una década o dos a Hugo.

—¿Máquinas de escribir? —le preguntó a Jack mientras este se sentaba frente a su escritorio con una máquina de escribir naranja con un «Hermes Rocket» impreso sobre la tapa de metal—. ¿De la vieja escuela, eh? ¿No usas un ordenador?

—Demasiado silenciosos —se quejó Jack—. Necesito algo lo suficientemente ruidoso como para cubrir el sonido de los gritos de mis personajes pidiendo ayuda.

Hugo estaba empezando a pensar que Jack no estaba demasiado bien de la cabeza.

—Además, son mucho más divertidas —dijo Jack—. Incluso a Thurl le gusta ayudarme a escribir. Ven aquí, Thurl.

Si Hugo se había fijado en el cuervo mascota de Jack, pensó que era una estatua o algo por el estilo y lo había ignorado. Ahora ya no podía hacer como que no estaba, ya que salió volando de su percha junto a la ventana sur para aterrizar en el escritorio de Jack junto a la ventana este. Un cuervo. Un cuervo negro de verdad cuyas alas tenían una envergadura similar a la pierna de Hugo.

—Es un cuervo. —Hugo señaló al pájaro—. ¿De dónde ha salido?

—Del cielo —dijo Jack, acariciando las alas brillantes de Thurl.

—Una bestia enorme, ¿no? —La sorpresa debía quedar reflejada en el rostro de Hugo.

—Oh, solo es un bebé. Bueno, un bebé grande. ¿Pensaba que teníais cuervos en Londres?

—Tenemos los cuervos de la Torre, pero no dejan que nos los llevemos a casa. Siempre he querido llevarme uno —admitió—. Pero no sabía cómo ocultar un cuervo en mi abrigo.

—Le puedes acariciar. No te hará nada.

Hugo tenía que acariciar al cuervo aunque solo fuese para decirle a Davey que lo había hecho.

Se acercó al pájaro lentamente, que parecía estar muy a gusto sentado sobre la máquina de escribir de Jack, picoteando las teclas. Alzó la mirada cuando Hugo se acercó hasta él, sus ojos de ébano brillaban.

—Vale, colega —dijo Hugo mientras acariciaba con delicadeza la parte posterior de la cabeza lisa del pájaro una vez, luego dos, y después de eso Hugo se acobardó. Aquel pico parecía siniestro. Pero en cuanto paró, quiso volver a acariciarlo. Pasó la mano lentamente por el ala y Thurl le dejó, ni siquiera parecía importarle. Quizás el viejo Jack estuviera loco, pero tenía buen gusto para las mascotas extrañas.

—Me lo encontré medio muerto en el bosque después de un vendaval. Su madre no estaba a la vista. Lo crie y ahora es demasiado manso como para volver a la naturaleza.

—Es brillante —dijo Hugo, atreviéndose a volver a acariciar la reluciente cabeza del pájaro.

—Me alegro de que te guste. Podéis ser amigos.

Hugo estaba sonriendo y Jack le sorprendió. No le gustaba que nadie le viese sonreír. Los artistas serios no sonreían. Fruncían el ceño.

Retiró la mano rápidamente y se la metió en el bolsillo.

—Bueno, ¿cómo lo hacemos? —dijo Hugo, yendo directo al grano.

—Has leído mis libros, ¿no? —le preguntó Jack mientras deslizaba una hoja nueva en su máquina de escribir y empezaba a aporrear las teclas.

—Sí. A mi hermano Davey. —Tuvo que alzar la voz para que se le escuchase sobre el ruido.

—¿Y mi editora o alguien de Lion House te explicó el proceso ayer?

—Los jefes me explicaron qué hacer y cómo hacerlo.

El departamento creativo de Lion House le había dado una larga charla sobre el proceso de creación de las cubiertas. Los libros de *La Isla del Reloj* eran especiales, le dijeron, porque las portadas seguían pintadas a mano en vez de diseñadas con un ordenador. Petición de Jack (aunque la forma en la que dijeron «petición» hizo que Hugo pensase que era algo más como una «orden»). Las ilustraciones se expondrían en eventos literarios y en visitas escolares, o se donarían a hospitales infantiles o a centros de acogida. Después le dieron una lista de requisitos: soporte, tipo de pintura, dimensiones, etc. Tal vez se habría marchado corriendo si no le hubiesen dicho también cuánto le pagarían por cada cubierta, algo que hizo que se sentase y prestase atención. No era nada comparado con lo que Jack sacaba por cada libro, pero era más dinero del que él o su madre habían visto en toda su vida. Así que aquí estaba, en Maine, hablando con un hombre loco con un cuervo como coautor.

—Entonces, adelante. Pinta. Diviértete.

—Necesito algo más de ayuda que un «diviértete».

Jack siguió escribiendo y mientras tecleaba, recitó:

Somos los creadores de música,
y los soñadores de sueños,
por rompeolas solitarios vagamos
y nos sentamos junto a arroyos desolados.
Del mundo perdedores y abandonados,
sobre los que la pálida luna resplandece:
sin embargo, somos los más poderosos
del mundo, eternamente, parece.

Jack hizo una larga pausa antes de añadir:

—Primera estrofa. *Oda* de Arthur O'Shaughnessy. Siempre hay que citar las fuentes.

Después siguió escribiendo como un loco.

—La poesía no es la solución a mis problemas —dijo Hugo, casi gritando sobre el sonido de las teclas.

Finalmente, Jack dejó de teclear. El silencio era el paraíso.

—¿Por qué alguien decidiría tener problemas que la poesía no pudiese resolver? —preguntó Jack.

¿Es que este hombre no entendía la presión a la que Hugo estaba sometido? La editora de Jack había dicho que cada libro de *La Isla del Reloj* vendía alrededor de diez millones de copias, y había cuarenta libros publicados de momento. Diez millones multiplicados por cuarenta era un cálculo que incluso un artista podía hacer mentalmente.

—Eres rico —dijo Hugo—. No voy a decirte que deberías disculparte por ello. —Aunque Hugo pensaba que probablemente debería—. Pero esa mochila de allí —dijo señalando su mochila de viaje negra— es todo lo que tengo. No puedo fastidiar esta oportunidad. Tienes que darme algo más que solo decirme que me «divierta».

—Chico, esto… —Jack señaló la página en blanco que había en su máquina de escribir— es mi arte. Eso —señaló un cuadro de la Isla del Reloj, témpera sobre papel, con el que Hugo había participado en el concurso— es tu arte. Tú no me dices cómo puedo crear mi arte. Yo no te digo cómo crear el tuyo.

—¿Jack?

—¿Sí, Hugo?

—Dime cómo crear mi arte.

Jack se reclinó en su silla giratoria verde industrial. Las viejas ruedas chirriaron, haciendo que Thurl volviese a su percha.

—¿Cuál es el mejor regalo que te han hecho? —preguntó Jack—. Y no me digas algo que creas que quiero oír, como por ejemplo que un profesor te animó a seguir adelante y ese fue el mejor regalo. Me refiero a juguetes. A una batería. A un arco y flechas. Algo que te trajo Papá Noel o que te regaló una tía soltera con dinero y que le guardaba rencor a tu madre.

—Un Batmóvil —confesó Hugo. Casi se sonrojó al admitirlo, pero había adorado ese juguete demasiado como para negarlo—. Mi madre, de alguna manera, consiguió reunir el dinero necesario para comprarme un Batmóvil teledirigido. Era de segunda mano, creo. Quizá mamá se lo encontró en una tienda de segunda mano, pero seguía estando en su caja, y funcionaba de maravilla.

—¿Jugaste con él?

—Claro. Yo, eh… Dios… —Hugo se rio al recordar su niñez—. Jugué tanto con él que terminé quemando el motor y las ruedas se le cayeron.

—¿Cómo crees que se habría sentido tu madre si nunca lo hubieses sacado de la caja? ¿Si lo hubieses dejado en una estantería y solo lo hubieses admirado desde lejos?

Hugo recordaba a su madre riendo hasta quedarse sin aliento mientras el pequeño coche negro salía disparado de la mesa, corría por su piso, entre sus tobillos, incluso mientras desayunaban. Fingía estar enfadada, pero sus ojos no dejaban de reír. Incluso la había oído presumir de ello con su vecina Carol, contarle cómo había encontrado un juguete para Hugo y cómo el niño no había parado de jugar con él desde hacía semanas.

—Le habría roto el corazón.

—Ahí —dijo Jack, como si eso demostrase su argumento. ¿Qué argumento?

—¿Ahí qué?

—Dios, o quienquiera que esté a cargo de este planeta, se emborrachó un día en el trabajo y me dio el don de la escritura. Tal y como yo lo veo, tengo dos opciones. Puedo poner ese don en el estante más alto para que no se estropee y nadie se pueda reír de mí por jugar con él. —Sonrió hasta que las arrugas en las comisuras de sus ojos fueron lo suficientemente profundas como para ocultar secretos de Estado—. O puedo divertirme usándolo y jugando con el regalo que me han hecho hasta que se queme el motor y se le caigan las ruedas. Decidí jugar. Te sugiero que hagas lo mismo, joven. Ve a pintar, o a dibujar, o a hacer un *collage* o lo que sea que quieras hacer. Vuelve cuando al lienzo le esté saliendo humo. Y por Dios, ve a divertirte. ¿Por favor?

Entonces Jack se despidió de Hugo con un gesto de la mano. ¿Y qué se suponía que tenía que hacer? Salió y se divirtió, aunque solo fuera para demostrar que Jack estaba equivocado. Excepto que no consiguió demostrarlo. Tres días más tarde pintó la cubierta para *La máquina fantasma*, el libro once de la saga de *La Isla del Reloj*. No había búhos piratas, pero había una luna creciente sonriendo, con dos estrellas como ojos, y un niño de unos diez años trepando por una escalera imposible al estilo de Escher hacia el cielo nocturno y, tras él, en los escalones, había un fantasma de color del humo con la forma del niño al que perseguía. Una sombra en la ventana de la casa de la Isla del Reloj mostraba la silueta del Mastermind, observando al niño y a su fantasma subiendo la escalera, echando una carrera para ver quién llegaba antes a la luna.

Era rara y era bonita, y Hugo se divirtió pintándola.

Recordaba habérsela enseñado a Jack, tímido, asustado, orgulloso y estúpido, todo al mismo tiempo. Como un niño esperando una palmadita orgullosa en la espalda.

Jack la miró fijamente, la estudió, la volvió a mirar más de cerca, se alejó, se volvió a acercar y posó un dedo sobre la extraña escalera que llevaba a cualquier parte y a ninguna al mismo tiempo.

Entonces, en voz baja, susurró:

—«Ayer, al subir la escalera, vi a un hombre que no estaba allí. Tampoco hoy lo volví a ver. Deseo, deseo verle desaparecer…». —Luego, añadió—: Hughes Mearns.

Cierto, cierto. Siempre hay que citar las fuentes.

¿Era ese el momento en el que Hugo había visto al Jack Masterson de verdad? ¿Cuando había visto cómo desaparecía la sonrisa y se deslizaba el velo? ¿Pero cuál era el Jack de verdad? ¿La luna que lo observaba todo? ¿El niño asustado que corría hacia la luz?

¿O el solitario Mastermind, atrapado tras el cristal, incapaz de intervenir en un mundo donde incluso los niños vivían atormentados?

—¿Te gusta? —preguntó Hugo. No podía soportar seguir esperando ni un segundo más a que Jack le respondiese.

—Es perfecta —dijo Jack sin sonreír, pero de alguna manera mostrando una alegría aún mayor. Le dio un suave codazo a Hugo en el costado—. Una menos. Quedan treinta y nueve.

Al final de su segunda semana allí, Hugo había aprendido a pintar con un cuervo posado en el caballete. Al final del mes, había terminado cinco portadas y eran mejores de lo que creía que era capaz de hacer. Y para Navidad, Hugo había terminado el trabajo y le habían contratado para hacer las portadas desde el libro cuarenta y uno de *La Isla del Reloj* hasta el infinito.

La mañana de Navidad, dos días antes de que Hugo pudiese volar de regreso a Londres, de vuelta a Davey, abrió una caja envuelta y se encontró con un Batmóvil teledirigido antiguo en perfecto estado. Hugo se lo regaló a Davey, que jugó con él hasta que se le cayeron las ruedas.

Ahora estaba observando cómo el último barco del día se alejaba del muelle. Probablemente ya podría bajar. Pero primero se volvió, echando otro buen vistazo a la isla. Era difícil de creer que pronto se marcharía de aquí, se mudaría, que seguiría con su vida como debería haber hecho hace años, lo quisiera o no.

Cuando el sol ya se había escondido, Hugo bajó hasta la casa. Todo estaba en su sitio, más o menos. Al día siguiente llegarían los primeros concursantes. Y pensaba quedarse hasta que el concurso hubiese terminado para asegurarse de que no se rompiera nada más. Incluyendo a Jack.

Especialmente a Jack.

CAPÍTULO OCHO

Reza por un milagro.

Eso le había dicho la señora Costa. Lo mismo le había dicho Theresa. Lucy no les había creído entonces. Ahora... puede que estuviese empezando a creer.

Era lunes. El día que Lucy se marcharía a la Isla del Reloj.

Se había despertado a las cuatro de la mañana y se había obligado a desayunar un tazón de cereales. Después de ducharse, maquillarse, peinarse y vestirse, revisó sus maletas, asegurándose de que no se dejaba nada.

Al terminar la universidad había jurado que nunca volvería a Maine y, con el tiempo, había olvidado lo mucho que echaba de menos el frío y salvaje océano Atlántico, los vientos cortantes, los somormujos y los frailecillos, los arándanos y los rollos de langosta y los *popovers*, esos pasteles increíblemente deliciosos que se odiaba por no haber aprendido nunca a cocinarlos. Y actuaba como si tampoco echase de menos tener que llevar jersey nueve meses al año. Incluso cuando era sincera consigo misma, admitiendo que echaba de menos su hogar, seguía sin arrepentirse de haberse marchado a California. Eso le había salvado la vida, los largos días soleados la sacaron del profundo y oscuro lugar del que había temido ser incapaz de salir. Y conocer a Christopher había hecho que todo valiese la pena.

Gracias a Dios no le había contado que nunca podría ser su madre. Después de dos años de escatimar, ahorrar y sacrificarse sin llegar prácticamente a ninguna parte, *por fin* tenía una oportunidad para hacerlo realidad. Las reglas del juego decían que podía hacer lo que quisiese con el libro si ganaba, incluso venderlo a cualquier editorial. Ese era su plan. Ganarlo. Leerlo. Venderlo. Un nuevo libro de *La Isla del Reloj* probablemente valdría mucho dinero. Como mínimo, le daría para comprarse un coche y pagar la entrada de un apartamento. Tenía que ganar. Por Christopher. Por ella. No iba a volver a tener una segunda oportunidad como esta.

Un coche dio un pequeño bocinazo.

Hora de irse.

Se levantó, respiró hondo y se echó el bolso al hombro. Fuera, Theresa la estaba esperando. Se había ofrecido a llevarla al aeropuerto. Lucy se rio cuando salió de casa y vio el viejo Camaro beige de Theresa decorado con un cartel que decía: ¡O LA ISLA DEL RELOJ O NADA!

—Estás loca —dijo Lucy mientras Theresa le quitaba la maleta y la colocaba en el maletero. Tuvo que apartar algunas serpentinas azules y doradas para poder meterla.

—Mis hijos querían hacer esto por ti. No me culpes —dijo Theresa.

Lucy se montó en el asiento del copiloto.

—¿Has dormido algo? —preguntó Theresa, alejándose de la acera.

—Puede que un par de horas.

—¿Emocionada o asustada?

—Emocionada por mí. Asustada por Christopher.

—Estará bien —dijo Theresa—. Cuidaré de él. Te echará muchísimo de menos, pero está que no cabe en sí de la emoción. Sabe que ganarás ese libro.

Lucy sacudió la cabeza.

—Ni siquiera sé qué se supone que tengo que hacer en esa isla. No me han dicho nada sobre el juego. Todo lo que sé es que un coche vendrá a recogerme al aeropuerto de Portland y que un barco me llevará a la isla. Me dijeron que hiciese las maletas para cinco días y eso es todo.

—Muy misterioso. ¿Estás segura de que no es una secta? —Theresa le guiñó el ojo.

—Te prometo que no me uniré a ninguna secta ni compraré ninguna multipropiedad.

—¿Te dará tiempo a quedar con algunos de tus amigos en la ciudad?

—No creo. Creo que estaré en la Isla del Reloj hasta que termine el juego. Y después volveré directa aquí.

—Bien.

Lucy miró a Theresa.

—No iba a quedar con Sean igualmente. No me podrías pagar lo suficiente como para que accediese a verle.

—Tan solo era para asegurarme. Sé que dejaste todas tus cosas en su casa cuando te mudaste. Si pensabas que merecía la pena…

—No merece la pena, lo sé. —Lucy había pensado en llamar a Sean más de una vez, pedirle que le enviase sus cosas por correo. Podría haber usado esos tacones Jimmy Choo que le había regalado. Los podría haber empeñado.

—Buena chica. Nadie necesita tanto el dinero. Y si lo necesitas, pídeselo a Jack Masterson. Esta locura de concurso ha vuelto a poner sus libros en las listas de los más vendidos. Probablemente ese era su plan.

—Puede ser —dijo Lucy, aunque el Jack Masterson que ella había conocido no parecía interesado en el dinero o en las listas de los más vendidos. Y si lo estaba, ¿por qué no había publicado ni un solo libro en los últimos seis años?

Lucy miró a su alrededor. Deberían estar ya por la autopista de camino al aeropuerto.

—¿Estás segura de que al aeropuerto se va por aquí?

—Tenemos que hacer una parada rápida antes.

Tenían tiempo, así que a Lucy no le preocupaba demasiado. Miró a través de la ventana, intentando contener los nervios. La mirada fija en el premio. Necesitaba estar centrada. Ganar no sería una tarea fácil. Hacía tres días la habían invitado, por videoconferencia, al *Today Show*. Habían entrevistado a todos los concursantes, pidiéndoles que contasen la historia de cómo habían terminado escapándose a la isla y por qué.

Andre Watkins había contado que, de niño, había sido víctima de acoso racista en su colegio en Nueva Inglaterra. Se había escapado en una excursión escolar. Jack había llamado a sus padres y les había dicho que no tenía sentido que le mandasen a un colegio elegante si eso destruía las ganas que tenía su hijo de aprender. Terminó yendo a un colegio donde se sentía a salvo y Jack le escribió la carta de recomendación que ayudó a que entrase en Harvard. Ahora era un abogado de éxito.

Melanie Evans, la otra mujer que también participaba, contó cómo se había mudado a una nueva cuidad, a un nuevo colegio, sin amigos. Jack le había enviado copias de sus libros a sus compañeros de clase con una nota que decía que ese regalo era de su parte y de parte de su querida amiga Melanie. Había sido la chica más popular del colegio después de aquello, y ahora tenía su propia librería infantil.

El doctor Dustin Gardner reveló que le daba miedo salir del armario con sus padres. Jack le había animado a ser sincero con ellos pero le había prometido que, si no lo aceptaban, tendrían que responder ante él. Tener a su escritor favorito del mundo entero de su parte le había dado el valor suficiente para ser él mismo. Y Jack tenía razón. Al principio, sus padres tuvieron problemas para aceptarlo, pero con el tiempo se convirtieron en su mayor apoyo. Cuando los presentadores le preguntaron qué haría si ganaba, dijo que lo vendería para poder pagar sus deudas estudiantiles. Después preguntó si alguien quería empezar a hacerle alguna oferta. Eso hizo que todo el público estallase en carcajadas.

Cuando llegó su turno, Lucy tergiversó un poco la verdad. Dijo que solo quería ser la compañera de aventuras de Jack Masterson. Que él había bromeado en una carta que le había escrito diciéndole que necesitaba una y ella había intentado solicitar el trabajo. La parte de que sus padres la habían abandonado y todos los problemas médicos de su hermana parecía demasiado deprimente como para contarla en un programa matinal por televisión.

—Estás demasiado callada, cariño. ¿Estás bien? —preguntó Theresa, sacándola de sus ensoñaciones.

—Bien, estoy bien. Solo estoy nerviosa. Gracias, por cierto.

Theresa le quitó importancia con un gesto de la mano.

—Tan solo te estoy llevando al aeropuerto.

—No, gracias por haberme convencido de no decírselo a Christopher.

Theresa tendió una mano hacia ella y le dio un suave apretón.

—Vas a ganar, y vas a ser su madre. Me niego a creer que no va a ser así.

—Es más probable que pierda.

—Vale, entonces roba algún cubierto de plata de Masterson mientras estés allí. Lo venderemos por eBay cuando vuelvas. Llamémoslo «plan B».

—Una idea genial.

—Ahora en serio, mientras estés en Maine —dijo Theresa, señalando a Lucy con el dedo—, quiero que pienses un «plan B» de verdad, ¿vale? No me importa si tienes que conseguir un trabajo nuevo o hacer que tu hermana se sienta tan culpable que te tenga que extender un cheque, pero es hora de hacerlo realidad. ¿Vale? ¿Por Christopher?

Un nuevo trabajo significaba que no podría seguir con las tutorías de Christopher después de clases. Y no podía ni siquiera obligarse a escribirle un mensaje de texto a su hermana sin tener ganas de vomitar, mucho menos podría pedirle dinero. Imposible.

—Vale. Pensaré en algo.

—Sé que lo harás. —Theresa aparcó frente a un pequeño bungaló con arbustos en el patio delantero que necesitaban ser podados pronto. ¿Dónde demonios estaban?

La puerta de la casa se abrió y Christopher salió corriendo hacia el coche.

Lucy miró a Theresa.

—De nada —dijo.

Lucy salió del coche y levantó al niño del suelo en un abrazo, dándole vueltas.

—Lucy, me voy contigo al aeropuerto. La señora Bailey me ha dejado. ¡Hasta puedo llegar tarde al cole!

—Eso es genial. ¡Vamos! —Se montó en el asiento trasero con Christopher y se aseguró de que tuviese bien puesto el cinturón mientras Theresa salía a la autopista.

—Ha sido una sorpresa maravillosa. —Lucy le apretó suavemente el hombro a Theresa.

—Pensé que necesitarías algo de apoyo moral.

—Yo soy tu apoyo moral, Lucy —dijo Christopher.

—Mi moral necesita todo el apoyo que pueda conseguir.

Durante el camino al aeropuerto, Christopher y Theresa hablaron sobre sus libros favoritos de *La Isla del Reloj*: *La máquina fantasma*, *Calaveras y trampas* y, especialmente, *El secreto de la Isla del Reloj*.

—¿Por qué ese es tan bueno?

—Es en el que el Mastermind adopta a una niña que va a la isla. Ella se queda a vivir allí para siempre.

Christopher miró de reojo a Lucy.

Fue Lucy quien le habló por primera vez a Christopher de los libros de *La Isla del Reloj*. Cuando la trabajadora social le recogió del hospital después de que sus padres falleciesen, le preguntó si había algún adulto con el que quisiera quedarse, ya que no podían localizar a ningún familiar.

Y él solo había dicho:

—La señorita Lucy.

Así fue cómo, durante una semana, Lucy fue la madre de Christopher. Era verano cuando recibió la llamada durante un turno de noche en el bar donde trabajaba mientras no había colegio. Un compañero de trabajo la condujo en coche a la estación de policía y después los llevó a casa de Lucy. Christopher, aún en estado de shock, no dijo nada durante el trayecto.

El gerente del bar tuvo la amabilidad de concederle unos días libres remunerados mientras ella se quedaba con el niño traumatizado y asustado las veinticuatro horas del día. Había puesto un saco de dormir junto a su cama y le había dado todas las mantas disponibles que le habían prestado sus compañeros, quienes, por primera vez en sus vidas, no hicieron ruido en casa. Desesperada porque Christopher hablase con ella, había sacado una caja que tenía guardada bajo la cama. Cuando se había marchado de Maine, había viajado hasta California en avión con solo dos maletas. Una llena de ropa. La otra llena de libros. Los libros de *La Isla del Reloj* fueron los únicos que quiso llevarse. Le pidió que eligiese un libro, y le dijo que ella se lo leería en voz alta. Él eligió *El carnaval de la luna*, el libro treinta y ocho de la saga. ¿Por qué? Probablemente porque la portada le llamó la atención, con su noria flotante, la montaña rusa alada y el niño vestido de maestro de circo. También era una de sus favoritas. Metió a Christopher en la cama con ella y él apoyó la cabeza sobre su brazo mientras le leía página tras página, y esperó a que el niño dijese algo. Cuando llegaron a la mitad del libro ya era hora de acostarse y él le pidió que le leyese un capítulo más; eso fue lo primero que dijo desde que lo había traído a casa. Y fue el momento en el que supo que haría cualquier cosa por él, cualquier cosa con tal de hacerle feliz, para mantenerle a salvo, para darle una vida llena de amor.

El día que la trabajadora social fue a recogerle para llevarle a su primera casa de acogida, Christopher no quería irse. Se aferró a su cuello y lloró desconsolado. Esa vez ella le prometió que volverían a estar juntos algún día. En cuanto pudiera, serían una familia.

Cuando llegaron a la zona de salidas del aeropuerto, Lucy deseaba poder meterle en su maleta de mano y llevárselo con ella.

Theresa salió del coche y sacó la maleta de Lucy del maletero.

—Te he traído algo —le dijo Lucy a Christopher.

—¿El qué?

Sacó la bolsa de La Tortuga Morada de su maleta y se la entregó. Él abrió la caja envuelta con los ojos bien abiertos y se encontró no uno, ni dos, sino tres tiburones.

—Oh, qué guay… —Los miraba asombrado—. ¿Me los puedo quedar todos?

—Todos y cada uno de ellos. ¿Cuál es tu favorito?

—Este. —Acunó al tiburón martillo en sus brazos como cualquier otro niño acunaría a un gatito.

—¡Sonríe! —Lucy le sacó una foto sujetando al tiburón como si estuviese volando. Después él le pasó los brazos por el cuello y se aferró a ella. Ella le devolvió el abrazo, casi con la misma fuerza. Christopher olía a champú Johnson's Baby, su olor favorito del mundo.

—Me tengo que ir —susurró.

Christopher se apartó y sonrió con valentía.

—Buena suerte.

—La necesitaré. —Le acunó el rostro entre las manos y le miró a los ojos—. Le enviaré un mensaje a la señora Bailey en cuanto pueda, y ella te lo podrá leer. ¿Vale?

—Vale. —Asintió. Después añadió en voz baja—. Intentaré responder al teléfono si me llamas.

—¿Lo harás? No tienes por qué hacerlo. Puedo enviar mensajes. Y te traeré un autógrafo del señor Masterson.

—¿Y el libro?

Ahora era ella quien tenía que armarse de valor y sonreír.

—Sabes que cabe la posibilidad de que no lo gane. Hay cuatro personas compitiendo por él.

—Yo he pedido un deseo para que lo ganases.

—Entonces está hecho. —Le dio un último abrazo, le dijo que le quería y después, como si se quitase una tirita rápido, salió del coche, abrazó a Theresa y tomó su maleta.

—Acaba con ellos —dijo Theresa—. No dejes que nadie te intimide. Eres maestra auxiliar de infantil. ¿Te las apañas con esos niños? Entonces puedes con *cualquier cosa*.

Lucy le lanzó un último beso a Christopher. Él saludó a través de la ventana hasta que el coche desapareció de su vista.

Respiró profundamente y se dirigió al aeropuerto. Habían pasado muchos años desde la última vez que había volado en avión, desde que había viajado en general. *De verdad* iba a volver a la Isla del Reloj. Aún no se lo podía creer.

Para cuando pasó el control de seguridad y llegó a su puerta, casi era la hora de embarcar. Se paseó ansiosa frente a ella, intentando apaciguar sus nervios antes de tener que estar sentada en un avión seis horas seguidas. Al principio no notó cómo su teléfono móvil vibraba en el bolsillo trasero de sus vaqueros. Este se detuvo y luego volvió a vibrar. Lo sacó y vio que alguien la estaba llamando desde Maine, un número desconocido.

Esa última semana había respondido a todas las llamadas que había recibido de números desconocidos, por si eran del equipo de Jack Masterson.

Respondió la llamada intentando sonar como una adulta, distante y profesional.

—¿Diga?, al habla Lucy Hart.

Hubo un breve silencio hasta que la persona al otro lado de la línea habló.

—Hola, Pajarillo.

Lucy conocía esa voz. La conocía y la odiaba. Se le heló la sangre.

—¿Sean? ¿Qué...? ¿Por qué me llamas?

—He oído por ahí que vuelves a Portland a pasar unos días. Felicidades, por cierto. Por lo del concurso ese. ¿De qué va todo eso?

Respiró profundamente.

—Puedes buscarlo en Google —dijo.

Su exnovio era la última persona del planeta Tierra con la que quería hablar en esos momentos. En realidad, no. Era la penúltima persona del planeta con la que quería hablar. Su hermana, Angie, era la última, pero Sean le seguía muy de cerca.

—¿Por qué no me lo cuentas tú? Parece divertido.

Hubo una vez en la que había pensado que ese hombre bajaría la luna por ella. Ahora sabía que tan solo la bajaría porque quería que ella viese lo guapo que estaba a la luz de la luna.

—Voy a embarcar. ¿Qué quieres, Sean? En serio.

—Vamos, Pajarillo. No seas así. Sé que las cosas terminaron mal entre nosotros. Sobre todo por mi culpa, pero ambos somos adultos. Actuemos como tales y dejemos el pasado atrás.

¿Sobre todo por su culpa? *¿Sobre todo?*

No tenía sentido enfadarse con él. Enfadarse significaba prestarle atención y él se alimentaba de la atención como las plantas se alimentaban de la luz del sol.

—¿Qué puedo hacer por ti, Sean? —dijo con toda la calma que pudo, aunque sus ojos no dejaban de mirar hacia la agente de embarque, rezando por que empezasen a embarcar pronto.

—Quedemos a tomar un café cuando estés en la ciudad.

—No puedo. Estaré todo el tiempo en la isla.

—La isla. Bien. Jugando en las grandes ligas de nuevo —dijo, y ella se imaginó una sonrisa de suficiencia en su rostro—. Bien por ti.

Lucy no respondió nada. Sabía que era lo más sensato.

—Bueno, felicidades de nuevo. Sé que te encantaban esos libritos del Reloj. Nunca los entendí, pero tampoco es que leyese libros infantiles, ni siquiera de pequeño. Demasiado simples, ¿sabes?

—Yo soy simple —dijo Lucy.

—Nah. No me habría enamorado de ti si fueses simple. Eres más lista e interesante de lo que crees.

No se fiaba ni un pelo de sus halagos. Al piropearla, se halagaba a sí mismo porque eso significaba que tenía buen gusto.

—¿Qué pasó con el «deja de ser tan estúpida, Lucy»?

—Oye. Como he dicho, ambos llevamos mal la situación en el pasado. Yo lo admito. ¿Y tú?

La agente de embarque tomó el micrófono que tenía sobre la mesa y anunció que comenzarían con el preembarque. Lucy podría haber besado a la mujer.

—Me tengo que ir. Estoy embarcando. Primera clase —dijo sin poder contenerse—. Adiós, Sean.

—No cuelgues —dijo. No se lo estaba pidiendo, se lo estaba ordenando—. Tengo derecho a saber qué pasó con el niño.

Ella respiró profundamente. No iba a echarse a llorar justo antes de embarcar. Iba a seguir tranquila.

—Tienes razón. Tienes derecho a saberlo —repuso—. Pero ¿por qué ahora? Nunca me enviaste ningún mensaje. Ni una sola vez. En estos tres años.

¿Sean podía sentirse avergonzado? Probablemente no, pero al menos ella por fin había hecho una pregunta para la que él no tenía una respuesta preparada. Sabía por qué la estaba llamando ahora. El concurso estaba en todas las noticias. Sean había oído su nombre y había recordado que existía. Mejor aún, Lucy estaba consiguiendo sus quince minutos de fama. ¿Por qué no aprovecharse un poco de esa fama? ¿Por qué no la llamaba y hacía que toda su gran aventura girase a su alrededor? De todos modos, todo en el mundo giraba a su alrededor.

—Te lo pregunto ahora, Lucy.

—No había ningún niño —dijo—. Felicidades. No eres padre. ¿Contento? Ahora puedes admitirlo.

Su risa fría le erizó el vello de los brazos.

—Debería haber sabido que estabas mintiendo. Siento que tu jueguecito no haya funcionado conmigo.

—Claro que piensas que soy una persona tan horrible como tú.

—No creo que sea…

—No me importa lo que creas. Adiós, Sean. No vuelvas a llamarme.

—Lo que quiera que…

Lucy colgó la llamada. Se levantó y tomó su maleta. Fue un alivio subirse corriendo al avión, acomodarse en la amplia y mullida butaca, volver el rostro hacia la ventana y cerrar los ojos. Respiró lentamente para calmar su corazón acelerado. Esperaba que quien se sentase a su lado pensase que temblaba porque tenía miedo a volar, no porque su ex-novio fuese capaz de ponerla nerviosa después de tanto tiempo. Odiaba que pudiese arruinarle el día con solo una llamada. No, no iba a dejar que él volviese a tener ese poder. Ya no era una niña. Ya no era su muñequita. Ya no estaba bajo su control. No le daría esa satisfacción.

No, en ese momento decidió que ganaría el concurso. Ganaría ese libro. Se lo leería a Christopher para celebrarlo y, al día siguiente, se lo vendería a una editorial por tanto dinero como pudiera conseguir.

Entonces entraría en La Tortuga Morada con Christopher a su lado y, cuando la dependienta le preguntase si podía ayudarles, Lucy respondería:

—Sí. Nos lo llevamos todo. Y envuelto para regalo, por favor.

Capítulo nueve

Lucy llegó al aeropuerto de Portland poco después de las seis de la tarde. Estaba cansada, agotada, hambrienta por comer algo de verdad y fuera de sí de la emoción. Tenía la suficiente energía mental después de un vuelo tan largo como aquel para acordarse de enviar un mensaje a Theresa diciéndole que había llegado sana y salva a su primera parada. No estaba segura de que fuese a tener cobertura en la Isla del Reloj. Jack Masterson era conocido por su privacidad y reclusión, pero también es cierto que todos los habitantes de Maine son conocidos por eso también. Aun así, le preocupaba que Jack les confiscase los teléfonos. Así que, como todavía seguía teniendo cobertura, también le envió un mensaje a la señora Bailey, pidiéndole que le dijese a Christopher de su parte que le quería y que estaba a salvo, en ese orden.

Le habían dicho que alguien iría a esperarla al aeropuerto a la zona de recogida de equipajes y que debía buscar a un hombre con un cartel con su nombre. Su vuelo había llegado un poco antes de lo previsto, así que no le sorprendió no encontrarse con su chófer en la zona de llegadas. Lucy halló un lugar tranquilo desde donde podía ver las puertas para aguardar. Parte de ella esperaba alzar la mirada de nuevo y toparse con sus padres o su hermana cruzando esas puertas o esperándola junto a la cinta de equipajes. Una esperanza estúpida e imposible. Su familia nunca se había preocupado por ella, jamás. Sus abuelos la querían mucho, pero nunca llegaron a entender lo mucho que le dolía que sus padres la hubiesen abandonado. Para ellos tenía sentido que la hija enferma recibiese toda la atención. Lucy había tenido suerte, le recordaban una y otra vez. ¿Prefería que le prestasen atención, le preguntaban, o ser la hija sana? Si eso hubiese significado que sus padres la hubiesen querido, entonces habría elegido cortarse un brazo de cuajo si eso suponía que le iban a dedicar cinco minutos de su tiempo.

Obviamente no la estaban esperando. Incluso si hubiesen sabido a qué hora aterrizaba su vuelo, tampoco habrían ido a buscarla. Esa era tan solo una vieja fantasía suya que se negaba a desaparecer.

¿Algún día dejaría de esperar que su familia apareciese de repente y la llevase a casa?

A su alrededor podía ver a familias reunirse de nuevo. Padres abrazando a sus hijos que se habían marchado a la universidad y que decían que no querían que los abrazasen, o que al menos actuaban como si les diese vergüenza. Maridos besando a sus esposas. Nietos cuyos abuelos les estaban dejando sin aliento en un abrazo. Una niñita de unos cinco años que corría hacia su madre mientras esta bajaba por la escalera mecánica. Cuando la madre llegó al final de la escalera, levantó a la niña en volandas entre sus brazos. Lucy sonrió al ver cómo la mujer aferraba a su hija contra su pecho y le acariciaba la espalda. Cuando pasaron junto a ella, Lucy pudo escuchar cómo susurraba contra el pelo de su hija:

—Mamá te quiere. Mamá te ha echado mucho de menos.

Ves, mamá, pensó Lucy. *Eso era lo único que tenías que hacer. Todo lo que yo quería era que fueses a por mí al colegio y me dejases correr hacia tus brazos a la salida, que me levantases y me abrazases diciéndome: «Mamá te quiere. Mamá te ha echado mucho de menos».*

—¿Lucy? —Se giró y se encontró con un hombre increíblemente alto y ancho de hombros con un uniforme negro de chófer sosteniendo un cartel que ponía LUCY HART.

Ella tomó su equipaje.

—Esa soy yo.

—Es un placer conocerte, Lucy —dijo mientras le quitaba la maleta de las manos—. El coche está por aquí.

Debía de tener unos cincuenta años, con acento del Bronx y una sonrisa enorme. La llevó hasta la acera y le pidió que le esperase allí. Cinco minutos más tarde, volvió con el coche más grande que había visto en su vida.

—¡Caray! —dijo Lucy en cuanto el chófer salió del coche para abrirle la puerta—. Es un camión monstruo.

—Un Cadillac Escalade Strech. El señor Jack quiere lo mejor para sus invitados. Dice que os lo debe porque la primera vez tuvisteis que hacer autoestop con los barcos.

Le abrió la puerta y Lucy echó un vistazo al interior. El asiento trasero era enorme. Había montado en coches como ese antes, cuando estaba con Sean. Siempre hacían que se marease en el trayecto. ¿O puede que no hubiesen sido los coches sino la compañía?

—¿Puedo sentarme delante contigo? —preguntó.

El chófer enarcó una ceja.

—Por favor —pidió. Este cerró la puerta trasera y le abrió la delantera. Lucy se montó y él se dirigió hacia el asiento del conductor.

—¿Cómo te llamas? Se me ha olvidado preguntártelo antes —comentó Lucy cuando él se hubo montado.

Él la miró como si estuviese intentando no sonreír.

—Mike. Mikey para los amiguis —dijo con un guiño. Claramente esa era una broma que había hecho mil veces.

—Gracias por llevarme, Mikey.

Se ciñó el jersey y observó las farolas a través de la ventana al pasar. Algunas cosas le resultaban familiares, pero la mayoría tan solo eran un recuerdo borroso en su memoria. Respiró entrecortadamente. Había vuelto. Juró que nunca volvería a casa, pero aquí estaba.

—¿Estás bien, niña? No tengas miedo. Jack es un buen tipo.

No quería desahogarse con su pobre conductor y hablarle de su relación de amor-odio con su estado natal. Adoraba Maine. Pero todo lo demás: sus padres, su hermana, su exnovio, todo lo que tenía que ver con aquella ciudad… podía vivir sin ello.

—Solo estoy nerviosa por el juego —dijo.

—Apoya bien la espalda en el asiento. Tengo puestos los asientos con calefacción. Y no te preocupes. He estado evaluando a tu competencia. Te irá bien.

Tardaron veinte minutos en llegar a la terminal del ferri desde el aeropuerto, donde esperaba un barco que la llevaría a la Isla del Reloj. Lucy no paró de hacerle preguntas a Mikey durante todo el trayecto. Descubrió que era la última en llegar y la única que venía de la costa oeste.

—No se me dan muy bien los juegos —confesó Lucy.

—No creo que Jack os vaya a hacer jugar al fútbol o a nada por el estilo. Será divertido. No te asustes.

—Demasiado tarde. Estoy muerta de miedo.

Mikey soltó una risa y agitó la mano en el aire, restándole importancia.

—No tengas miedo, niña. Todo irá bien. Los otros concursantes son simpáticos. Jack es simpático. Incluso Hugo es agradable cuando dejas de lado su… ya sabes, su personalidad.

—Espera, ¿hablas de Hugo Reese? ¿El ilustrador?

Hugo Reese no era solo el ilustrador de los libros de *La Isla del Reloj*, era su artista vivo favorito. Y ya le había conocido. Estaba en la casa el día que ella se escapó.

—Él también vive en la isla —explicó Mikey—. Alguien debe tener vigilado a Jack. Es un buen tipo. Un gruñón, pero no te creas el numerito.

—Oh, me acuerdo de él. Aunque entonces sí que me creí el numerito. —Soltó una risa.

—¿Conoces a nuestro Hugo?

—¿Conocerle? No. Pero él, eh… me mantuvo ocupada mientras el señor Masterson llamaba a la policía para que fuesen a buscarme.

No le había contado esa parte a Christopher pero, por supuesto, eso era lo que había ocurrido. No puedes presentarte ante la puerta de un escritor mundialmente famoso sin esperar que llame a la policía. Sí, el señor Masterson le había dado té y galletas, y la había dejado acariciar a su cuervo, pero no podía dejar que se quedase a vivir con él. Algunos deseos se hacían realidad, pero otros no, y el de *quiero vivir en una isla mágica con mi autor favorito y ser su compañera de aventuras* era el tipo de deseos que nunca se hacían realidad.

Después de mostrarle su escritorio volador, Jack se había marchado con una disculpa, prometiéndole que le daría una agradable sorpresa. Y había vuelto con un joven a su espalda.

Lucy aún recordaba su aspecto. Le era imposible olvidar esos ojos azul eléctrico bajo el ceño fruncido, el pelo despeinado a lo estrella de rock y, por supuesto, sus tatuajes.

Tenía un tatuaje de manga completa en cada brazo. Remolinos de colores rojo, negro, verde, dorado y azul. No eran arcoíris. Ni tampoco rayas. Solo eran colores. Como si su cuerpo fuese una paleta. Y él fuese más pintura que hombre.

—Lucy Hart, te presento a Hugo Reese —había dicho Jack—. Hugo Reese, esta es Lucy Hart. Hugo es artista. Va a ser el nuevo ilustrador de mis libros. Y Lucy ha venido para ser mi nueva compañera de aventuras. ¿Te importaría enseñarle a dibujar la casa del Mastermind? Necesitará saber hacerlo.

¿Se lo creyó? ¿Se tragó la mentira? ¿De verdad había pensado que Jack Masterson iba a dejarla quedarse a vivir en su casa? ¿Ser su compañera de aventuras? ¿Su hija? ¿Su amiga? Quería creerlo, así que le tendió su mano temblorosa a Hugo Reese.

Hugo se limitó a mirar la mano que le tendía y después se volvió hacia Jack Masterson.

—¿Has perdido la cabeza, viejo? —Tenía acento británico. No un acento británico elegante como el de un príncipe, sino como el de un cantante de punk rock.

Jack Masterson se golpeó la cabeza suavemente con un puño.

—Sigo teniéndola en su sitio.

Hugo puso los ojos en blanco con tanto dramatismo que Lucy pensó que estaba intentando ver qué había en el interior de su cabeza.

—Tómate tu tiempo —dijo Jack—. Volveré enseguida.

Entonces se quedaron a solas, Hugo Reese y ella. Ella estaba increíblemente nerviosa y no porque tuviera el ceño fruncido, ni porque fuera el nuevo ilustrador de los libros de *La Isla del Reloj*, sino porque era el chico más guapo que había conocido. Normalmente no solía prestarles atención a los chicos, pero no podía apartar la mirada de él.

—¿Así que Lucy Hart? —dijo.

De repente estaba muy, muy, *muy* nerviosa. Había chicos guapos en su clase. Pero Hugo no era un chico. Era un hombre. Y un hombre realmente, realmente, *realmente* apuesto.

—¿Te has escapado de casa? ¿Para venir aquí? ¿Sabes la estupidez tan grande que acabas de cometer? Te podrías haber muerto. ¿Es que te dejaron caer de cabeza al nacer?

A Lucy le sorprendió su enfado. Había esperado que fuese tan amable como Jack.

—Puede —dijo, al borde de las lágrimas—. No les importo, así que tampoco me sorprendería.

Hugo apartó la mirada.

—Lo siento. Mi hermano debe de tener tu edad. Se me iría la pinza si se escapase de casa.

¿Que se le «iría la pinza»? Le gustaba esa expresión.

—Pero Jack dijo que…

—No me importa lo que dijese Jack. Casi le has dado un ataque al corazón cuando te has presentado frente a su casa.

Lucy se rio. Hugo la fulminó con la mirada.

—Lo siento, lo siento. Es solo que… me apellido Hart, como «corazón» en inglés. Pensé que estabas bromeando. Ya sabes, *hart attack*, «ataque al corazón». —Lucy bajó la mirada a sus pies, y después la volvió a alzar hacia él—. Lo siento.

Su mirada se suavizó. La tormenta que había antes allí había desaparecido. Ella no estaba acostumbrada a que la regañase, bueno, nadie, pero mucho menos artistas con aspecto punk sexi. En realidad era agradable que pareciera preocuparse tanto por su seguridad.

—Está bien, siéntate —ordenó—. Y presta atención. Dibujar es como aprender a conducir o a montar en patinete. No naces sabiendo cómo hacerlo. Tienes que aprender y, si quieres aprender a hacerlo, puedes. Pero si no quieres, no me hagas perder el tiempo.

Nadie le había dicho algo así antes, que cosas como el arte se aprendían. Había asumido que no sabía dibujar porque simplemente no podía hacerlo, pero ¿ahora tenía frente a ella a un artista diciéndole que podía aprender? Menuda locura. Lucy se sentó, prestó atención e hizo todo lo que Hugo Reese le pedía que hiciera. La primera vez la fastidió y volvió a empezar. Lo intentó una y otra vez. Y después de media hora tenía un dibujo medio decente de una casa espeluznante cubierta de hiedra y unas ventanas extrañas que parecían ojos.

No era una casa cualquiera... era la casa de la Isla del Reloj.

Cuando terminó el dibujo, Hugo Reese lo miró durante un rato y dijo:

—No está mal, *Hart Attack*. Sigue así.

Ella no había vuelto a dibujar después de aquello, pero nunca había olvidado la clase que él le había dado y lo mucho que le había gustado que el chico más guapo que había conocido la llamase *Hart Attack* con ese tono divertido.

Sobra decir que estaba un poco enamorada de él cuando terminó la clase. Y esta terminó demasiado rápido. Media hora más tarde, la puerta del estudio se volvió a abrir. Lucy alzó la mirada, sonriente, esperando encontrarse a Jack Masterson. En cambio, en la puerta había un oficial de policía seguido de una mujer que dijo que era una trabajadora social. Estaban allí para llevársela a casa.

—Vamos, pequeña. El barco te espera.

La voz de Mikey la sacó por completo de sus recuerdos, devolviéndola al presente.

Le llevó las maletas hasta el barco, donde el capitán las recogió y ayudó a Lucy a subir a bordo. La acompañó hasta su asiento y le dio un vaso de café caliente. Era la única pasajera de ese pequeño ferri azul y blanco.

Como aún le quedaban unos minutos para zarpar, sacó su teléfono para mirar sus mensajes. Theresa le había respondido con mucho amor, abrazos y sus mejores deseos. La señora Bailey había respondido con un mensaje en el que decía que Christopher se alegraba de que hubiese llegado sana y salva. Eso era todo.

Guardó su teléfono antes de que hiciese algo inútil como llamar a Christopher para contarle las noticias sobre Hugo Reese. Todas esas extrañas, salvajes e hipnotizantes ilustraciones de animales ficticios que habitaban la Isla del Reloj, de los fantasmas que la rondaban o del tren que hacía allí una parada, aunque cómo era posible que un tren llegase hasta una isla era algo que el Mastermind nunca había llegado a explicar, todos ellos… eran de Hugo. Christopher adoraba esas ilustraciones casi tanto como amaba las historias que las contenían.

Lucy sabía que debía permanecer dentro de la cabina de pasajeros con su café caliente. Pero no podía quedarse sentada. Con cuidado de no tropezarse por el balanceo del barco, se levantó de su asiento y fue hacia la puerta. La empujó y salió andando hasta la barandilla, aferrándose a ella con fuerza mientras el ferri se balanceaba sobre el mar, surcando las olas, y se dirigía hacia la isla.

Respiró profundamente llenando sus pulmones de brisa marina. No se podía creer lo mucho que había echado de menos las noches frías de primavera y el dulce aire salado del océano Atlántico. Si fuese un perfume, compraría un frasco y se lo pondría cada día. Si tan solo Christopher estuviera con ella. Él soñaba con vivir junto al océano y nadar entre tiburones, y ellos estaban allí, en el mar, justo ante sus narices. Tiburones toro. Tiburones azules. No había tiburones martillo, por desgracia, pero había tiburones blancos, lo que sin duda le impresionaría. Ella tendría que advertirle de que no alimentase a las gaviotas y de que nunca acariciase a las focas, pero a él le encantaría poder estar aquí. Este sería su paraíso.

Volvió a sentirse como si tuviese trece años, aterrorizada pero, sobre todo, emocionada. ¿Se moría de ganas por ver de nuevo a Jack Masterson? Por supuesto. Era uno de sus ídolos. Quizás era el único que aún no la había decepcionado.

Pero sobre todo, esta era su oportunidad, su única oportunidad, de conseguir algo para Christopher y para ella. Si ganaba.

Ahí estaba la clave. *Si.*

El cielo oscuro se despejó. El motor cambió su ritmo. El barco aminoró la marcha.

Frente a ella, no muy lejos, había una casa, una hermosa casa victoriana enorme recubierta de hiedra trepadora con unas extrañas torres que miraban hacia la playa, el muelle y el mar.

El corazón le latía tan fuerte como un tambor.

Ahí estaba. La Isla del Reloj.

Y en su mente, como si lo dijese una voz mecánica, escuchó:

Tic, tac. Bienvenidos al Reloj.

Había regresado.

PARTE TRES

Acertijos, juegos y otras cosas extrañas

Estaba allí, pero Astrid no podía verle. Todo lo que veía era la silueta de un rostro entre las sombras que proyectaban las llamas de la chimenea. El Mastermind.

—¿Señor? Maestro, mmm... —empezó a decir Astrid y Max tosió—. Quiero decir, maestro Mastermind. ¿Mi hermano y yo esperábamos poder pedirte un deseo?

—¿Un deseo? —dijo la voz desde las sombras—. ¿Es que te parezco un genio?

—¿Quizá? —dijo Astrid—. No sé cómo son los genios, así que puede que se parezcan a ti.

Él no respondió nada ante aquello, pero ella pudo ver cómo la sombra que cubría su rostro parecía estar sonriendo.

—¿Maestro Mastermind? —dijo Max. Le temblaba la voz—. Nuestro padre se ha marchado lejos, muy lejos, por un trabajo. Le echamos mucho de menos. Si pudiese conseguir un trabajo cerca de casa, volvería. Lo que deseamos es que...

—Dime, ¿qué vuela pero no tiene alas? —dijo el hombre desde las sombras—. Cuando lo averigües, tendrás tu respuesta.

Max miró a Astrid, pero ella no sabía la respuesta. Paseó la mirada por la habitación, intentando con todas sus fuerzas que su cerebro diese con la respuesta, para ver si la solución estaba escondida en alguna parte. La sala estaba tan en silencio que podía oír los latidos de su corazón. Parecían el tictac de un reloj.

¿El tictac de un reloj?

—El tiempo —dijo—. El tiempo vuela pero no tiene alas.

—Con tiempo, si eres paciente, tu padre volverá a casa.

Max tiró de la manga de Astrid.

—*Vámonos. Sabía que esto no serviría de nada. Volvamos a casa.*

Él se giró para marcharse, pero Astrid se quedó de pie donde estaba.

—*No quiero esperar. Echamos de menos a papá ahora. ¿Es que tú nunca has echado de menos a nadie? Cuando no están contigo, un día sin ellos parece un millón de años.*

De nuevo, el Mastermind se quedó en silencio durante mucho, mucho tiempo. De hecho, estuvo tanto tiempo callado que le podrían haber crecido alas al tiempo y haber aprendido a volar mientras ella esperaba que volviese a hablar.

—*¿Seréis valientes?* —*preguntó*—. *Solo los niños valientes consiguen lo que desean.*

Astrid estaba asustada, muerta de miedo. Pero alzó la barbilla y dijo:

—*Sí. Seré valiente.*

Y Max le aferró la mano y dijo:

—*Yo también. Si tengo que serlo.*

El Mastermind soltó una carcajada que era más escalofriante que cualquier grito.

—*Oh, tendrás que serlo.*

—De *La casa en la Isla del Reloj*, La Isla del Reloj,
Libro uno, de Jack Masterson, 1990.

Capítulo diez

El barco aminoró aún más la marcha al acercarse al muelle de madera. Los faros del ferri lo iluminaron por completo. Había un hombre que estaba de pie al final del muelle. Lucy no podía distinguir su rostro, pero no era Jack Masterson. Parecía demasiado joven y demasiado alto. Estaba allí, de pie, con las manos en los bolsillos de un chaquetón oscuro, de cara al viento nocturno como si el frío no le afectase. Y cuando el patrón del ferri le lanzó la cuerda de amarre, él la atrapó rápidamente y amarró el barco como si lo hubiese hecho mil veces.

Ella se dirigió a la parte delantera del ferri, abrazándose para protegerse del frío aire nocturno. El hombre del muelle le tendió la mano para ayudarla a bajar. Ella se centró en no caerse mientras bajaba por la pasarela.

—¿Maletas? —dijo el hombre del muelle. El patrón se las entregó y se despidió de Lucy rápidamente.

El hombre la miró de arriba abajo.

—Típico de los californianos. ¿No llevas abrigo?

Acento inglés. Le resultaba familiar. ¿Podría ser? ¿Pero dónde se había quedado el peinado de estrella de rock?

—No he traído abrigo —confesó, avergonzada. Había estado evitando comprarse un abrigo de invierno, convenciéndose de que probablemente no lo necesitaría para un viaje tan corto. Resultaba que sí lo necesitaba—. Pero estoy bien. Tengo un jersey en la maleta.

—Toma. Ponte esto. —Le entregó una chaqueta de invierno de hombre forrada de franela que había traído consigo, como si esperase que hubiese hecho la maleta sin pensar. Hizo lo que le decía, agradecida por el calor mientras se envolvía en el enorme abrigo. Al ponérselo, se dio cuenta de que olía a mar.

—Gracias —dijo—. Ya no tengo mucha ropa de invierno.

—Claro que no —repuso él—. Estoy seguro de que no estás acostumbrada a estar en un lugar que no tenga un incendio activo.

—Eso es insultante —le reprochó Lucy, chasqueando la lengua—. No es que sea incorrecto, pero sigue siendo insultante.

Él casi esbozó una sonrisa ante aquello. Puede. Pero no lo hizo.

—Por aquí —le pidió, y empezó a bajar por el muelle hacia la casa; las ruedas de su maleta chirriaban sobre los tablones de madera, y ella tuvo que ir al trote para poder seguir sus largas zancadas.

—Eres Hugo Reese, ¿verdad?

Él se detuvo abruptamente y la miró molesto.

—Por desgracia. Vamos. Jack está esperando.

Era el mismo Hugo que recordaba, incluso aunque ya no tuviese aspecto de macarra. Treinta y tantos, mandíbula fuerte, ojos azules intensos e inteligentes tras un par de gafas de montura negra. Llevaba un chaquetón azul marino abierto que dejaba a la vista su atractivo cuello. Cuando tenía trece años había pensado que era muy guapo. Ahora diría que era apuesto, muy atractivo, a pesar de su ceño fruncido, casi elegante. Se parecía más a un profesor de universidad que a una estrella del rock. Y ella decidió en ese momento que le gustaba la mejora.

Le siguió, preguntándose cuánto recordaba él de su última visita. Probablemente nada. Era joven, sí, pero había sido un adulto, mientras que ella era una cría de trece años, la edad en la que los niños son más impresionables, por lo que se acordaba de cada palabra que le había dicho.

De repente, volvía a estar en la entrada de la casa, con la mano de la trabajadora social posada sobre su hombro mientras se despedía del señor Masterson. Jack Masterson le dijo amablemente que tenía que volver a casa, que odiaba tener que dejarla marchar, pero que la ley le prohibía quedarse con los niños que aparecían en su puerta. Deseaba poder hacerlo, de todo corazón. Podría ser la niñera de Thurl Ravenscroft. Quizá cuando fuera mayor podría regresar, le había dicho.

Hugo había estado sentado en las escaleras a su espalda y mientras la trabajadora social se la llevaba, escuchó cómo le decía a Jack:

—Deja de hacer promesas que no puedes cumplir. Vas a matar a alguien un día de estos, viejo.

Eso la enfureció entonces. Ahora, con veintiséis años, tenía que admitir que Hugo tenía razón en algo: Lucy podría haber muerto al escaparse de casa solo porque un escritor mundialmente famoso había bromeado en sus cartas sobre necesitar una compañera de aventuras.

Pero nunca había conseguido olvidar lo que Jack Masterson le había respondido.

—Hugo, siempre hay que quedarse callado cuando se está rompiendo un corazón.

Hugo había soltado una risa amarga ante el comentario.

—¿El tuyo o el suyo? —había preguntado.

Esa había sido la última vez que había visto a Hugo Reese.

—¿Pasa algo? —le preguntó Hugo. ¿Es que se había quedado mirándole fijamente? Ups. Lucy se alegró de que el aire frío y cortante ya se hubiese encargado de sonrojarla.

—Ya nos conocemos —confesó—. Me preguntaba si te acordarías.

—Me acuerdo. —No parecía alegrarse por ello. Vale, así que no era un buen recuerdo, pero era mejor que si lo hubiese olvidado.

—Estás distinto.

—Se llama «madurar». Gracias por notarlo. —Luego se apartó de su lado y dijo—: Vamos. Todos están esperando.

Llegaron al camino empedrado y lo siguieron hasta la puerta principal, el mismo camino empedrado por el que Lucy había subido años atrás.

Se detuvo en seco y observó la casa. Salía luz por todas las ventanas como si fuese Navidad. Un reloj de metal colgaba sobre las puertas dobles en forma de arco, tal y como ella recordaba. Lucy ya se sentía bienvenida, cómoda, como si este fuese su lugar, aunque sabía que no era así.

—¿Vienes? —preguntó Hugo.

—Sí, perdón. —Siguieron adelante—. *Lo siento*, ¿sabes?

Él frunció el ceño, con ese gesto que ella recordaba tan bien.

—¿Por qué?

—No sé si te acordarás, pero me gritaste por haberme puesto en peligro al escaparme de casa. Entonces nunca se me ocurrió pensar en cuántos problemas podría haber metido a Jack Masterson al aparecer en su puerta. Era estúpido y riesgoso, y podría haber perjudicado su carrera si se hubiera sabido que estaba, no sé, *atrayendo* a niñas a su casa.

—Es él quien debería disculparse contigo. —Miró fijamente la casa, como si en su interior viviese su peor enemigo—. Maldito idiota, pensar que podía jugar a ser Dios con una niña descarriada y salir impune.

—No estaba tan descarriada —dijo, intentando hacerle sonreír. No funcionó.

—No estaba hablando de ti. Vamos.

Sin decir nada más, Lucy siguió a Hugo al interior de la casa en la Isla del Reloj.

Capítulo once

Por fin había llegado la última concursante. Ya podía empezar ese maldito concurso. Hugo ya estaba contando los minutos para que se acabase y la casa volviese a quedar en silencio. Entonces se podría sentar a hablar con Jack para decirle que había llegado el momento de que Hugo continuase con su vida. Con todo el mundo a salvo en la isla, se permitió relajarse un poco. No eran los odiosos invasores que había estado temiendo encontrarse. Andre era amable y curioso. Melanie, la canadiense, era extremadamente educada. Dustin, el médico, parecía un cable al rojo vivo de energía nerviosa. ¿Y Lucy Hart? Con lo joven y delgada que parecía, podría haber sido la primera que descartase, pero era la única de los cuatro que había tenido la decencia de disculparse por haber puesto en riesgo toda la carrera de Jack al escaparse de su casa de niña. No sabía que la gente aún seguía disculpándose. Dios sabía que Hugo intentaba evitar hacerlo siempre que podía.

—Por aquí —le dijo, llevando su maleta por el camino empedrado hasta la puerta principal. Le abrió la puerta y la dejó pasar.

Ella se quitó el abrigo y se lo tendió.

—¿Es tuyo?

—Quédatelo. Tengo muchos abrigos. A menos que tengas una parka en tu maleta, probablemente lo necesites. Devuélvemelo más tarde.

Ella abrazó el chaquetón contra su pecho.

—Gracias, de nuevo.

Lucy alzó la mirada hacia el techo, observando la casa; trazó un círculo con la mirada por la vieja araña de cristal de colores que había colgada en la entrada y sonrió. Él fijó su mirada en ella, intentando encontrar a la niña flacucha de trece años que había conocido entonces. Lo que mejor recordaba de esa extraña tarde era lo enfadado que había estado con Jack por haber sido tan estúpido como para animar a una niña con problemas en casa a pensar que tenía una conexión real con él solo por haber leído sus libros. ¿Es que no se daba cuenta de que todos los niños del mundo pensaban que eran especiales, que podrían haber sido príncipes, reinas o magos si el universo no les hubiese traicionado al dejarles con la familia equivocada, en la casa equivocada, en la ciudad equivocada o en el mundo equivocado? Lo último que necesitaban esos niños era que un escritor rico y famoso pudiese y quisiese cambiarles sus vidas mágicamente con tan solo desearlo con fuerza. La pobre Lucy Hart se había tragado el cuento. Esperaba que ya se hubiese despertado de ese sueño.

Hugo siempre había querido ser artista, desde niño. Había boceteado y pintado diez horas cada día, todos los días, durante toda su vida, hasta que sus dibujos se habían vuelto medianamente decentes. El desearlo con fuerza no era lo que había convertido su sueño en realidad, había tenido que trabajar duro para conseguirlo.

—Los otros están en la biblioteca —le dijo a Lucy—. Empezaremos pronto.

Ella tendió la mano hacia su maleta, pero él fue más rápido.

—Yo llevaré esto arriba. Por aquí.

Lucy le siguió hasta la sala de estar. Dios, sí que había crecido desde la última vez que la había visto hacía tantos años. Era preciosa, admitió a regañadientes. El cabello castaño le caía sobre los hombros en suaves ondas, ligeramente húmedo por la brisa marina. Unos ojos marrones brillantes. Una sonrisa enorme, enmarcada por unos labios rosados y unas mejillas sonrojadas por el aire frío de la noche. Jack había dicho que era maestra de infantil o algo así. ¿Alguna vez había tenido maestras en el colegio tan jóvenes y guapas? Probablemente no. Se acordaría si hubiese sido así.

Las puertas de roble de la biblioteca estaban cerradas. Cuando llegaron hasta ellas, Lucy se detuvo.

—¿Qué sucede? —le preguntó Hugo.

Ella sonrió.

—He vuelto a la Isla del Reloj. Esto es una locura.

—Me digo lo mismo cada mañana. Aunque sin sonreír.

—Estaba bromeando, pero ella no se rio. No parecía estar prestándole atención. En cambio, Lucy Hart estaba en un trance. O, si quería ser más preciso, estaba en trance. Su bolso, que era una bolsa de tela con las palabras COLEGIO REDWOOD y una secuoya pintadas, se deslizó por su hombro y aterrizó en el suelo con un ruido sordo a sus pies mientras se giraba y observaba la habitación.

—Tenemos tiempo. Puedes echar un vistazo si quieres.

—Quiero.

La casa de Jack podía dejar sin palabras a cualquiera. A él también le había dejado mudo hacía tantos años. La sala, en realidad todo el edificio, parecía haber salido de un sueño febril victoriano. El papel morado oscuro de pared con el patrón de cadenas plateadas y calaveras... el techo pintado con el azul celeste más claro... un gran ventanal que daba a la colina que conducía al océano, aunque no se pudiese ver por lo oscuro que estaba fuera... Lucy se detuvo frente a la enorme chimenea de mármol, en la que el fuego chisporroteaba lentamente, y tomó un trozo largo de metal oxidado de la repisa.

—¿Qué es eso? —preguntó Lucy—. ¿Un clavo de ferro-carril?

—El clavo de un ataúd —respondió Hugo.

Ella le miró con los ojos abiertos de par en par.

—¿De un ataúd de verdad?

—Hace cientos de años, esta isla pertenecía a la familia de un rico industrial que enterraba a sus muertos en su cementerio privado. Las cajas de pino terminan pudriéndose, pero los clavos no. A veces acaban saliendo a la superficie.

—¿Y llegan hasta la repisa de la chimenea?

Hugo se quitó el abrigo y lo tiró sobre el respaldo del sofá.

—Jack es un excéntrico, por si aún no te habías dado cuenta.

—«Jack es un excéntrico», ¿dijo el artista que literalmente se ha pintado a sí mismo como si fuese un lienzo? —Lo dijo con un tono burlón, mientras señalaba con la mirada sus antebrazos.

Él se había remangado la camisa hasta los codos. Ambos brazos, desde la muñeca hasta los hombros, estaban cubiertos de tatuajes, remolinos abstractos de distintos colores que hacían que sus brazos pareciesen más una paleta de pintura que una extremidad.

—Él es un excéntrico y yo soy un hipócrita —dijo, bastante complacido con que ella se hubiese fijado en sus tatuajes. Observó sus antebrazos, volviendo a ver la tinta que los recubría a través de los ojos de la joven—. ¿No te parecen un poco exagerados? La juventud y la sambuca tienen la culpa.

—No, me gustan —respondió Lucy—. Hacen que parezcas hecho de pintura. De pintura y de dolor.

—Estoy hecho de malas decisiones —confesó, aunque estaba impresionado de que ella hubiese conseguido entrever el significado de sus tatuajes. Porque ¿qué era la vida de un artista sino pintura y dolor?

Lucy tocó con cuidado la cuenca del ojo del cráneo de cíclope que colgaba junto a la chimenea, un atrezo que habían usado en la versión cinematográfica de Disney Channel de *Calaveras y trampas*.

—Esta casa es increíble —dijo, asombrada—. Estaba tan nerviosa la primera vez que vine que no recuerdo gran cosa.

Observó el reloj de pared que servía como mapa de la Isla del Reloj, pasando un dedo sobre las horas y las pequeñas ilustraciones de pozos de los deseos y piscinas de olas...

El faro de la medianoche y el mediodía
El merendero de la una en punto
La piscina de olas a las dos
La roca del frailecillo a las tres
La bienvenida a tierra a las cuatro
La playa Cinco en punto
Las Seis más meridionales
La cabaña de invitados del Séptimo cielo
A las ocho, pide un deseo en el pozo
El muelle Nueve en punto
La ciénaga y el bosque a las diez y a las once

—¿Cómo es posible que este lugar sea real? —dijo Lucy.

Hugo se encogió de hombros.

—A veces no estoy seguro de que lo sea.

Ella alzó la mirada, inspeccionando la lámpara de araña con curiosidad.

—¿Cuernos?

—Hay muchos ciervos en la isla. Incluso algunos picazos.

—¿Picazos?

—Son blancos, con manchas marrones. Es raro verlos en la naturaleza, pero tenemos unos cuantos en la isla. Una pequeña reserva genética. Un artista amigo mío que vive en Nueva York usa sus cuernos para hacer lámparas de araña y sillas *extremadamente* incómodas.

Lucy se detuvo frente a un cuadro que había colgado sobre el sofá de terciopelo verde.

—Tampoco recuerdo haber visto esto.

A primera vista parecía un cuadro normal para la casa en la que estaban: la famosa casa en la Isla del Reloj, pero si lo observabas de cerca podías ver que las ventanas parecían ojos, y que las enormes puertas dobles de la entrada eran como una boca riéndose de forma escalofriante.

—No lo recuerdas porque aún no lo había pintado.

—Intentaste enseñarme a dibujar la casa.

—¿Lo hice?

—Probablemente no era como querías pasar aquella tarde, enseñando a una mocosa fugitiva a dibujar mientras esperabas a que la policía se la llevase a rastras.

—Da la casualidad de que me gusta enseñar a dibujar a los niños.

—¿En serio?

Ella alzó las cejas. No la culpaba por su escepticismo. Cuando él había empezado a trabajar en los libros de Jack, le habían arrastrado por todo el país visitando colegio tras colegio. A nadie le sorprendió más que a Hugo cuando se dio cuenta de que disfrutaba esa parte del trabajo.

—En serio.

—¿Tú también vives en la isla? —preguntó Lucy.

—De momento —respondió él.

—Nunca había tenido tanta envidia de nadie en mi vida. Jack debería haberme dejado ser su compañera de aventuras.

—No es oro todo lo que reluce. ¿Sabes lo difícil que es conseguir buena comida china a domicilio en una isla privada?

—Cierto, pero creo que cambiaría la comida a domicilio por tener ciervos picazos en mi jardín, cuervos como mascotas y escritorios voladores. —Levantó la mano hacia él, señalándole—. Además, este lugar tiene su propio artista personal de fama mundial como residente.

—Solo me conocen los niños menores de doce. —Eso no era cierto, pero sonaba bien.

Lucy miró a través de la ventana hacia la bahía oscura, aunque no se podía ver nada más allá de las luces del muelle.

—¿Qué viene ahora? —preguntó ella.

—¿Honestamente? No lo sé —dijo Hugo—. No me ha consultado nada.

Su tono debió desvelar algo que no quería dejar entrever.

—Estás preocupado por él.

—Se hace mayor, se vuelve más débil —dijo Hugo—. Claro que me preocupo por él. —Cuando hablaba de los niños, y de aquellos que fueron niños una vez, que leían sus historias, la regla número uno de Jack era: *No rompas el hechizo.* Lucy estaba bajo el hechizo de Jack Masterson y de la Isla del Reloj. Hugo no iba a contarle que no era tan maravilloso como parecía, que el misterioso, místico y mágico Mastermind de los libros que podía resolver los problemas de todo el mundo y conceder todos los deseos de los niños había estado cavando su propia tumba a base de alcohol durante los últimos seis años.

Ella pasó la mirada por la biblioteca. Se escuchaban murmullos tras las puertas cerradas.

—Es seguro. Solo es un juego —dijo Hugo en voz baja.

Ella negó con la cabeza.

—No para mí.

Hugo dudó antes de volver a hablar.

—Yo gané uno de sus concursos, ¿sabes? Se puede conseguir, hasta un idiota como yo puede hacerlo.

—¿De verdad? ¿Cómo? —Se sentó en el borde del sofá.

Hugo se cruzó de brazos y se apoyó en la estantería frente a ella. Una estantería que estaba repleta de primeras ediciones de libros infantiles famosos: *Alicia en el País de las Maravillas, El viento en los sauces, El Hobbit, Peter Pan en los jardines de Kensington*... libros que valían millones de dólares exhibidos allí como si fuesen revistas en la sala de espera de una consulta médica.

—A Jack nunca le gustó su antiguo ilustrador. Fue la editorial quien le contrató, no él. Así que cuando la editorial decidió sacar nuevas ediciones de los libros con portadas diferentes, organizó un concurso de *fan art*. Davey, mi hermano pequeño, adoraba los libros de Jack más que nada en el mundo. Yo le hacía dibujos sobre las historias constantemente: el Vendedor de Tormentas, el hotel Sombrero Blanco y Negro, todos ellos. Davey vio un anuncio sobre el concurso y me dijo que tenía que enviar mis dibujos. Nunca pensé en ello, solo quería hacerle feliz. Y aquí estoy ahora...

—Ganaste.

Él alzó las manos como para decir «supongo que sí».

—Gané. Se suponía que el premio serían quinientos dólares. Ese no era el premio de verdad. Gané la oportunidad de ser el nuevo ilustrador.

Lucy sonrió ampliamente.

—Seguro que Davey te recuerda constantemente que le debes una gorda.

—Solía hacerlo, sí —dijo Hugo—. Murió hace unos años.

Ella le miró, compadeciéndole.

—Señor Reese, yo lo...

—Llámame Hugo.

—Hugo —dijo—. Puedes llamarme Lucy. O *Hart Attack*, supongo. Así fue como me llamaste hace años.

—Suena como algo que diría entonces. Menudo clasicazo imbécil era.

—¿Solo entonces? —respondió ella sonriendo.

—Insultante —rebatió él—. Aunque no incorrecto.

—¡Oye! Esa frase es mía.

Hugo quería añadir algo, seguir hablando con ella, pero se habían quedado sin tiempo. Todos los relojes de la sala de estar y de la biblioteca empezaron a dar la hora.

—Deberíamos entrar —dijo cuando los relojes volvieron a quedar en silencio—. Jack se dejará caer pronto, espero.

—Volvemos al ruedo. —Ella alcanzó el pomo de la puerta.

Antes de poder contenerse, Hugo posó la mano sobre la puerta, impidiendo que ella la abriera.

—¿Recuerdas el nombre del hombre que te trajo hasta aquí? —le preguntó, y se arrepintió inmediatamente de haber formulado la pregunta.

—Mike. Mikey para los amiguis. ¿Por qué?

—No importa. Ve.

Ella se armó de valor y abrió la puerta.

—Lucy —la llamó y ella se volvió a mirarle—. Buena suerte.

Capítulo doce

A Lucy le temblaban las manos de los nervios al abrir la puerta de la biblioteca. Cuando entró, tres pares de ojos se volvieron hacia ella, escrutándola, evaluándola. Sus competidores.

Les sonrió tímidamente al entrar.

—Buenas tardes, compañeros fugitivos —dijo, saludándoles con la mano—. Soy Lucy.

—Hola, Lucy. Yo soy Melanie. Es agradable no ser la única chica.

Una mujer asiática de unos treinta y tantos años con acento canadiense se le acercó y le tendió la mano para que se la estrechase. Era alta y delgada, con el cabello largo y oscuro recogido en una de esas coletas perfectas y sin un pelo suelto que Lucy nunca había conseguido hacerse. Llevaba un jersey de color crema que parecía hecho de cachemir, unos vaqueros oscuros y unas botas de cuero marrones.

Lucy le tomó la mano que le tendía.

—Encantada de conocerte.

Melanie señaló con un gesto hacia un hombre de tez oscura que estaba de pie junto al aparador vestido con un traje azul marino.

—Este es Andre Watkins. Es abogado y viene de Atlanta.

—¿Qué tal, Lucy? —Andre se acercó a ella y le estrechó la mano con fuerza, como un político—. Estuviste genial en la tele. Una verdadera profesional.

—Tú también —dijo Lucy—. Casi haces que Hoda se caiga de la silla.

—Es mi trabajo —dijo Andre. Lucy podía imaginárselo presentándose a gobernador de Georgia dentro de unos años.

—Yo soy Dustin —dijo el otro hombre de la sala—. Bienvenida a la fiesta.

Lucy saludó a todo el mundo. Recordaba que Dustin era médico de Urgencias. Tenía aspecto de alguien que no había visto la luz del sol en mucho tiempo. Llevaba unos vaqueros y una *blazer,* con una camisa blanca perfectamente planchada debajo. Todos iban mejor vestidos que ella. Iban mejor vestidos, eran mayores y parecían estar mucho más cómodos. Ella se sentía como si hubiese llegado un día tarde al campamento de verano y todo el mundo ya tuviese formados sus grupos de amigos. No ayudaba que la biblioteca fuese tan grande e imponente, con su madera oscura y su gigantesca chimenea, su papel de pared verde oscuro e incluso una de esas escaleras móviles apoyada en las estanterías.

—Siento mucho que el juego se haya retrasado por mi culpa. Ha sido un vuelo muy largo desde California. —Lucy encontró una cafetera llena en el aparador y se sirvió una taza. Le rugió el estómago. No había comido nada sustancioso desde el desayuno.

—Pensábamos que eras de la zona —dijo Dustin con la cabeza ladeada, como si estuviese evaluándola.

No había esperado que esta gente conociese la historia de su vida, pero si la veían como la competencia, supuso que tenía sentido que la hubiesen investigado. Ella los había visto en la televisión y los había buscado en Google para estar al corriente de *sus* vidas. Ellos también la habían visto en televisión y la habían buscado en Google.

—Lo era, sí —contestó—. Pero me mudé a California hace un tiempo. Estaba harta del frío constante. —Esa era la respuesta que siempre tenía preparada y normalmente la que solía evitar que le hiciesen más preguntas.

Dustin empezó a decir algo más cuando la puerta volvió a abrirse. ¿Jack?

Pero no, era Hugo. Entró en la biblioteca y se quedó de pie frente a la chimenea.

—En contra de mi voluntad y de mi buen juicio... hola —dijo Hugo.

Parecía aburrido y atractivo al mismo tiempo. Lucy se rio de él tras su taza de café.

Puede que su aspecto hubiese cambiado mucho, pero Hugo Reese seguía siendo exactamente como lo recordaba: malhumorado, como un anciano que les grita a los niños que salgan de su jardín. Ellos eran los niños y la Isla del Reloj era su jardín.

Todos los concursantes le saludaron con cautela.

—Tengo un mensaje de parte de Jack. Me disculpo por adelantado. El mensaje es: «El juego comenzará a las seis».

—Espera, ¿a las seis? —dijo Melanie—. Ya son casi las ocho. ¿Se refiere a las seis de la mañana?

Hugo suspiró como si le hubiesen pegado un puñetazo.

—¿Nombre? Hugo Thomas Reese. ¿Rango? Artista subempleado. Número de serie... no sé qué quiere decir eso. Y el mensaje de Jack es: «El juego comenzará a las seis». Eso es todo lo que me ha dicho y es todo lo que yo puedo decir.

Andre chasqueó los dedos con tanta fuerza que Melanie dio un pequeño respingo.

—¿El juego comienza a las seis? —le preguntó Andre a Hugo—. ¿Ese es el mensaje?

—Ese es el mensaje.

Andre cerró la mano en un puño y señaló a Hugo.

—Lo tengo. Seguidme. Nos vamos. —Con un gesto, les indicó a todos que se levantasen y le siguieran.

—Espera. ¿Qué pasa? —dijo Melanie mientras tomaba su bolso.

—Estamos en la Isla del Reloj —aclaró Andre, como si la respuesta fuese obvia—. No son las seis, la hora. Son las Seis, el lugar. ¿Verdad? Tengo razón, ¿no?

Hugo le dedicó un único aplauso sarcástico.

—Lo sabía. Me acuerdo de cuando mi padre me enseñó a conducir diciendo: «Las manos a las diez y a las dos».

A Lucy le molestó no haber sido ella quien lo hubiese adivinado primero. Había visto el reloj de la sala de estar con sus propios ojos, pero no podía recordar qué había a las seis. Había llegado el momento de dejar de actuar como una aficionada, tenía que centrarse.

—Seguid el olor a humo —dijo Hugo—. Y no os tropecéis ni os rompáis nada en la oscuridad.

Andre, claramente emocionado por su primera victoria, los sacó a todos de la biblioteca con la energía de un director de colegio. Les condujo por la casa hasta el porche delantero.

—Dejadme orientarme —pidió, mirando a su alrededor.

Lucy fue la primera en oler el humo. Un humo delicioso. Como el de una fogata.

—Por aquí —dijo y empezó a bajar por un sendero; le rugió el estómago y se sorprendió al darse cuenta de que estaba deseando que hubiese perritos calientes y s'*mores* esperándoles al final del camino.

No hablaron demasiado mientras caminaban con cuidado sobre los tablones de madera ajados, hacia el humo. Había pequeñas lámparas solares colocadas a ambos lados del camino, iluminándolo todo, pero seguía siendo un tanto aterrador tener que caminar bajo la luz de las estrellas, salvaje y brillante. Había pasado mucho tiempo desde que Lucy había vivido en un lugar sin contaminación lumínica. En la Isla del Reloj, las estrellas parecían estar tan cerca que era capaz de imaginarse alzando la mano hacia el cielo y recorriéndolas con las puntas de sus dedos como si fuesen un río que fluye lentamente.

El camino los llevó hasta una playa de arena blanca. Había bancos y taburetes hechos con el tronco de un árbol rodeando la hoguera. Una mujer con un delantal blanco los llevó hasta una mesa de pícnic llena de comida y bebida. De hecho, había *s'mores*. *S'mores* por doquier. Y perritos calientes, y patatas fritas. Y botellas de agua o de Gatorade. Lucy se percató de que no había vino ni cerveza, como si para Jack aún siguiesen siendo unos niños.

La noche era fresca, pero el viento por fin había amainado, y el fuego iluminaba y calentaba el círculo de bancos. Pasaron diez minutos. Luego quince. Todos conversaban cómodamente. Melanie le estaba hablando a Lucy sobre su librería infantil en New Brunswick. Dustin parecía estar intentando asustar a Andre con las historias de miedo que había vivido en Urgencias.

La mujer con el delantal se escabulló por el sendero como si siguiera una llamada secreta. Ahora solo quedaban ellos cuatro. Los cuatro y una sombra. La sombra de un hombre fuera del círculo de bancos, allí donde la luz de la fogata no alcanzaba.

Lucy soltó un grito ahogado y se tapó la boca con ambas manos.

—¿Lucy? —preguntó Melanie, alarmada—. ¿Qué pasa?

Lucy señaló hacia la figura en la oscuridad.

—Está aquí —susurró.

Los cuatro guardaron silencio, se volvieron hacia la sombra y esperaron...

Desde la oscuridad, una voz, solemne pero risueña, severa pero juguetona, vieja pero joven, habló y dijo:

—¿Qué tiene manos pero no puede sostener? ¿Qué tiene cara pero no puede sonreír?

Y Lucy supo la respuesta inmediatamente.

—¡Un reloj! —respondió.

De entre las sombras salió Jack Masterson.

◄──────►)●(◄──────►

Para Lucy, Jack Masterson no había cambiado nada, sonreía con amabilidad, como un rey amable. Un rey viejo y cortés que llevaba puesto un jersey marrón de punto y pantalones de pana del mismo color. Lucy le había visto por última vez en persona hacía trece años, cuando su cabello aún seguía siendo mayoritariamente marrón. Ahora las canas lo habían teñido de blanco, y a su barba también.

—Tic, tac —dijo—. Bienvenidos al Reloj. O debería decir, ¿bienvenidos *de nuevo* al Reloj?

Permanecieron en silencio, todos y cada uno de ellos, mientras que el hombre que había cambiado sus vidas volvía a hablarles.

—No soy el Mastermind, tan solo su creador —empezó Jack Masterson—, pero sí que tengo uno de sus poderes: puedo leer la mente. Sé que todos os estaréis haciendo esta misma pregunta: ¿por qué os he hecho venir aquí ahora? —siguió—. Os contaré por qué estáis aquí. Había una vez, escribí un libro llamado *La casa en la Isla del Reloj*. Y érase una vez, vosotros leísteis un libro llamado *La casa en la Isla del Reloj*. Escribir ese libro cambió mi vida. Leerlo cambió las vuestras. Y creo que todos nosotros estamos esperando a que otro de mis libros vuelva a cambiarnos la vida. Las historias nos escriben, ¿sabéis? Leemos algo que nos conmueve, que nos emociona, que nos habla directamente, y eso… eso nos cambia.

Con la mano extendida, les señaló.

—Vosotros, niños, sois la prueba. Cuatro niños que vinieron aquí porque habían leído un libro que les inspiró a ser lo suficientemente valientes como para pedir ayuda. No hay nada más valiente que eso. Y la valentía se merece un premio.

Posó la mirada sobre ellos.

Señaló a Andre.

—Andre, aún recuerdo cuando viniste, querías ser Daniel, uno de mis personajes, que acude a la Isla del Reloj para demostrar que sus acosadores en el colegio estaban equivocados. Recuerdo, Melanie —movió la mano hacia la sonriente Melanie— que adorabas a Rowan, la niña que va a la Isla del Reloj con la esperanza de detener el divorcio de sus padres. Y Dustin, mi querido niño, querías ser igual que el joven Will, que se escapa a la Isla del Reloj huyendo de un padre cruel. Y Lucy... —La sonrió y ella le devolvió la sonrisa—. Querías ser mi Astrid, mi heroína original. Querías tanto ser ella que incluso te disfrazaste de ella en Halloween. ¿Sabías, Lucy, que Astrid vive aquí? ¿Y también Rowan? ¿Y Will? ¿Y Daniel? Todos están aquí si los buscáis bien. Yo los estaba buscando. Ahora por fin los he encontrado.

Con la mano sobre su pecho, Jack añadió, con ternura:

—Me alegro de tener a mis niños de vuelta.

—Mierda, Jack —dijo Andre, emocionado—. Me alegro de estar de vuelta.

Melanie fue la primera en acercarse a él, casi a la carrera. Él le dio un abrazo corto pero lleno de cariño y le acarició la espalda como si fuese un padre avergonzado pero orgulloso. Andre fue el siguiente. Jack le sonrió ampliamente, le dijo lo orgulloso que estaba del trabajo legal *pro bono* que estaba haciendo por los niños en Atlanta. Dustin fue el siguiente y abrazó a Jack como si se estuviese reuniendo con un abuelo perdido. Lucy recordó que Dustin había dicho que los libros de *La Isla del Reloj* le habían salvado la vida, dándole una vía de escape en una infancia llena de miedo en la que a menudo había tenido que esconderse.

Entonces llegó el turno de Lucy.

—Aquí está mi última compañera de aventuras —dijo, tomándole la mano con delicadeza. Se había hecho más viejo, estaba más cansado, más preocupado.

De niña había soñado que Jack Masterson era su padre. Ahora podría ser su abuelo.

—Lucy, Lucy. —Sacudió la cabeza como si no pudiese creer que había crecido tanto. Sonrió y parecía querer decir algo pero no poder permitírselo—. ¿Qué tal tu vuelo? —preguntó en cambio.

—Aterrizó, así que no puedo quejarme. —Estaba más que nerviosa. El escritor vivo más famoso de literatura infantil estaba sosteniendo su mano.

—¿Y el viaje en coche? ¿Quién te ha traído?

—Mikey. Un buen tipo. Me contó algunos cotilleos muy divertidos.

—Sí, es un buen hombre nuestro Mikey, incluso aunque no sepa mantener el pico cerrado ni aunque su vida dependa de ello. —Él sonrió abiertamente, examinando su rostro—. ¿Y cómo te va todo, Lucy Hart?

Tenía esa manera tan suya de mirarla, como si pudiese ver algo que nadie más podía. O tal vez se lo estaba imaginando porque el personaje de Mastermind hacía ese tipo de cosas en sus libros: podía mirarte a los ojos y ver lo que más deseabas en el mundo.

—Mejor —dijo—. Mucho mejor que la última vez que nos vimos.

—Sabía que todo terminaría saliéndote bien. —Le dio un suave apretón y le soltó las manos. Se volvió hacia el resto—. Sabía que todos estaríais bien. Y ahora puedo comprobar que es cierto. Mis niños valientes. Ahora sois adultos valientes. Ojalá tan solo hubieseis venido a pasar algo de tiempo juntos, pero ¡ay! —Lucy supo que Jack Masterson era el único hombre que podía salirse con la suya usando

¡ay! en una conversación—, el reloj, como siempre, no se detiene.

Lucy volvió a sentarse en el banco y se ciñó su, bueno, la chaqueta de Hugo a su alrededor. La noche era cada vez más fría, pero no parecía que a Jack le afectase.

—Puede que creáis que sabéis por qué estáis aquí: para ganar mi último libro. Pero es más que eso, por supuesto. La primera vez que vinisteis, deseabais algo con todas vuestras fuerzas. Deseabais ser como los niños de mis historias. Bueno, ha llegado el momento de hacer vuestros deseos realidad. Esta semana, mientras estéis aquí, os convertiréis, tal y como deseasteis hace mucho tiempo, en uno de los personajes de mis libros. Por desgracia, yo no soy tan impresionante o sombrío como el Mastermind, pero él me ha dado permiso para hablar en su nombre. Y tiene un mensaje para vosotros. Aunque no necesito decirlo en voz alta. Si habéis leído mis libros, ya sabéis lo que es. ¿Alguien?

Andre frunció el ceño. Dustin se quedó mirando a la nada. Melanie se encogió de hombros.

Pero Lucy se acordaba. Incluso Christopher lo sabría.

—Mmm… si el Mastermind nos quiere decir lo mismo que les dice a los niños en los libros —dijo Lucy—, su mensaje sería: «Buena suerte. Vais a necesitarla».

CAPÍTULO TRECE

Después de que terminasen de comer y de ponerse al día, Jack los llevó de vuelta a la casa. Hugo se había quedado en la biblioteca con su cuaderno de bocetos, trabajando en algo. ¿Quizá la portada del nuevo libro? Lucy quería echar un vistazo a escondidas, pero Jack les pidió que tomasen asiento y ella se sentó en un enorme sillón con estampado de libros. Era un alivio volver a estar en el interior, calentita y cómoda. Pero no le duró demasiado.

—Ahora —dijo Jack con un fuerte suspiro—. Me temo que por mucho que me hubiese gustado mantener este juego solo entre nosotros… los de arriba tenían otras ideas. ¿Hugo?

—Iré a buscar el latón —dijo Hugo mientras cerraba su cuaderno de bocetos, se levantaba y salía de la habitación.

—¿Qué es el latón? —preguntó Andre.

Lucy se levantó de su asiento para servirse una taza de té.

—Soy yo. —Había una mujer de pie en la entrada de la biblioteca, con un traje de pantalón que parecía muy caro. Jack empezó a tararear la banda sonora de *Tiburón*. Lucy entendió la broma. Ella era el tiburón, una abogada.

—Me llamo Susan Hyde, trabajo como abogada para Lion House Books, editorial con la que se han publicado los libros de *La Isla del Reloj*. Todos competiréis por conseguir la única copia existente de…

—Existente —la interrumpió Jack, asintiendo—. Buen término.

La señora Hyde siguió hablando, como si no le hiciera ninguna gracia la interrupción.

—Todas las competiciones, acertijos y juegos han sido revisados por adelantado y aprobados por nuestro equipo para asegurar imparcialidad. En caso de hacer trampas de cualquier forma o manera, incluyendo usar teléfonos fijos, móviles, ordenadores o cualquier otro dispositivo con conexión a internet, serán inmediatamente descalificados. Obstaculizar al resto de participantes o los intentos de soborno...

—Siempre son bienvenidos —la volvió a interrumpir Jack—. Acepto billetes de diez y de veinte, así como trufas de chocolate.

Todos se rieron. Todos menos la abogada.

—Empecemos por lo importante —siguió la señora Hyde—. El papeleo. Papeleo enormemente importante que deberían haber firmado nada más entrar en la casa.

Jack elevó la mirada hacia el techo.

—Dios, sálvame de los abogados —suplicó.

—¡Oye! —le reprochó Andre, medio en broma.

—Sí, perdóname, hijo —dijo Jack—. ¿Os importaría firmar esos papeles del demonio que dicen que no me demandaréis a mí, ni a mi agente, ni a mi editora si no ganáis el juego?

—También es un descargo de responsabilidad —continuó la señora Hyde—. No podrán presentar cargos si, por ejemplo, se ahogan nadando.

—Prometo que si me ahogo —dijo Melanie mientras se levantaba a servirse una taza de té—, no presentaré cargos contra nadie.

—No es una broma —respondió Hugo desde la entrada—. El mar ahí fuera puede acabar con vosotros en un segundo.

—No pasa nada, Hugo —dijo Jack—. Ninguno va a salir herido. ¿Verdad?

Todos asintieron.

—Bien —se limitó a añadir la abogada.

Sacó cuatro carpetas de su maletín y se las entregó.

—Que nadie firme nada aún —les detuvo Andre, alzando la mano—. Dejadme echarle un vistazo primero.

Nadie dijo nada mientras Andre paseaba por la biblioteca, leyendo el acuerdo. Hugo avivó el fuego de la chimenea. Dustin movía la pierna con tanta fuerza que hacía temblar el suelo. Melanie sorbía su té tranquilamente. Mientras tanto, Jack silbaba alegremente la banda sonora de *Jeopardy!*

Dos veces.

—Todo parece estar en orden —determinó Andre—. Nada fuera de lo normal.

Él fue el primero en firmar. Lucy tomó la carpeta y firmó. Si antes todo aquello no había parecido real, ahora sí.

Le devolvió la carpeta a la abogada con los papeles firmados.

—También —continuó la señora Hyde—, en caso de que ninguno de ustedes gane el libro, los derechos de publicación volverán directamente a Lion House Books.

—Dicho de otro modo —explicó Jack—, me han amenazado con demandarme si no les dejaba llevar los hilos del juego. No os preocupéis. Al menos dos o tres de vosotros podréis ganar.

Los cuatro fugitivos se miraron.

Lucy se sintió extrañamente encantada con aquel comentario críptico. Era algo que diría el Mastermind. Siempre jugaba limpio, pero eso no siempre significaba que jugase con amabilidad.

—¿Qué dos o tres? —Andre fue el único lo suficientemente valiente como para preguntarlo.

—Solo Lucy y Melanie se molestaron en preguntarles a los chóferes que las trajeron sus nombres. Bien hecho, señoritas. Si eso hubiese formado parte del juego, ya tendríais cada una un punto.

—Espera, ¿qué demonios? —dijo Dustin—. ¿Nos vas a poner a prueba al azar sin decirnos qué es parte del juego y qué no?

Jack sonrió con malicia.

—Es muy probable.

Lo había dicho como si fuese una broma, pero el ambiente de convivencia amistosa que había existido acababa de desaparecer. La tensión en la sala se podría cortar con un cuchillo de mantequilla.

El latón, la señora Hyde, les entregó otro papel con las reglas.

Habría juegos cada día, leyó Lucy. Para ganar el libro, el concursante tendría que conseguir diez puntos. La mayoría de los juegos valían dos puntos si lo ganabas y te llevabas un punto si quedabas segundo. Menos con el último juego. El juego final valía cinco puntos.

—¿Cinco puntos por el último juego? —preguntó Andre.

Jack sonrió.

—Siempre apuesto por el que lleva las de perder.

—Y si nadie consigue los diez puntos requeridos —les recordó la señora Hyde—, el libro irá *inmediatamente* para Lion House.

—Requeridos —dijo Jack, asintiendo—. De nuevo, buen término.

—Si uno de ustedes gana el libro —continuó la abogada, ignorando a Jack de nuevo—, Lion House me ha autorizado a hacerles una oferta por el manuscrito por una generosa cuantía de seis cifras.

Seis cifras. A Lucy se le aceleró la respiración. Cien mil dólares, ¿o puede que más? Con esa cantidad Lucy podría permitirse cómodamente un apartamento, un coche y cuidar de Christopher. No le duraría demasiado en California, pero sería un buen comienzo.

Jack hizo un gesto despectivo con la mano.

—Subastadlo.

—¿Qué pasa si dos personas consiguen diez puntos? —preguntó Dustin.

—Nadie los conseguirá —respondió Jack—. Sería impresionante si incluso uno de vosotros los reuniera.

Jack ya no parecía un anciano, no cuando la miró a los ojos y le sostuvo la mirada sin sonreír. A ella ya no le parecía estar en presencia de Jack Masterson, el querido escritor de libros infantiles. En su lugar estaba el Mastermind, el rey de la Isla del Reloj, el mago de los acertijos, el guardián secreto vestido de sombras que concedía a los niños sus deseos, pero solo si se los ganaban.

La sala se quedó en silencio, como si alguien estuviese a punto de revelar un secreto muy importante. El único sonido provenía de la brisa marina que corría junto a la casa y el crepitar ocasional de la chimenea.

—Ah, una última advertencia, también habrá… —Jack se quedó callado como si estuviese buscando la palabra adecuada— *retos*. No valdrán ningún punto, pero si os negáis a afrontarlos, seréis descalificados y os enviarán de vuelta a casa. ¿Ha quedado claro?

Andre negó con la cabeza.

—La verdad es que no, Jack.

—No puedo culparte por ello —dijo Jack, todavía jugando a ser el enigmático Mastermind—. Pero empecemos, ¿os parece?

Fuera, el viento soplaba cada vez más fuerte. Lucy respiró profundamente.

Que comience el juego.

Al levantarse cada vez más viento, las contraventanas se sacudieron y el fuego en la chimenea titiló.

Jack esperó. El viento amainó como si él se lo hubiese pedido y lo hiciese de buen grado.

Entonces comenzó a hablar:

En la luna hay un cuartillo
con una puerta acristalada verdecilla.
Yo no puedo entrar.
Tú no puedes entrar.
¿Para qué sirve?
Los perritos entran.
Los perros también.
Pero los gatos y los gatitos no.
Un tornillo entra, pero un taladro no.
Una princesilla entra, pero un principito no.
Un párroco entra, pero un rabino no.
Se permite dar un besillo pero no un abrazo.
Eso nunca.
Puedes escuchar roll pero rock no
y nunca encontrarás un reloj
en el cuartillo de la luna
con la puertecilla verde acristalada.
Jill puede entrar.
Jack no puede entrar.
Así que ¿para qué sirve?

CAPÍTULO CATORCE

Después del acertijo se hizo el silencio.

—Dos puntos para aquel que adivine correctamente el secreto —dijo Jack—. Un punto para el segundo. No reveléis el secreto cuando finalmente lo adivinéis. Tan solo seguid el juego...

—Va...le —dijo Dustin—. ¿Nos puedes dar una pista?

—Se rio con nerviosismo.

—Por supuesto —respondió Jack—. Os daré muchas, muchas pistas.

Lucy respiró profundamente.

Jack se volvió y sacó un libro de la estantería.

—Un librillo puede pasar por la puerta —dijo. Abrió el libro y lo sostuvo por una página—. Pero una página sola no puede.

—¿Qué? —preguntó Andre. Miró a su alrededor en busca de pistas.

Jack volvió a colocar el libro en la estantería y empezó a pasear lentamente por la sala.

—Un caramelillo de café puede pasar por la puertecilla verde acristalada —dijo, sacando un caramelo de café de una cesta y alzándolo como si estuviese brindando con él antes de llevárselo a la boca—. Pero no una taza de café. El caramelillo pasa, pero el café no.

—Vale, ¿alguien más también está confuso? —dijo Melanie.

Jack siguió andando, acercándose a Hugo y le posó una mano en el hombro.

—Hugo no puede entrar por la puerta, pero el señor Reese sí.

—Cielos... —Hugo gimió tan fuerte que Lucy soltó una risita.

Jack la señaló.

—Una risa no puede entrar, pero una sonrisilla sí.

—Vale, ¿de qué demonios estás hablando? —exigió saber Andre—. Ni siquiera sé de qué está hablando. ¿Alguien?

—Tienes que adivinarlo solo —dijo Hugo—. Bienvenido a mi mundo.

Jack soltó una carcajada suave y algo malvada. Lucy se dio cuenta de que estaba disfrutando con esto. Menos mal que él se lo estaba pasando bien, ya que nadie parecía estar divirtiéndose.

Se acercó a la chimenea y señaló el cuadro que había sobre ella.

—Un Picasso —dijo Jack—. Puede pasar por la puertecilla verde acristalada. Pero no cualquier otro cuadro.

—No es un Picasso —le contradijo Hugo, fulminándole con la mirada—. Ese es mío.

—Es muy bonito —añadió Lucy.

El cuadro era llamativo, con colores brillantes, árboles, arena y una casa hecha a base de cuadrados y triángulos.

—Tampoco se puede decir un cumplido dentro del cuartillo, pero sí un piropillo.

—Inútil —se lamentó Dustin, dejándose caer sobre el sofá.

Melanie enterró la cara entre sus manos.

—¿De qué estás hablando?

Cuando volvió a alzar la mirada ya no parecía tan tranquila como antes.

—¿Debería daros otra pista? —preguntó Jack.

—¡Sí! —respondieron todos al unísono.

Jack extendió el dedo y examinó la sala señalando con él. Terminando en Andre.

—Andre… ¿Cuál fue la última película que viste?

—Eh… —Pensó en ello durante un segundo—. Probablemente *Star Wars*, con mi hijo.

—Excelente. —Jack se frotó las manos—. He oído hablar de ella. Veamos… —Chasqueó los dedos—. ¡Vamos allá! Harrison Ford puede cruzar la puerta. Mark Hamill también. Incluso podría cruzarla Carrie Fisher, que en paz descanse. Pero Han Solo no puede entrar, tampoco Luke Skywalker. Billy Dee Williams puede pasar por la puertecilla verde acristalada tres veces. Pero, sin duda, Darth Vader no puede pasar nunca. Él no pasará.

—¿Los héroes pueden pasar? ¿Y los villanos no?

—Picasso no era ningún héroe —dijo Hugo—. Que se lo pregunten a cualquiera de sus amantes.

—Cierto —dijo Jack—. Pero sus queridillas también pueden pasar por la puerta. Y los villanos también.

Melanie se llevó los dedos a la frente y se la masajeó como si le fuese a doler la cabeza de un momento a otro.

—Voy a gritar —murmuró.

—Tiene que haber algo —dijo Dustin, mirando a Jack—. Algo que todos tengan en común, ¿no?

—Sí —admitió él—. Es algo que todos tienen en común.

Lucy respiró hondo. Vale, vale… algo que todos tienen en común. Algo que todos esos objetos, toda esa gente y todos esos conceptos tienen en común. Carrie Fisher. Harrison Ford. Un librillo. Un Picasso. ¿Un piropillo? ¿De qué demonios estaba hablando?

Cerró los ojos, pensando durante un tiempo. Jack escribía libros infantiles. Probablemente era un acertijo que un niño podría resolver.

Algo le resultaba conocido... un recuerdo vagamente familiar en el que cayó cuando Jack había mencionado a Carrie Fisher. ¡Ahora se acordaba! Le había estado enseñando a Christopher a escribir *Carrie*. Él tenía un compañero que se llamaba Kari en su clase, así que se sorprendió al descubrir que algunas palabras podían sonar exactamente igual pero deletrearse de maneras distintas. *Kari. Carrie.*

Palabras. Algunas palabras se escribían de una forma...

Lucy notó cómo una bombilla se encendía sobre su cabeza.

Lo que tenían en común era que todas eran palabras. Claro que *cuadro, ilustración, página* y *Hugo* también eran palabras. Así que no podía ser eso. Pero tenía que ver con las palabras y no con sus significados...

Señor Reese.

Picasso.

Librillo.

Harrison Ford.

Carrie Fisher.

Billy Dee Williams. Tres veces.

Tres nombres. Tres veces. Tres nombres. Tres palabras.

Cuartillo.

Verdecilla.

Puertecilla.

Se imaginó a Christopher escribiendo minuciosamente el nombre de *Carrie* en su nota de agradecimiento. Podía ver cómo sacaba la lengua, su ceño fruncido adorable cuando estaba concentrado escribiendo las dos *R* en el papel.

C-A-R-R-I-E.

Carrie Fisher.

Harrison Ford.

Picasso.

Librillo.

Verdecilla.

Puertecilla.

Cuartillo.

Harrison. Carrie. Billy Dee.

Carrie escrito en el papel de carta de su empresa. *Carrie*, no *Kari. Carrie*, no *Kari. Carrie... Carrie* con dos *R*.

A Lucy le dio un vuelco al corazón. Se le abrieron los ojos de golpe. Alzó la cabeza.

—Las ovejas no pueden pasar —dijo Lucy—, pero sí sus borregos. Y los arbolillos pueden entrar, pero solo si dejan las ramas fuera.

Jack abrió lentamente los brazos y una sonrisa se dibujó en su rostro. Entonces la señaló.

—Ella lo sabe.

◄————)◦(————►

«Ella lo sabe». Esas tres palabras eran las mejores que Lucy había escuchado en su vida.

Sonrió triunfante. Jack aplaudió, pero nadie más lo hizo.

—¿Qué? —Andre se levantó como si no pudiese quedarse más tiempo sentado—. ¿Qué... qué demonios tiene que ver Picasso con unos borregos y con *Star Wars*?

—¿Qué es, Lucy? —preguntó Dustin—. Esto me está matando.

—No, no, no —Jack volvió a negar con el dedo. Dustin le miró como si estuviese a punto de arrancarle ese mismo dedo de un mordisco—. Lucy, puedes retirarte. Y no des ninguna pista al salir. El resto puede jugar para ganar un punto y el segundo puesto. Hugo, ¿te importaría llevar a Lucy a su habitación y darle algo de cenar si es que quiere comer algo más sustancioso que un *s'more*?

—Me llenaría de gozo poder salir de aquí —repuso Hugo, levantándose.

—Si tan solo estuvieses lleno podrías pasar por la puerta acristalada —dijo Jack—. Pero el gozo se tiene que quedar fuera.

Mientras Lucy seguía a Hugo fuera de la biblioteca oyó a alguien soltar un gemido frustrado.

—Vamos —le urgió Hugo en cuanto salieron de la biblioteca—. Antes de que la situación se vuelva violenta.

No parecía estar diciéndolo en broma.

Le siguió rápidamente hasta la entrada, después la condujo hacia la escalera principal. Cuando llegaron al rellano, Hugo la miró por encima del hombro.

—¿Cómo lo has averiguado? —preguntó.

Lucy hizo una mueca de dolor.

—Me gustaría poder decir que soy un genio, pero solo se debe a que hace poco enseñé a un niño de siete años a escribir *Carrie*. Él pensaba que solo tenía una *R*, pero tiene dos. Hay dos *R* en *Carrie*. Dos *R* en *Harrison*. Dos *S* en *Picasso*. Dos *E* en *Reese*.

—Dos *L* seguidas en *librillo*, y dos *R* en *párroco* —dijo Hugo—. Buen trabajo.

—No era tan difícil.

Alguien, sonaba como Dustin, gritó una palabra de cuatro letras que nunca había aparecido en ninguno de los libros de Jack. Ella se rio.

—Te lo dije —dijo Hugo—. Y la mayoría no se dará cuenta de la respuesta. Estarán furiosos, después se rendirán y exigirán saber la solución. Jack escribe libros infantiles. Sus acertijos suelen estar a ese nivel. Los niños los resuelven más rápido que los adultos porque son mucho más literales.

—Supongo que soy una niña grande entonces.

Recordaba ese pasillo de su primera visita. Si giraban a la izquierda, se encontrarían con el estudio de Jack y con su cuervo mascota. Pero giraron a la derecha. Hugo abrió unas puertas dobles.

—Por aquí. —Sacó un juego de llaves de su bolsillo y abrió otra puerta—. Jack te ha asignado la habitación Océano.

Abrió la puerta del todo y dio la luz. Lucy abrió los ojos de par en par, impresionada y encantada. Había pensado que quizá la habitación Océano se llamase así solo porque tenía vistas al océano, pero era más que eso. La habitación estaba pintada con el azul plateado más claro del mundo, como el mar en una mañana de invierno. La chimenea de ladrillo tenía una repisa blanca y, sobre esta, había un barco en una botella. La cama era enorme y con dosel, lo bastante grande como para que cupiesen tres personas cómodamente.

Hugo le enseñó el baño, el armario donde había linternas y provisiones de emergencia, y el horario para esa semana que estaba sobre la repisa de la chimenea. Ella ignoró el horario. El cuadro que había sobre la chimenea le había llamado la atención. Era un tiburón que nadaba por el cielo en vez de por el mar, persiguiendo a una bandada de pájaros.

—Qué bonito. ¿Es tuyo? —preguntó Lucy.

—Es mío —dijo Hugo—. Se llama *Pesca de alto vuelo*.

—Es precioso. Conozco a un niñito al que también le encantaría.

—¿Tu hijo?

Ella se calló, queriendo poder decir que sí. *Sí, es mi hijo. Mi hijo, Christopher. Christopher, mi hijo…* Pero negó con la cabeza.

—Un niño al que le doy clase. Christopher. Adora los tiburones. —Sacó su teléfono móvil y, antes de darse cuenta de lo que estaba haciendo, le estaba enseñando a Hugo la foto de Christopher sujetando el juguete del tiburón martillo que ella le había regalado.

—Un niño muy mono. Tiene pelo de científico loco.

—Dímelo a mí —dijo Lucy—. Y calcetines mágicos que desaparecen. ¿Sería demasiado raro comprarle unas ligas para calcetines a un niño de siete años? Los suyos siempre terminan en la puntera de sus zapatos.

—¿Sabes cómo puedes arreglarlo?

—¿Pegamento extrafuerte?

—Sandalias —dijo—. Veo que está pasando por la fase de obsesionarse por los tiburones. Los dinosaurios son los siguientes.

—Los dinosaurios fueron el año pasado —dijo Lucy—. Supongo que la siguiente será el espacio o el antiguo Egipto.

—O el *Titanic* —añadió Hugo—. Mi hermano, Davey, estaba obsesionado con el *Titanic*.

Sacó su teléfono móvil y le enseñó una foto de su hermano frente al cartel de una exposición del *Titanic*.

—¿Ese es Davey? —preguntó Lucy, sonriendo al ver la imagen de un niño de unos diez años con una gran sonrisa dibujada en su rostro. Tenía los ojos ligeramente inclinados y la nariz de botón de un niño con síndrome de Down.

—Sí, cuando tenía nueve o diez años, le llevé a la exposición del *Titanic* en Londres. Era eso o ponerle la película, y de ninguna manera le iba a dejar ver esa película hasta que cumpliese al menos los treinta.

—Lo siento, es…

—Sí, yo también. —Hugo volvió a guardar el teléfono móvil en su bolsillo—. No importa —dijo, volviendo a ponerse serio—. ¿Tienes hambre?

—Un poco.

—Pediré que te suban la cena.

—Gracias —dijo Lucy. Él se dio la vuelta para marcharse—. Oye, ¿Hugo? ¿Puedo sacarle una foto al cuadro para Christopher?

Él la miró ligeramente confuso, pero luego hizo un gesto con la mano.

—Adelante.

Después de que se hubiese marchado, Lucy paseó por la habitación. No se podía creer que fuese solo para ella durante una semana entera. Un edredón grueso cubría la cama, las sábanas tenían estampado náutico, con rayas blancas y azules. Y cuando se acercó a la ventana, pudo ver la oscura silueta del mar subiendo a toda velocidad por la playa antes de retirarse lentamente, todo para volver a subir, acercándose cada vez más.

Podría haberse quedado mirando esa estampa toda la noche, pero sabía que tenía que empezar a deshacer las maletas y a acomodarse. Dejó la maleta en el portaequipajes y comenzó a ordenar el contenido. Sacó una fotografía impresa de ella y Christopher que Theresa les había tomado en el patio del colegio y que había enmarcado antes de regalársela. Lucy la colocó sobre la repisa de la chimenea.

Ahora ya se sentía como en casa.

—La cena está servida.

Hugo estaba de pie en la entrada de su dormitorio con una bandeja cubierta.

—Sabes que eres un artista muy famoso, ¿verdad? —le preguntó Lucy.

—El artista más famoso del mundo sigue siendo menos famoso que la estrella de televisión menos famosa del mundo. ¿Dónde te lo dejo?

—Mmm… —Echó un vistazo a su alrededor y vio un pequeño tocador con una banqueta—. ¿Allí?

Él dejó la bandeja sobre la mesa. Lucy se moría de hambre, así que fue directa hacia allí y levantó la tapa.

—Oh… ¿es sopa de langosta?

—Dijeron que eras de Maine.

—*Ayuh* —respondió.

—Sí, una de Maine, que Dios nos ayude.

Lucy se sentó y miró fijamente su sopa de langosta. O llevaba demasiado tiempo lejos de Maine, o esa era la mejor sopa de langosta que había comido en su vida. Un gemido de puro placer se escapó de su garganta, tan alto que se sonrojó.

—Lo siento —se disculpó—. Eso ha sonado un poco pornográfico.

—Me alegro de que te guste tanto. —Se notaba que quería reírse de ella.

Con el siguiente bocado se las apañó para saborear el plato sin gemir. Hugo, por algún motivo, seguía de pie en la entrada.

Escucharon otro rugido que venía de abajo, seguido de un impresionante despliegue de improperios.

Hugo miró por encima del hombro hacia la escalera.

—Parece que alguien se está poniendo de los nervios —dijo—. Creo que debería bajar y asegurarme de que nadie aporree a Jack con el atizador.

—Buena suerte.

Respiró hondo y se giró melodramáticamente para marcharse.

—¿Hugo?

Él se volvió a mirarla.

—¿Por qué me diste una pista?

Hugo frunció el ceño.

—No lo hice.

—Me preguntaste si recordaba el nombre del hombre que me había traído hasta aquí.

—Te lo pregunté. No te dije la respuesta. —Se encogió de hombros—. Tan solo tenía curiosidad por saber si podías ganar o no. Parece que sí.

De repente, escucharon a alguien gritar «¡Mierda!» desde la planta principal. Hugo miró hacia la escalera.

—Vale. Esa es mi señal para salvar la vida de Jack. Buenas noches, Lucy.

—Oye, espera un segundo.

Se levantó y se acercó a su bolso. Lo abrió y sacó una bufanda roja escarlata que había terminado de tejer en el avión.

—Toma —dijo, ofreciéndosela.

Él la aceptó y la observó.

—Muy bonita. Pero…

—Hago bufandas y las vendo en Etsy. Tú me has dejado tu abrigo. Puedes quedarte con la bufanda como garantía de que te lo devolveré hasta que me vaya.

—Gracias.

Se la pasó alrededor del cuello y, de repente, le parecía mucho más sexi llevando algo que había hecho ella a mano. Lucy sintió cómo empezaba a sonrojarse y se sentó a seguir comiendo antes de que él se diese cuenta.

—Bueno, buena suerte ahí abajo —dijo—. Por favor, no dejes que maten a Jack.

—No prometo nada. —Se detuvo en la puerta—. Mantén la puerta cerrada con llave esta noche. De momento, vas la primera. No dejes que te llenen los zapatos de cemento.

—Dormiré con un arpón bajo el brazo por si acaso.

Había un arpón de verdad, antiguo y pequeño, colgado de la pared junto a la puerta.

—Bien pensado.

Dicho eso, Hugo se marchó. Lucy se levantó y cerró la puerta con llave tal y como le había pedido.

Cuando se terminó la sopa de langosta, se dio una larga ducha en su cuarto de baño privado, se puso el pijama y se metió en la cama felizmente. Las sábanas eran lujosas, suaves y estaban perfumadas con lavanda.

Eran las diez de la noche en Maine, lo que significaba que tan solo eran las siete de la tarde en Redwood. No sabía si la señora Bailey le daría o no el mensaje a Christopher, pero no pudo evitarlo, le envió un mensaje.

¿Puedes leerle este mensaje a Christopher? Voy ganando.

Lucy esperó. Casi se había rendido cuando le vibró el teléfono en la mano.

Está gritando.

En su interior, Lucy también. Le respondió: *Cuando tienes que gritar, gritas.*

No hubo más mensajes después de aquello. Ya eran las siete y media. Christopher probablemente se estaría dando un baño para irse a la cama. Pero no importaba. Lucy necesitaba dormir. Y dormiría muy bien esa noche. No solo había ganado el primer juego, sino que lo había ganado con facilidad. El resto seguía en la planta principal tirándose de los pelos.

Un abogado.

Un médico.

Una exitosa mujer de negocios.

Y Lucy Hart, maestra auxiliar de infantil, con diez de los grandes en deudas de tarjetas de crédito, tres compañeros de piso, sin coche... les había ganado a todos por goleada.

¿Y si realmente podía conseguirlo? Si no metía la pata, ni cometía errores absurdos, ni dejaba que nada la distrajese o la desviase del camino, entonces quizá, y solo quizá, podría ganar. Y podría hacerlo sola. No necesitaba un «plan B», no tendría que renunciar a las dos maravillosas horas diarias que pasaba con Christopher, no necesitaría suplicarles a sus padres o a su hermana, ni hacerles sentirse culpables para que le prestasen dinero. La señora Costa había dicho que hacía falta un pueblo entero para criar a un niño. Tal vez para algunas personas fuese así, pero puede que Lucy no necesitase tener un pueblo a su lado. A lo mejor podría hacerlo sola.

Lucy decidió aferrarse a su suerte. Se imaginó el momento en el que llamase por teléfono y le diese a Christopher la noticia. Claro que al niño le seguía dando miedo hablar por teléfono, pero solo era un sueño, así que ¿por qué no soñar a lo grande?

Se imaginó llamándole, el timbre del teléfono mientras sonaba y oía su tímido «¿Hola?» al otro lado de la línea.

No respondería con un «Hola». Tampoco diría «Hola, ¿cómo estás?». Lucy ya sabía lo que le diría.

«Christopher... he ganado».

Capítulo quince

Hugo esperó a que el juego terminase en la sala de estar. Mientras boceteaba ideas para la portada del nuevo libro, escuchaba a escondidas. Podía oír absolutamente todo lo que pasaba en el interior de la biblioteca, incluso con las puertas cerradas: las conjeturas, los gemidos frustrados y la cantidad de veces que pedían más y más y más pistas.

Era casi la una de la mañana cuando Jack les pidió a Andre, Melanie y Dustin que se rindiesen. Si todos estaban de acuerdo en que ninguno ganase ese único punto y quedase segundo, Jack les daría la respuesta.

Todos aceptaron esas condiciones inmediatamente. Cuando Jack les contó el secreto de la puertecilla verde acristalada, la casa se llenó de gritos. Hugo soltó una sonora carcajada. Oh, odiaba los acertijos cuando era él quien tenía que resolverlos, pero no les daba tanta importancia cuando Jack se los planteaba a invitados no deseados.

Los tres concursantes, somnolientos, salieron de la biblioteca arrastrando los pies, salvo Melanie, que murmuraba para sí misma:

—¿Billy Dee Williams? ¿Cómo he podido no darme cuenta?

—Yo tampoco me he dado cuenta —confesó Hugo cuando pasó a su lado—. Espero que ayude.

—No, no ayuda —respondió ella—. En absoluto. Para nada.

Hugo les dio a todos las buenas noches con un alegre «Más suerte mañana».

Cuando Jack no salió tras ellos, cerró su cuaderno de bocetos y entró en la biblioteca. Se lo encontró con un antiguo reloj de carruaje en las manos, dándole cuerda con una llave diminuta.

—Es tarde —dijo Jack mientras volvía el reloj hacia él, consultando la hora en su reloj de pulsera.

—¿Lo es? No he mirado mucho el reloj.

—En esta sala, eso podría considerarse un acto de traición —dijo Jack, señalando con la cabeza a la pared llena de relojes, había casi cincuenta en total—. ¿Vienes a regañarme de nuevo?

Hugo se quedó de pie, dándole la espalda a la chimenea. El fuego se había apagado hacía rato, pero la sala seguía cálida gracias a las brasas.

—No vengo a regañarte. Solo me preguntaba si estabas disfrutando de tu compañía.

Él asintió, parecía encantado.

—Es mejor de lo que pensaba. Son niños maravillosos.

—Son todos adultos de mediana edad y sus vidas son tan desastrosas como las nuestras.

—Yo no definiría a Lucy Hart como una adulta de mediana edad. —Jack tomó un segundo reloj, un antiguo reloj de alarma, y lo devolvió a la vida—. Me complace que haya ganado el primer juego. Parecía estar fuera de su zona de confort con los niños mayores.

—Ha sido un juego tan insoportablemente estúpido.

—Tan solo es un jueguecito viejo al que solíamos jugar en el campamento de verano —dijo Jack.

—¿Es que el director de tu campamento se llamaba Lucifer por casualidad? —Hugo se sentó frente a la chimenea, con su cuaderno de bocetos sobre el regazo.

—No recuerdo cómo se llamaba, pero tenía una nariz que un mono narigudo envidiaría. Cuando inspiraba, teníamos que aferrarnos al tronco de un árbol robusto para que no nos aspirase con sus senos paranasales. —Jack observó el cuaderno de bocetos de Hugo sobre su regazo—. Siempre he tenido envidia de la gente que sabe dibujar. Yo tengo que usar cincuenta palabras y diez metáforas para decir que un personaje tiene una narizota gigantesca. Tú lo consigues con solo un trazo.

—Yo siempre he tenido envidia de los escritores que venden seiscientos millones de copias de sus libros.

—Ah, *touché*.

A veces, Jack tenía ganas de pasarse la noche hablando. Otras veces, Hugo podía hacerle mil preguntas y que no le respondiese ni una. ¿Cómo sería esa noche? Hugo decidió girar la ruleta y arriesgarse.

—He estado intentando hacer una portada para ese libro nuevo tuyo, pero no estoy teniendo demasiado éxito ya que no tengo ni idea de qué trata. —Hugo hizo girar el lápiz entre sus dedos y después lo apuntó hacia Jack—. ¿Por qué?

Jack sacudió la mano, restándole importancia a la preocupación de Hugo.

—No serías el primer ilustrador que tiene que crear una portada sin saber absolutamente nada de la historia.

—Cierto, pero ¿podrías darme aunque sea una pista?

—Pinta algo como, eh… *El guardián de la Isla del Reloj*. Esa siempre ha sido una de mis portadas favoritas. —Jack le guiñó el ojo sin motivo aparente, aunque probablemente tendría algún motivo que él desconocía.

—Este nuevo libro tuyo existe, ¿no? ¿No es como mi concurso de *fan art* donde se suponía que solo iba a ganar quinientos dólares? Sigo esperando ese cheque, por cierto.

Jack estaba ajustando la hora en un reloj de *Alicia en el País de las Maravillas* que daba la hora al revés.

—¿Preferirías haber cobrado los quinientos pavos o quedarte con el trabajo de ilustrador de todos mis libros?

—No diría que no a ninguna de las dos opciones.

Jack soltó una carcajada.

—El libro existe. Y solo hay una copia en todo el mundo. Lo escribí a máquina y lo escondí.

—¿Y de verdad se lo vas a confiar a un desconocido?

—No, pero se lo confiaré por capricho a un desconocido.

—Los tiburones ya te están rodeando. Los coleccionistas de libros poco comunes, los multimillonarios, los *influencers* de redes sociales... —Se estremeció dramáticamente con miedo fingido al decir la palabra *influencer*. Pero era cierto. Los coleccionistas incluso le habían llamado a él, pidiéndole que pusiese un precio para poder quedarse con el nuevo libro de Jack.

—Entonces, que así sea —sentenció Jack—. Confío en que los niños tomen la decisión correcta.

—No sé los demás, pero Lucy Hart parece bastante decente —dijo Hugo—. Es la única que se ha disculpado por poner en peligro tu carrera al presentarse ante tu puerta.

—¿Esa bufanda es nueva? —preguntó Jack—. ¿Lucy no teje bufandas así? ¿Siempre llevas bufandas dentro de casa o es una nueva moda?

Hugo le fulminó con la mirada.

—Estás cambiando de tema deliberadamente.

—¿De qué tema?

—El libro. Este libro milagroso tuyo que ha salido de la nada. ¿No te estás muriendo, verdad? —preguntó Hugo—. Dime que no te estás muriendo.

—Mmm... *El libro de la nada* podría ser un buen título.

—Jack.

Sonriendo, Jack descolgó de la pared un reloj de cuco. Con la manga, le quitó el polvo.

—No me estoy muriendo —dijo Jack—. Tan solo me he dado cuenta de que la cantidad de arena que le queda en la parte de arriba a mi reloj de arena es menor que la que hay en la parte inferior. Quiero cumplir mis promesas antes de que se agote por completo. Sobre todo aquello que te prometí a ti.

Jack le miró de reojo y después se volvió a centrar en los relojes.

—¿Qué me prometiste?

—La promesa que te hice cuando te dije que todo iría bien cuando finalmente te marchases de la isla y siguieses con tu vida.

Hugo se puso tenso.

—¿Lo sabes?

—Lo sé. Sé que has tenido un pie fuera de esa puerta desde hace años. Y sé —dijo, volviendo a colocar el reloj en su soporte— que yo soy lo único que te retiene aquí.

—¿Te importaría ilustrarme?

—Porque soy como un padre para ti. ¿Sabes cómo lo sé? —Puso el reloj recto en su soporte.

—¿Porque yo te lo he dicho?

—Porque estás resentido conmigo. Igual que un hijo con su padre.

Hugo sintió cómo su corazón se desinflaba como un globo pinchado.

—Yo no...

El cuco empezó a cantar.

—Esa es nuestra señal —dijo Jack—. Deberías dormir un rato, hijo. Te veré cuando el azulejo empiece a cantar para desayunar. Con el canto del mirlo como muy tarde.

Jack se dirigió hacia la puerta de la biblioteca. Se detuvo y se giró.

—No tienes que preocuparte por mí. Sé exactamente qué estoy haciendo y por qué.

Hugo quería creerle. Como si fuese un reloj con engranajes invisibles, Hugo podía ver cómo giraban las manecillas de Jack, pero nunca había conseguido descubrir cómo terminaba de funcionar.

—Al menos uno de los dos lo sabe —murmuró Hugo mientras Jack se giraba para marcharse—. ¿Jack?

Él se volvió hacia Hugo, que estaba de pie mirándole fijamente.

—No estoy resentido contigo. Estoy resentido con el maldito mundo entero. Mírate. Creas historias que los niños aman y donas cantidades ingentes de dinero a hospitales infantiles y organizaciones benéficas, no has cometido ningún delito más allá de preocuparte demasiado a veces, de intentarlo demasiado… y cuando me vaya, estarás solo en una casa vacía con una botella de vino y un cuervo viejo como compañía.

Jack le miró con el ceño fruncido.

—Esperemos que Thurl no te haya oído llamarle «viejo». Sabes que es muy sensible. —Entonces su expresión se dulcificó—. Yo tampoco te quiero ver solo. Y me gusta mucho esa nueva bufanda —dijo Jack, riéndose por lo bajini mientras se marchaba.

<figure>◄━━━━━━━)•(◄━━━━━━━►</figure>

Lucy se despertó sobresaltada. Con el corazón acelerado, buscó algo, cualquier cosa, que explicase qué era lo que la había sacado de su sueño profundo. Miró el teléfono para ver qué hora era: casi la una de la mañana.

—¿Hola?

Alguien llamó suavemente a la puerta.

—¿Quién es? —A Lucy le temblaba la voz. ¿Por qué estaría nadie llamando a su puerta tan tarde?

Nadie respondió. Encendió la lámpara de la mesilla de noche y salió de la cama para ver quién estaba allí. Había un sobre blanco encima de la alfombra. ¿Alguien lo habría deslizado por debajo de la puerta?

Lucy lo levantó y después abrió la puerta.

El pasillo estaba completamente vacío.

Cerró la puerta, volvió a echar la llave y se sentó en la cama. Sacó una tarjeta del sobre y la leyó.

Reúnete conmigo en la Ciudad de Segunda Mano si quieres ganar un premio.

¿Qué significaba aquello? Conocía la Ciudad de Segunda Mano por los libros, era una pequeña ciudad que aparecía y desaparecía a capricho del Mastermind. Quienquiera que le hubiese dejado la nota le había dibujado también un mapa. Al parecer la Ciudad de Segunda Mano estaba en medio de la isla.

¿Eso formaba parte del juego? ¿O era uno de los misteriosos retos de los que Jack les había advertido? No se le ocurría qué otra cosa podía ser, aunque parecía extraño que siguiesen jugando en mitad de la noche. ¿Puede que pensasen que ella aún estaría despierta? La una de la mañana en Maine eran solo las diez de la noche en California.

Lucy decidió ir por si acaso. No iba a dejar que un poco de cobardía y desfase horario le impidieran ganar.

Se vistió con unos vaqueros, una camiseta de manga larga, unos calcetines, los zapatos y, por último, el abrigo que Hugo le había prestado. Cuando se lo echó sobre los hombros, volvió a oler la sal del océano, la sal del sudor y una esencia mucho más sutil como a pino o a cedro, como un bosque de hoja perenne. Debía de ser su jabón o su espuma de afeitar.

Sacó una linterna del armario. En silencio, salió de su dormitorio y bajó las escaleras. Sonrió al ver los retratos antiguos en sus marcos dorados colgados de la pared. Los recordaba de su última visita. En uno de los cuadros había una placa que decía: NO TENGO NI IDEA DE QUIÉN ES ESTE HOMBRE.

Era agradable descubrir que Jack Masterson era tan extraño y caprichoso como su *alter ego* de ficción, el maestro Mastermind.

El último escalón chirrió bajo su peso. Haciendo una mueca de dolor, se quedó quieta donde estaba y esperó, pero no apareció nadie para mandarla de vuelta a la cama. Se encaminó hacia la puerta principal, la abrió con cuidado y se internó en la noche sintiéndose tan valiente y salvaje como cuando de niña se había escapado de casa para probar suerte aquí, en la Isla del Reloj. Ahora estaba haciéndolo de nuevo. Quizás esta vez sí que tuviese suerte.

Encendió la linterna y la luz cálida y amarillenta proyectó un círculo alrededor de sus pies. Siguió el camino empedrado que rodeaba la casa y se alejaba por la puerta trasera del jardín.

Cuando vivía con Sean había pasado algo de tiempo rodeada de gente rica y famosa. Había visitado varias mansiones y casas de campo, y había visto sus jardines con el césped perfectamente cortado, sus piscinas infinitas, sus réplicas de estatuas romanas y sus fuentes gigantescas. Este jardín no tenía nada que ver. No había piscinas infinitas. Ni fuentes romanas. No había arbustos extraños podados en formas tan estrafalarias que nunca podrían crecer por sí solos en la naturaleza de ese modo.

Allí no había nada más que un bosque, un bosque de verdad, profundo y oscuro.

Temblando, Lucy siguió el camino entre los árboles hacia el centro de la isla. Se sentía como Astrid con su linterna, adentrándose en la Isla del Reloj. Habría matado por estar aquí a los trece años. Deseaba poder volver el tiempo atrás para poder decirse a sí misma de niña que tan solo tenía que esperar, que algún día llegaría su oportunidad.

A su izquierda, algo se movió de repente... una pequeña manada de ciervos que corrían entre los árboles. La luz de la linterna le mostró que algunos tenían manchas blancas por todo el cuerpo. Los ciervos picazos que Hugo había mencionado. Era como ver un hada en el bosque por primera vez.

Dio un paso atrás para darles espacio y casi se tropezó cuando su pie chocó contra algo duro. Lucy bajó la linterna para ver con qué se había tropezado. Esperaba ver una roca o la rama de un árbol.

Era hierro. Una barra de hierro. Y unida a ella había una tabla de madera. Una traviesa.

¿Una vía del tren? ¿Es que había un tren en la Isla del Reloj? Había pensado que solo estaba en los libros. ¿Quién habría instalado un tren en una isla de noventa acres? Sin embargo, los raíles eran estrechos. No eran para un tren convencional, eso estaba claro. Lucy siguió las vías del tren unos cien metros más hasta que se topó con un cartel de madera clavado en el suelo. En él estaba pintado: BIENVENIDO A LA CIUDAD DE SEGUNDA MANO. POBLACIÓN: TÚ.

Lucy sonrió. La había encontrado. Dejó atrás el cartel y se adentró en un camino empedrado. Los árboles allí eran escasos, así que las estrellas y la luna iluminaban la ciudad a medida que ella se internaba cada vez más en el lugar, esperando que alguien apareciese y la plantease un acertijo o le propusiese un reto que tendría que cumplir. Pero parecía que estaba sola en aquella ciudad.

A su izquierda, vio una pequeña oficina de correos roja desde donde se podía enviar una carta a cualquier parte del mundo. Todos los sellos eran relojes. Había incluso un libro con una hoja de sellos de relojes. A su derecha había un estrecho edificio de tres plantas que estaba un poco inclinado hacia la izquierda. HOTEL SOMBRERO BLANCO Y NE-GRO, rezaba el cartel sobre la puerta. Oh, sí, recordaba ese lugar. A veces los niños de los libros tenían que ir allí para encontrarse con alguien que pudiese ayudarles en su búsqueda. La única regla del hotel Sombrero Blanco y Negro era que tenías que llevar un sombrero blanco y negro puesto todo el tiempo. Según los libros, servían deliciosos cotilleos y un helado de chocolate y vainilla aún mejor.

Pero este también estaba a oscuras y cerrado a cal y canto. Lo mismo ocurría con la tienda de suministros para la búsqueda del tesoro de Red Rover (una pala gratis por la compra de un cubo) y con la sucursal de la Isla del Reloj de la biblioteca de Casi Todo. Los niños podían entrar en la biblioteca y sacar cualquier cosa que necesitasen para seguir con su aventura, incluyendo, entre otras cosas, a la señora Cuento, la bibliotecaria aparentemente inmortal de la Isla del Reloj. A ella le encantaba poder echarles una mano si es que no estaba demasiado ocupada dando de comer a Darles Chickens, el gallo residente de la biblioteca.

Lucy echó un vistazo a través de las ventanas de la biblioteca y vio libros llenos de polvo en las estanterías pero, por desgracia, ni rastro de la señora Cuento detrás del mostrador. Ni tampoco del gallo subido en la pila de libros atrasados.

Todo el lugar era una ciudad fantasma. ¿Podía una ciudad convertirse en una ciudad fantasma si nadie había vivido nunca en ella? La pintura estaba desconchada. Las ventanas estaban empañadas. ¿Por qué había abandonado Jack este lugar?

A medida que se adentraba cada vez más en la ciudad fantasma, por fin encontró la estación de tren. El edificio era igual al que había en la portada de uno de los libros, con un rectángulo verde claro con las palabras DEPÓSITO DE SEGUNDA MANO pintadas en un lateral en letras mayúsculas.

El tren estaba parado en la estación, era una locomotora en miniatura blanca y amarilla con un par de vagones de pasajeros enganchados. Le recordaba a los típicos trenes de los parques infantiles, en los que solo cabían una docena de niños y sus padres. Pero el pobre tren estaba cubierto de excrementos de pájaro. Un cartel señalaba a la vía con destino ESTACIÓN DE SAMHAIN. En los libros, un niño podía montarse en el *Expreso de la Isla del Reloj* con destino a la estación de Samhain donde reinaban el señor y la señora de Octubre y era Halloween todos los días.

Pero no parecía que el tren fuese a marcharse pronto a ninguna parte. De hecho, parecía que nunca habían terminado de construir la vía. Todo el lugar era una causa perdida.

Le recordaba a la noche en la que sus abuelos se la habían llevado a vivir con ellos. Llevaba horas en el hospital para cuando por fin llegaron. Como no tenía ropa de recambio, tuvieron que hacer una parada rápida en su casa para que pudiese hacer las maletas. En su dormitorio en el ático, había un puzle sin terminar en el suelo en el que se podían ver dos gatitos con pajarita. Uno de los juguetes que Angie no había querido. Lucy podría haber metido las piezas de vuelta en la caja y habérselo llevado, pero no lo hizo. Su hermana iba a pasar una larga temporada en el hospital y Lucy tenía que irse a vivir con sus abuelos. Los gatitos con pajarita, de repente, parecían estúpidos e infantiles.

A aquello le recordaba este lugar, a ese puzle a medio hacer que había dejado atrás. Lucy sabía que algo horrible había tenido que ocurrir allí. Jack Masterson no había dejado de escribir porque tuviese tanto dinero que no necesitase volver a trabajar en su vida. No, por algún motivo, había perdido su corazón.

Quería marcharse, regresar a la casa. ¿Pero quién le había dejado la nota? Lucy estaba a punto de rendirse cuando vio luces encendidas en una casa de campo peculiar, pintada de blanco y gris, y con una puerta circular como una casa de hobbits. El letrero junto a la puerta rezaba: VENDEDOR DE TORMENTAS.

Aunque sabía que probablemente estaría cerrada como el resto de los edificios, intentó girar el pomo igualmente. Sorprendentemente, la puerta se abrió. Diez mil lucecitas iluminaron la tienda como si fuesen diez mil estrellas titilantes.

Pasear por el Vendedor de Tormentas la hizo sentirse como si estuviese entrando en el templo de sus sueños infantiles. Siempre había querido venir a esta extraña tiendecita donde un hombrecito peculiar vendía tormentas enfrascadas, o tormentas embotelladas. Cajas con granizos, un triángulo de cristal en un vial de vidrio que decía ser *la punta del iceberg*, o una jarra de cerámica blanca en la estantería a su lado que contenía *una lluvia para ocultar tus lágrimas*.

Alguien se había tomado muchas molestias para que el Vendedor de Tormentas quedara perfecto. Era como estar dentro de una botica medieval. Con tarros, botellas y cajas de madera tallada por todas partes: en las estanterías, mesas y estantes. Con etiquetas de papel escritas a mano que revelaban lo que había en su interior. Lucy tomó un tarro y leyó: *El Vendedor de Tormentas de la Isla del Reloj: un día de nieve en un tarro.*

El tarro de cristal azul estaba inquietantemente nublado, como si de verdad tuviese una tormenta de nieve atrapada en su interior y, si ella abriese la tapa, la nieve fuese a cubrir por completo la isla y fuesen a cancelar las clases al día siguiente. Observó el resto de los tarros que había en las estanterías, recreados con tanto mimo a partir de lo que describían los libros.

El viento en tus velas.

Trueno robado.

Una cinta gris brillante en una caja de cristal que decía ser *La luz de esperanza atravesando una nube.*

El viento al que arrojar tu cautela.

Una escultura de cristal transparente con la forma de una cabeza humana contenía una *Lluvia de ideas.*

Estuvo tentada de robar la *Tempestad en una tetera* ya que venía en una tetera azul claro de verdad. La tuvo en sus manos durante mucho tiempo antes de volver a colocarla en la estantería.

—Llévatela, niña. Nadie la echará de menos.

Lucy se giró. Un hombre con un abrigo gris estaba de pie en la trastienda. Parecía rondar los cincuenta años, con el cabello canoso y mirada férrea.

—¿Quién va ganando? —preguntó el hombre.

—Yo. Por dos puntos. ¿Tú quién eres? —replicó Lucy.

—Mi tarjeta —dijo, con una sonrisa indulgente. Salió de entre las sombras y le entregó su tarjeta de visita. *Richard Markham. Abogado.*

—¿Eres abogado?

—Tengo un cliente —respondió este en cambio— que está muy interesado en comprar el nuevo libro de Jack Masterson.

—¿Quiere publicarlo?

—Es coleccionista de libros poco comunes. La única copia del que puede ser el último libro de la mayor saga infantil súper ventas de la historia es lo más poco común que se puede conseguir, Lucy. Está dispuesto a pagar hasta ocho cifras. Ocho cifras. No esas míseras seis que te ofrece Lion House. Tacaños. Seis cifras solo te durarían seis meses en California.

—¿Solo quiere el manuscrito original? Quiero decir, podemos hacer una copia…

—Ninguna copia. Sales de esta isla de fantasía con el libro, me lo entregas, yo te entrego el cheque. Y se acabó.

Eso significaría que Christopher nunca podría leerlo.

—No puedo hacer eso. Los niños de todo el mundo quieren leer ese libro. —Intentó devolverle la tarjeta. Él alzó la mano y se le acercó tanto que ella tuvo que dar un paso atrás, topándose de espaldas con las estanterías. Los botes de cristal se tambalearon.

—¿Puedo hacerte una pregunta personal? —dijo Markham. Sin esperar a que respondiese, la formuló—: ¿Por qué una chica tan dulce como tú saldría con un imbécil como Sean Parrish?

—¿Qué pasa con Sean?

Él se encogió de hombros.

—Sean Parrish. Escritor famoso. No tan famoso como Jack Masterson, pero ¿quién lo es, verdad? Le conociste en una clase de escritura a la que te apuntaste en la universidad. Seis meses después, empiezas a vivir con él. Por dinero, ¿no? Dios sabe que no fue por amor. ¿Pero yo? Yo no juzgo. Me encantan las cazafortunas. Me casé con una. —Se rio como si hubiese contado el chiste más gracioso del mundo.

—¿Cómo sabes todo eso?

—Sé muchas cosas. Sobre ti, sobre Andre Watkins, Melanie Evans… sé que tus padres te mandaron a vivir con tus abuelos. Sé que ya no tienes relación con tu familia —Levantó el pulgar, felicitándola—. Me gusta eso de ti, Lucy. Creo fervientemente que siempre hay que eliminar cabos sueltos. Pero ahora estás aquí —continuó—, tienes veintiséis años. Los niños con los que fuiste al colegio se están casando y teniendo hijos. Mientras tanto, tú eres tan pobre que no puedes ni centrarte en otra cosa que no sea el dinero.

—¿Crees que porque soy pobre voy a venderle el libro a un coleccionista que lo tendrá encerrado en una vitrina para siempre?

—¿Y por qué no, cariño? Yo lo haría. ¿No sería divertido que tu hermana se presentase un día de estos ante tu puerta pidiéndote una segunda oportunidad solo porque eres tan rica como una reina? El éxito es la mejor venganza, Lucy. Y ocho cifras pueden comprarte muchos platos de venganza.

—No quiero vengarme —dijo.

—*Claro* que no. Pero quieres algo. Todos queremos algo, ¿no es así? —Se llevó la mano al bolsillo de la chaqueta. Esperaba que sacase un pañuelo de tela u otra tarjeta. En cambio, vio que tenía una fotografía de Christopher en su interior. Se la mostró rápidamente antes de volver a metérsela en el bolsillo—. Todos queremos algo.

—Deberías irte. Ahora.

—Bien, pero, oye, quédate con eso. —Le dobló con delicadeza la mano sobre la tarjeta y después añadió en voz baja—. *Carpe diem,* Lucy. Aférrate al dinero.

Dicho eso, la dejó sola en medio de la tormenta.

Capítulo dieciséis

Hugo salió de la casa de Jack por la puerta trasera, se dirigió por el jardín hacia el camino que llevaba hasta su cabaña. Estaba agotado cuando vio a Lucy caminando sola hacia el parque abandonado de la Isla del Reloj.

No era buena idea ir allí de noche. Había vías de tren sin terminar con las que uno podía tropezarse, y los estúpidos edificios que formaban el parque probablemente estaban a punto de derrumbarse. Se intentó convencer de que no le pasaría nada, que podía pasear por la isla a su antojo y llevaba una linterna. Pero cuando estaba a punto de llegar a su cabaña, se dio la vuelta y se dirigió hacia el bosque para buscarla y asegurarse de que estuviera bien.

Pasó corriendo junto a la biblioteca, la oficina de correos y el hotel hasta que vio que había luz dentro del Vendedor de Tormentas. Cuando llegó a la puerta, esta se abrió y allí estaba Lucy. Buscó algo a su alrededor con la mirada enloquecida, valiéndose de la linterna para iluminar la oscuridad que la rodeaba.

—¿Lucy?

—Hugo —dijo sin aliento—. ¿Le has visto?

—¿A quién?

Se volvió y corrió hacia la linde del bosque.

—¿Qué ocurre? —exigió saber Hugo.

—Había un hombre —explicó—. Se ha ido. Pero estaba aquí.

—¿Qué hombre? ¿Lucy? —Él la tomó suavemente por el brazo.

Ella suspiró. En el frío aire de la noche parecía como si estuviese respirando nubes. Le dio una tarjeta de visita y le contó una historia descabellada sobre alguien llamando a su puerta, una tarjeta invitándola al parque, y un hombre que decía ser abogado pero que hablaba como si fuese un sicario de una serie de televisión.

—Pensé que podría formar parte del juego —explicó—. Ser un reto o algo así.

Hugo leyó la tarjeta de visita con la luz de la linterna de Lucy.

—Reconozco este nombre —dijo Hugo—. Te ha ofrecido un montón de dinero por el libro de Jack, ¿verdad?

—Sí, así es. Ocho cifras.

—Bastardo. A mí solo me ofreció siete.

Estaba bromeando, con la esperanza de hacerla sentir mejor. Debía de estar aterrada, la habían sacado de su cama en mitad de la noche sin saber el porqué.

—Tendré que contárselo a Jack, puede que incluso tenga que conseguir algo más de seguridad para la isla. Apuesto a que tiene un barco esperándole en el Nueve.

—¿El Nueve? Espera. ¿El muelle Nueve en punto?

Él asintió, impresionado con su memoria. No era de extrañar que fuese ganando. Era tan lista como preciosa.

—¿De verdad es abogado? —preguntó Lucy. No paraba de mirar a su alrededor como si temiese que fuese a volver—. Daba bastante miedo.

—De verdad. Trabaja para un multimillonario de Silicon Valley que quiere programar una inteligencia artificial para que escriba novelas. Deberían darle una paliza y obligarle a cursar un máster en Bellas Artes que durase tres años.

—Qué bruto —dijo Lucy entre risas. Respiró profundamente de nuevo y volvió a soltar una nube—. Vale. Recordatorio para mí misma: no te fíes de todas las notas que te pasen por debajo de la puerta.

—Buen plan. Ven, vamos a llevarte de vuelta a casa.

Encontraron el sendero de regreso y empezaron a caminar. Lucy se envolvió aún más en el abrigo que él le había prestado. Hugo se preguntó si olería a ella cuando se lo devolviese. Espera, ¿por qué se estaba preguntando a qué olería su piel?

—Quería explorar la isla —dijo Lucy—, pero no a las dos de la mañana. Pero ¿qué es este sitio?

—Se suponía que iba a ser un parque para los pacientes del hospital infantil de Portland. Jack quería que las familias pudiesen venir de visita, que los niños consiguiesen olvidar que estaban enfermos durante un día o dos.

—Oh, conozco muy, *muy* bien lo que es estar en un hospital infantil. —Sonaba tan cansada al decirlo.

—¿Estuviste enferma de pequeña?

Ella negó con la cabeza.

—Mi hermana. Era una niña IDP, es el término que se suele utilizar para referirse a los niños que no tienen un buen sistema inmunitario. Siempre estaba enferma. Yo no podía ni… no podía ni vivir en casa con ella.

Fue como si una mano le oprimiese el corazón. Davey tampoco había sido un niño sano, pero no podía ni imaginarse estar lejos de él. Eso habría sido una tortura.

—Eso es horrible. Para ti y para ella.

Lucy se encogió de hombros como si no hubiese sido nada, pero su mirada delataba el dolor que sentía.

—Mi hermana probablemente sea el motivo principal por el que me escapé de casa. Dejó bastante claro que no era bienvenida a su lado. Supongo que pensé que podía venir aquí y quedarme a vivir con Jack... —Hizo una pausa y suspiró—. No sé en qué estaba pensando. Estaba intentando llamar la atención, supongo.

—Querías irte a casa —dijo Hugo. Ella le miró como si hubiese dado justo en el clavo. Pero después le sonrió.

—Exacto. Pensaba que este era mi verdadero hogar. Los niños suelen hacer eso. Todos pensamos que somos extraterrestres y que nuestros padres no son nuestros verdaderos padres. Estoy segura de que solo soy una entre el millón de niños que desearían que Jack fuese su verdadero padre.

—Una entre mil millones —dijo Hugo. Ella volvió a sonreírle.

—Bueno, eso no funcionó, pero si pudiese volver el tiempo atrás, haría lo mismo. Sobre todo porque gracias a ello estoy hoy aquí.

Él señaló las vías del tren. Lucy saltó sobre ellas y continuaron caminando por el sendero.

—¿Qué pasó con el proyecto? —preguntó—. ¿Por qué no lo terminaron?

—Por el mismo motivo por el que Jack dejó de escribir.

—Y ¿por qué dejó Jack de escribir?

Al principio Hugo no respondió. Recordaba la única regla de Jack: *No rompas el hechizo.*

—Digamos que pasó por una pequeña sequía —dijo finalmente—. Una sequía que ha durado... —miró su reloj— seis años y medio.

Lucy le miró con las cejas alzadas.

—Eso es más que una sequía. Eso es un desierto entero. —Él no podía rebatirlo—. ¿Ya ha salido de la sequía?

—Ojalá lo supiera —confesó—. Eso espero. Aunque no sé si de verdad ha salido o si está fingiendo que se ha acabado.

—Esta noche parecía estar feliz.

—¿Feliz? Jack ha olvidado lo que significa *ser feliz*. —Hugo se metió las manos en los bolsillos de su abrigo y le dio una patada a una piedra, lanzándola hacia el interior del bosque—. Es una isla privada preciosa, con vistas al mar sin importar donde estés, una casa por la que cualquiera mataría… y durante años ha sido el hombre más triste del mundo. Jack es la prueba viviente de que el dinero no da la felicidad.

—Puede que a él no, pero a mucha gente sí que se la daría —le regañó Lucy con amabilidad. Él no se lo tragaba.

Hugo negó con la cabeza.

—He conocido a cientos de personas que han dicho que eran felices gracias a su dinero. En realidad estaban tan rotos como cualquiera. Y hablo desde la experiencia, siendo tan desgraciado como rico.

—El dinero sí que compraría mi felicidad.

Él puso los ojos en blanco. No podía evitarlo. Ella vivía en un mundo de fantasía.

—¿Ya te estás gastando el dinero que ganarás cuando le vendas el libro de Jack a Markham o a cualquier otra sanguijuela?

Ella se volvió y le fulminó con la mirada.

—¿Qué? Como si tú nunca hubieses pensado qué harías si ganases la lotería.

—La lotería no es el único manuscrito que existe de una novela infantil. Y sí, me lo he imaginado, pero a diferencia de ti ya he construido muchos castillos en el aire. Hay demasiadas corrientes de aire ahí arriba para mi gusto, pero sigue pidiendo deseos y teniendo esperanza si es lo que quieres. Puede que algún día lo consigas.

Ella soltó una carcajada fría y resentida, sorprendentemente amarga.

—He construido unos cuantos castillos en el aire yo también, y no me interesa quedarme a vivir en ninguno.

Todo lo que quiero es una casa y un coche para Christopher y para mí.

Se detuvo junto a una farola y le miró de frente. La luz cálida iluminaba sus mejillas sonrosadas por el frío. Él se sorprendió observando sus labios. Rosa pálido, mullidos, hechos para sonreír, aunque ahora esa sonrisa hubiese desaparecido.

—¿Christopher?

—El niño al que enseño.

—¿Quieres comprarle una casa? Creo que eso no entra dentro de tus tareas como maestra —dijo.

—No es solo un niño al que enseño, ¿vale? Estaba en mi clase hace un par de años. Es un niño maravilloso. Aunque desde el principio supe que tenía problemas en casa. Su padre era obrero antes de que se lesionase en el trabajo. Terminó volviéndose adicto a los calmantes. Su madre también se volvió adicta. Pasa constantemente. Sus padres le querían, pero yo podía ver que tenía problemas en casa. Había días en los que no conseguía concentrarse, otros días no quería separarse de mí, la mitad de los días lloraba porque quería volver a casa y la otra mitad porque no quería volver... pero es listo. Dios, es *tan* listo. Se le daba de maravilla leer, así que cuando tenía un mal día formábamos un pequeño club de lectura solo los dos y leíamos. Pero cuando tienes veinte niños más de los que ocuparte no puedes centrarte del todo en uno solo. Llegó el verano y ya no había colegio. Un día recibí la llamada de una trabajadora social. Me contó que los padres de Christopher Lamb habían fallecido por una sobredosis. Se había vendido un lote defectuoso de calmantes y hubo dieciséis personas que ingresaron en el hospital por sobredosis ese mismo día, once murieron.

—Joder —dijo Hugo.

Ella no le miró, tan solo siguió hablando.

—Christopher se quedó conmigo una semana hasta que le encontraron una casa de acogida. Habría vendido un riñón para que se quedase conmigo para siempre. Pero no puedo siquiera permitirme ser su madre de acogida, mucho menos su madre adoptiva. Tengo tres compañeros de piso y ningún coche a mi nombre, deudas en tarjetas de crédito y un trabajo con el que cobro el salario mínimo. Ah, y mis zapatos favoritos tienen un agujero en la suela.

Levantó el pie para mostrarle el pequeño agujero donde la lona de su zapatilla se había despegado de la suela.

—Así que quizá venda el libro al mejor postor. —Su tono era tan afilado como un cuchillo. Cada palabra le infligía una nueva herida—. Tú vives en una isla privada. Te es muy fácil decir que el dinero no da la felicidad cuando tienes ese dinero. Para Christopher y para mí sí que nos daría la felicidad. Y olvídate de la felicidad. —Agitó la mano en el aire como si quisiese hacerle desaparecer a él y a todo lo que había dicho antes—. Por primera vez en mi vida me encantaría poder gastarme quince dólares en un juguete nuevo para Christopher sin sentir que voy a vomitar. Lamento mucho que no apruebes que sueñe despierta con ese dinero, pero es todo lo que Christopher y yo tenemos ahora mismo: sueños y esperanzas. Pero es mejor que no tener absolutamente nada.

—Lucy, yo…

—¿Sabes cómo llamamos las maestras a los niños como tú cuando estamos a solas? —Le golpeó el pecho con la mano abierta—. Niñatos malcriados.

Él la observó, apretando la mandíbula.

—Eso es injusto.

—Despiértame cuando el mundo sea justo. Buenas noches, Hugo. Puedo encontrar el camino de vuelta sola.

Ella se marchó. Hugo se quedó allí de pie. ¿Qué otra cosa podía hacer más que observar cómo se alejaba?

Algo blanco cayendo al suelo llamó su atención. Un papel. Hugo se agachó para recogerlo. No le había golpeado en el pecho porque estuviese enfadada. Le había entregado la tarjeta de visita de Markham.

CAPÍTULO DIECISIETE

A las nueve de la mañana del día siguiente, Lucy se arrastró hasta el comedor, donde se encontró con el resto de los concursantes. Todos levantaron la mirada de sus platos cuando ella se deslizó a través de las puertas de roble.

—Lo siento —se disculpó—. El desfase horario.

—Por supuesto —dijo Andre—. Sírvete lo que quieras.

Se puso un café con leche y llenó su plato de comida. No hubo demasiada conversación. Todos parecían tan cansados como ella. Había tenido problemas para volver a quedarse dormida después de su encontronazo con Markham y su pelea con Hugo. Por suerte, el café se había enfriado lo suficiente como para que pudiese bebérselo de un trago.

—Es café, Lucy —dijo Dustin—, no cerveza. No tienes que bebértelo todo de golpe.

—Ha sido una noche muy larga —repuso, sosteniendo la taza frente a su rostro.

—¿De verdad? —preguntó Melanie—. Te fuiste pronto a dormir. Nosotros estuvimos despiertos hasta bien entrada la madrugada.

—¿Quién quedó segundo? —preguntó.

Se hizo un silencio incómodo en la sala. Andre se aclaró la garganta.

—Todos terminamos rindiéndonos.

—Oh —dijo Lucy, porque no sabía qué más decir para que no quisiesen apuñalarla con sus cuchillos de mantequilla.

Dustin se levantó para volverse a llenar la taza de café.

—¿Alguno ha visto a alguien extraño por la isla? ¿A un hombre vestido de traje?

—Puede que yo sí —dijo Andre—. ¿Y tú?

Melanie movió con el tenedor una salchicha a medio comer por su plato.

—Puede.

—Markham —dijo Lucy—. Yo también me lo encontré. Intentó hacerme una oferta a la que no podría negarme.

—Sí, sí —dijo Andre, asintiendo—. ¿Qué hicisteis vosotros?

—Decirle que no —repuso ella—. Quiero decir, hay que publicar el libro, ¿verdad?

—Sin duda —accedió Melanie. Andre estuvo de acuerdo. Dustin se limitó a encogerse de hombros.

De repente se volvieron a abrir las puertas y Jack entró con una amplia sonrisa.

—Buenos días, niños.

Todos saludaron a Jack con tanto entusiasmo como pudieron, que no era demasiado.

—Lo sé, lo sé. Ha sido una noche dura para todos. Lucy, te complacerá saber que hemos asegurado los muelles. Ya no habrá más ataques de tiburones a medianoche.

—¿Ataques de tiburones? —preguntó Melanie.

—El abogado vino a mi cuarto en mitad de la noche —explicó Lucy—. Gracias, Jack.

—Un placer. Los únicos tiburones que me caen bien son los que viven en el mar. Por eso suelo lanzar a mis abogados desde el muelle. Pero eso no tiene importancia, hablemos de nuestro siguiente juego.

Todos se sentaron un poco más erguidos, con la mirada brillante y listos.

—Buscad al rey de la Isla del Reloj. Bajo su corona encontrareis las instrucciones para nuestro siguiente juego.

—¿Puedes repetirlo, por favor? —preguntó Andre. Sacó un cuaderno y un lápiz y transcribió palabra por palabra lo que Jack les había dicho.

Buscad al rey de la Isla del Reloj. Bajo su corona encontrareis las instrucciones para nuestro siguiente juego.

—No hay puntos —dijo Jack—, así que podéis trabajar juntos o separados. Pero hasta que encontréis las instrucciones no podremos empezar con el siguiente juego. Buena suerte.

Jack sonrió con amabilidad y se marchó del comedor.

Andre suspiró con pesadez.

—Quizá mi madre tenía razón. Puede que escaparme a la Isla del Reloj sea lo más estúpido que he hecho en mi vida.

Decidieron trabajar los cuatro juntos al no estar peleándose por ningún punto, y salieron a explorar la isla, en busca del rey misterioso.

Empezaron junto al cartel que ponía: BIENVENIDOS A TIERRA A LAS CUATRO y recorrieron la isla en el sentido contrario a las agujas del reloj, pasando por la roca del frailecillo a las tres, el merendero de la una en punto…

Descartaron idea tras idea.

¿El rey de la Isla del Reloj?

¿Era Jack el rey de la Isla del Reloj? No llevaba corona. ¿Qué se suponía que tenían que hacer? ¿Cortarle la cabeza?

—Yo podría hacerlo —dijo Dustin, sonriendo de forma escalofriante—. Ya lo he hecho antes.

—No le cortemos a Jack la cabeza de momento —dijo Andre—. Mantened los ojos bien abiertos y buscad una estatua, una escultura o algo así.

De repente, Melanie se detuvo en medio del camino y chasqueó los dedos.

—¿*El rey de la Isla del Reloj*? Es el título de uno de los libros.

—No —dijo Lucy—. El título completo es *El rey perdido de la Isla del Reloj*. Pero…

Recordó haberle leído ese libro a Christopher la última noche que se había quedado con ella. Él lo había elegido porque le gustaba la portada. Un rey niño cabalgaba a lomos de un corcel negro a través de un bosque encantado con árboles que sonreían de forma escalofriante. Llevaba puesta una corona dorada sobre su cabello negro. Cabello negro igualito al de Christopher, que era probablemente el motivo por el que lo había escogido.

—Hay cuadros de Hugo por toda la casa —dijo Lucy—. ¿Puede que haya alguno de la portada? ¿Alguno recuerda haber visto un cuadro de un niño montando a caballo a través de un bosque?

Andre chasqueó los dedos.

—Al final del pasillo, junto a mi dormitorio. Vamos.

Volvieron a la casa, caminando más rápido que cuando se habían marchado. El sol de la mañana calentaba el ambiente y Lucy estaba agradecida por ello. Se había sentido culpable después de haber llamado a Hugo «niñato malcriado» anoche, tan culpable que no había podido obligarse a ponerse el abrigo que le había prestado.

Pero parecía que no podría evitarle para siempre. Regresaron a la casa y subieron las escaleras. Atravesaron un pasillo, luego otro hasta otro tramo de escaleras. Llegaron hasta el cuadro que colgaba sobre una mesa auxiliar antigua con una vieja máquina de escribir Royal negra encima. Había un papel en la ranura. Las palabras *¡Me habéis encontrado!* estaban escritas en la parte superior.

Melanie sacó con cuidado el papel de la máquina de escribir.

En la parte trasera ponía: *El próximo juego comenzará a la una a las dos.*

Andre sacudió la cabeza mirando hacia el techo.

—Echo de menos el mundo real.

—La una en punto es el merendero —dijo Lucy—. ¿Supongo que tendremos que ir allí a las dos de la tarde?

Jack sacó la cabeza por una puerta al otro lado del pasillo.

—Síííííí —murmuró con una voz escalofriante antes de volver a esconderse.

Bueno, ya tenían las órdenes. Melanie, Andre y Dustin se marcharon de vuelta hacia las escaleras.

—Cuando era pequeña —dijo Melanie mientras bajaban—, nunca logré entender por qué Dorothy quería marcharse de Oz y volver a Kansas. Ahora lo entiendo.

Todos se rieron. Todos menos Lucy. Ella se quedó atrás, estudiando el cuadro, al niño sobre el corcel cabalgando por el bosque. Un cuadro hermoso, uno de los mejores de Hugo. No, ella se habría quedado felizmente en Oz, al igual que en la Isla del Reloj, si le diesen la oportunidad.

En la Isla del Reloj, una niña con cabello castaño claro y una larga cuchara de madera le daba de comer las estrellas que acababa de cazar al hombre en la luna.

Ese era el tipo de cosas que sacaban a Hugo de la cama por las mañanas. Le gustaba el camino por el que estaba yendo ese cuadro, lo extraño que era, lo nostálgico. ¿Era la portada para el nuevo libro de Jack? No había manera de saberlo, pero Hugo estaba disfrutando de ver cómo la imagen en su cabeza cobraba vida sobre el lienzo. Parecía un cuadro de Remedios Varo. Para Hugo, nunca era demasiado pronto para que los niños descubriesen a las mejores pintoras surrealistas hispanomexicanas.

Llevaba horas pintando. Se había despertado a las cinco de la mañana con mil sueños sobre Davey, todos exigiendo que los pintase.

En uno de los sueños, volvían a ser niños. Hugo estaba sentado en una silla junto a la cama de Davey, leyéndole cuentos mientras los tiburones nadaban al otro lado de la ventana y los pájaros estaban posados en el reposapiés. En algún momento del sueño, Lucy Hart entraba en la habitación, sonreía y decía que le tocaba a ella leerle el cuento. Y el libro que le leía a Davey tenía esta portada: el hombre en la luna, la cuchara, las estrellas y la niña que se parecía un poco a la joven Lucy Hart.

Hugo nunca intentaba analizar las extrañas imágenes que su cerebro le mostraba. Dejaba que fuesen los críticos de arte quienes buscasen la simbología y creasen teorías al respecto. Él soñaba. Imaginaba. Pintaba. Que no le preguntasen lo que significaban sus obras, no era cosa suya. Todo lo que importaba era que su sueño había sido bueno, uno que quería seguir recordando después de despertarse. Davey estaba vivo de nuevo por una noche, y el libro que Lucy le leía a su hermano era un libro que Hugo quería poder tener entre manos.

Davey… Dios, le echaba tanto de menos. De vez en cuando, tantos años después, Hugo se encontraba susurrándole a la nada.

—¿Dónde estás, Davey? ¿A dónde te has ido?

Tiempo atrás, cuando Davey aún seguía vivo, a Hugo le había aburrido hasta la saciedad tener que leerle esos malditos libros infantiles a su hermano pequeño. Ahora mataría por volver a hacerlo. Durante mucho tiempo, *Los pingüinos del señor Popper* había sido el favorito de Davey, y Hugo había tenido que leerle un capítulo cada noche y, cuando terminaron el libro, tuvo que volver a empezar.

Desesperado por encontrar otro libro que le pudiese gustar a su hermano, Hugo se había ido a un mercadillo de la iglesia para ver si podía comprar libros infantiles viejos a buen precio. En una mesa había una pila con los libros de *La Isla del Reloj*. Nunca había oído hablar de ellos, pero a cuatro por libra, ¿por qué no probar?

Su vida empezó ese día por el módico precio de solo una libra.

Hugo tomó pintura del color de la luz de la luna con su pincel. Hacía mucho, mucho tiempo desde que había soñado por última vez con Davey. ¿Por qué ahora? *Por Lucy,* pensó, porque había hablado de Davey con ella. Lucy no le había preguntado, pero él simplemente le había hablado de su hermano. Y después, siendo un idiota, la había seguido a la Ciudad de Segunda Mano, convenciéndose de que estaba preocupado de que pudiese hacerse daño. En cambio, había sido él quien la había hecho daño.

Hugo limpió su pincel con más fuerza de la necesaria. Necesitaba tomarse una buena taza de café y que le diesen un buen bofetón en la cara. Piper le había dicho más de una vez que tenía que hablar solo sobre arte y dejar las cosas importantes a los adultos. Debería haberle hecho caso. Al salir del estudio, miró por la ventana. Lucy Hart paseaba por la playa rocosa que había junto a su cabaña mientras las gaviotas se abalanzaban y se elevaban sobre el mar.

Hugo quería acercarse a ella y disculparse por haberse metido con sus sueños la noche anterior, pero no confiaba en que sus motivos fuesen los correctos. ¿Quería que le perdonase? ¿Quería compensarla por ello? ¿O simplemente se sentía molestamente atraído por ella y, por primera vez en años, le importaba de verdad si a alguien le gustaba como persona o no? Mierda.

No. La dejaría en paz. Se acabó.

Empezó a alejarse de la ventana, a darle intimidad, para beberse su café y comportarse como debía, cuando vio aparecer a otro de los concursantes, ese médico de Boston... ¿Dustin? Sí, ese, y eso le hizo detenerse. Este se acercó a Lucy y la agarró del brazo.

Hugo se acercó a la ventana y la abrió de golpe. Se convenció de que no estaba escuchando a hurtadillas y que solo estaba dejando que corriese el aire.

—¿Estás de broma? —preguntó Dustin. Su tono era exigente, intimidatorio—. ¿Estás loca? —Se llevó los dedos a la frente y se la masajeó, para después alzar las manos en el aire como si ella acabase de volarle la cabeza.

—Ya escuchaste lo que dijeron los abogados. Hacemos trampas y estamos descalificados. No quiero hacer trampas y, desde luego, tampoco quiero que me descalifiquen. ¿Y tú? —Lucy le hablaba como una maestra hablaría con un niño, intentando que entrase en razón.

—No estoy hablando de hacer trampas. Estoy hablando de trabajar en equipo. Como acabamos de hacer. Nada más.

—Pero eso no era un juego de verdad, solo era uno de los retos de Jack.

Dustin puso los ojos en blanco y alzó la mirada hacia el cielo.

—Jesús, ¿quieres el dinero o no?

—Quiero ganar el libro, pero te he dicho que no se lo voy a vender a un coleccionista que nunca dejaría que se publicase. Los niños llevan años esperando...

—¿A quién le importan una mierda los niños? El abogado dijo ocho cifras. Eso son diez millones de dólares como mínimo a dividir entre los dos.

—A mí me importan —dijo Lucy. Hugo quería aplaudirla por su valor.

—No me trago tu papel de angelito, Lucy. Markham me contó que estás arruinada. Bueno, pues yo también.

—No voy a hacerlo.

—Entonces eres tan estúpida como pareces.

Suficiente, pensó Hugo. Salió de su estudio y se dirigió directo a la playa.

—Lucy —la llamó. La boca de la joven se abrió de par en par. Dustin se volvió hacia él con dagas en la mirada—. ¿Estás bien?

—Está bien, y estábamos hablando —dijo Dustin—. Era una conversación privada.

—No, Lucy estaba hablando —replicó Hugo—. Tú estabas siendo un imbécil.

Dustin soltó una risa amarga.

—Se nos permite hablar con el resto de los concursantes.

—Tú no estabas hablando. Estabas intentando intimidar a la única persona en todo este concurso que tiene posibilidades de ganar. No es que te culpe. Markham también me ha hecho ofertas a mí. Ofertas muy tentadoras.

—¿Ves? —le dijo Dustin a Lucy—. Él sí tiene cerebro.

—Tengo cerebro. Y Lucy también. Uno bastante mejor que el tuyo, si no no estarías intentando amenazarla para que trabajase contigo.

—Soy médico. Fui el mejor de mi clase. No tengo por qué soportar nada de esto. —Dustin alzó las manos en el aire y se fue hecho una furia—. Adiós. Me largo de aquí.

Cuando se hubo marchado, Hugo se volvió hacia Lucy.

—Qué encantador.

Parecía un poco aturdida.

—Ayer parecía buena persona, y esta mañana también. Guau.

—Algunos no soportan perder. ¿Cómo llamáis a esos niños en la sala de profesores? ¿Malos perdedores?

Lucy suspiró y se giró para mirarle de frente.

—Venía a buscarte —dijo—. Iba a disculparme por todo el… ya sabes…

—¿Por haber llamado a un hombre que creció en un piso mohoso y con una madre soltera un «niñato malcriado»?

—Sí, sí, eso —dijo, avergonzada—. Justamente eso. Me puse un poco a la defensiva anoche.

—Me lo merecía.

—No, no te lo merecías. Yo solo… este juego es mi única oportunidad para salir adelante.

—Lo entiendo. De verdad. No hace falta que digas nada más.

—Gracias. —Asintió y después miró a su alrededor. Parecía que quería decir algo más pero decidió que era mejor no añadir nada. Él habría pagado esas ocho cifras si las tuviese solo para saber qué era lo que iba a decir—. Bueno, será mejor que vuelva a la casa.

—Déjame que te acompañe —pidió—. Necesitas un guardaespaldas por si alguien más intenta obligarte a participar en una conspiración multimillonaria.

—No es tan divertido como parece en las películas. Qué decepción.

Él la condujo por la orilla hasta la casa. La luz del sol atravesaba las nubes de la mañana y bailaba sobre las olas. La brisa marina era cálida y suave. Hugo sintió algo extraño. ¿Felicidad? No. ¿Esperanza? Tampoco era eso, pero algo parecido.

—Tengo que admitir —dijo Hugo—. Que estoy impresionado de que rechazases la oportunidad de ganar diez millones de dólares o más.

Ella negó con la cabeza.

—Si Dustin no hubiese sido tan imbécil podría haberme sentido tentada de aceptar.

—¿Las maestras auxiliares pueden decir «imbécil»?

—Estoy fuera de servicio. Si estuviese trabajando diría que es un idiota.

—¿Y decir que es un gilipuertas?

—¿Gilipuertas?

—Era lo que yo decía de pequeño —explicó—, en vez de decir «gilipollas».

—Me gusta. Se lo diré a los niños cuando vuelva a casa.

—Pues no me preguntes qué es un chirri —le dijo guiñándole el ojo.

—Ahora tienes que decírmelo. —Le dio un suave codazo en el costado, un gesto que a él le gustó bastante.

—Mejor te lo dibujo.

—Por favor. Después lo venderé por millones y me compraré unos zapatos nuevos.

—Estas sobrestimando enormemente mi popularidad en el mercado secundario.

—¿Lo venderé por cientos de dólares y me compraré unos zapatos nuevos?

—Ahora te estás acercando un poco más —dijo y le dedicó una sonrisa. ¿Sonriendo? ¿Él? Oh, cielos, estaba coqueteando con ella.

Mierda. A la basura su promesa de mantenerse alejado de Lucy Hart.

◄———————)|•|(———————►

Hace años, uno de los libros de *La Isla del Reloj* venía con un póster desplegable en la parte de atrás. Con cuidado, Lucy lo había sacado de ahí y desdoblado, para colgarlo con chinchetas en la pared sobre su cama. Se había quedado contemplando fijamente ese póster durante horas, la niña pintada con mimo que estaba sentada en la ventana de esa extraña torre de piedra mirando hacia la Isla del Reloj, el cuervo volando hacia ella con una nota atrapada entre sus garras. *La princesa de la Isla del Reloj*, libro treinta, ilustración de portada obra de Hugo Reese.

Lucy adoraba ese libro, amaba ese póster, quería ser esa niña, la princesa de la Isla del Reloj. No le había contado a Hugo que desde los catorce hasta los dieciséis había dormido bajo una de sus obras. Ahora, ahí estaba ella, paseando por la playa de la Isla del Reloj con él como si fueran viejos amigos. Le gustaba pensar que Hugo Reese y ella eran amigos. Si la situación fuese distinta, muy distinta... pero no lo era, y Christopher la necesitaba. Eso era todo lo que importaba.

—Gracias, de nuevo, por haberme rescatado —dijo, intentando romper el incómodo silencio que se había extendido entre ellos.

—Estabais discutiendo frente a mi estudio y yo estaba intentando pintar. Mis razones eran del todo egoístas.

—¿Vives en la cabaña o es solo tu estudio?

—Vivo allí. Trabajo allí. Me escondo del trabajo allí. ¿Por qué?

—Supongo que había asumido que vivías en la casa con...

—No, no, no, no, no. —Alzó las manos mostrando las palmas—. He oído los rumores y todas las bromas estúpidas. Sí, Jack es gay. No, yo no. E incluso si lo fuera, ese hombre es como un padre para mí, nada más.

Ella soltó una carcajada.

—Yo no he dicho eso. No he dicho nada de eso. Es que, ya sabes, es una casa muy grande.

—«Una casa grande» es un eufemismo para decir «cárcel».

—No puede ser tan malo. Es preciosa. —Se alejaron del paseo de la playa y enfilaron el camino de grava que llevaba hasta la casa.

Lucy dudó antes de decir nada más, no quería parecer borde, pero la curiosidad terminó ganando la batalla.

—¿Puedo preguntarte...? Quiero decir, ¿supongo que no es demasiado habitual que el ilustrador de las novelas viva con el autor de dichas obras? Aunque puedo estar equivocada.

Él no parecía ofendido.

—No es habitual, no, pero nada que tenga que ver con Jack lo es. ¿Te conté cómo gané el concurso al que me obligó a entrar mi hermano? Él falleció dos años más tarde. Cuando era más joven solía salir de fiesta con mis amigos más de lo que debería, pero cuando Davey se fue, me perdí por completo. Alcohol, drogas, de todo. Cocaína para poder trabajar. Whisky para olvidar lo suficiente como para poder dormir. Una mala combinación.

—Oh, Hugo…

No le miraba a los ojos, aunque ella no hacía más que buscar su mirada.

—Estaba coqueteando con la muerte por aquel entonces. Jack vio todas las señales, e intervino. Justo ahí arriba, en esa habitación. —Señaló hacia la casa, a la ventana en la que Lucy recordaba que estaba lo que Jack llamaba su fábrica de escritura.

—Lo siento mucho —dijo Lucy.

—Perder a mi hermano ha sido lo peor que me ha pasado en la vida, pero Jack ha sido lo mejor. Me hizo sentarme y me dijo que la gente con mi talento no tenía permitido malgastarlo. Dijo que era como si un hombre quemase una pila de dinero frente a la casa de un pobre, no solo era cruel, sino que apestaba. Eso caló hondo. Mi padre se marchó justo después de que Davey naciese, y mamá tenía que trabajar día y noche. Imaginarme a un hombre quemando una pila de dinero frente a la puerta de nuestro piso cuando necesitábamos todos y cada uno de los céntimos que pudiésemos conseguir…

—Sí, he estado en esa posición.

Él miró fijamente sus pies mientras los arrastraba por el sendero, apartando arena al caminar.

—Querían despedirme. La editora de Jack. ¿Cómo iba a ser posible que Jack estuviese escribiendo maravillosos libros infantiles y su ilustrador estuviese en rehabilitación? No era buena prensa.

—¿Maravillosos? Sus libros hablan de niños escapándose de sus casas, invadiendo propiedades ajenas, rompiendo las normas, saliendo con brujas y luchando contra piratas, fugándose, robando tesoros y siendo recompensados por ello.

—¿Ves? Entiendes mejor sus historias que los críticos. —Le dio un suave codazo. Ella intentó no deleitarse demasiado en el gesto—. Jack se negó a que me diesen la patada. Dijo que dejaría de escribir sobre la Isla del Reloj si lo intentaban. Aún sigo sin poder creerme que el escritor vivo más famoso que existe haya dado la cara por mí de ese modo. Me dio una valiosa lección. Él me ayudó a volver a ser yo mismo y desde entonces estoy limpio.

—Debió de ser duro. Deberías sentirte orgulloso de ti mismo.

—No podía permitirme decepcionarle, no después de lo que ha hecho por mí. Cuando empecé a trabajar para Jack, viví en la cabaña de invitados durante unos meses mientras trabajaba en las portadas de las nuevas novelas.

—Fue entonces cuando te conocí —dijo ella.

—Cuando empezó la sequía de Jack hace seis años, volví. Llevo allí desde entonces. No podía soportar pensar que estaba solo aquí. Ahora jura por activa y por pasiva que está mejor, espero de verdad que sea así. Pero no importa, ya ha llegado la hora de que me marche.

—¿Te mudas? —Lucy no podía creer lo que estaba escuchando. ¿Quién querría marcharse nunca de la Isla del Reloj?—. ¿Por qué?

—No me puedo quedar aquí para siempre, ¿no?

—¿Por qué no?

Él ignoró la pregunta.

—Admito que me preocupa que mi vena artística se resienta si me marcho de aquí. He creado mis mejores obras en esta isla. Probablemente porque he sido un completo desgraciado en este lugar.

—¿Cómo es posible que te hayas sentido triste en la Isla del Reloj?

—Puedo estar triste en cualquier lugar. Forma parte del trabajo.

Ella le dio un suave codazo en el costado.

—No me lo creo, ni por un momento.

—Dime un artista que haya sido feliz. Te reto.

Lucy frunció el ceño, pensando, intentando recordar todo lo que había aprendido de los artistas de los que había oído hablar. Alzó un dedo cuando recordó uno.

—¿Degas? —dijo—. ¿No hizo él esos cuadros tan maravillosos de las bailarinas de ballet?

—Sí. También odiaba a las bailarinas de ballet con todo su ser y a las mujeres en general. Era un misógino reconocido. Un misántropo de renombre, en realidad. Inténtalo de nuevo.

—Mmm… bueno, sé que Van Gogh estaba destrozado. ¿Y Monet?

—Dos esposas muertas. Su hijo también se murió. Endeudado hasta el día de su muerte. Se quedó ciego. Último intento, venga.

Lucy pensó con más ganas. Al final, lo supo de golpe, chasqueó los dedos.

—Tengo uno: Bob Ross.

Él la observó con los ojos entrecerrados.

—Bien —dijo—. Ese te lo concedo.

—Gané. Al menos este juego.

—No te llevas ningún punto por ello, lo siento.

—No pasa nada, el haber ganado es premio suficiente —dijo, mientras el sol se alzaba cada vez más en el cielo, acariciándoles la piel con su cálida luz a cada hora, a cada minuto y a cada segundo que pasaban en la Isla del Reloj.

—Estás sonriendo —dijo él.

—Tú también.

—¿De verdad?

—Eres un artista con mucho talento, pero no se te da tan bien ser un desgraciado como piensas.

—Retíralo.

—Creo que el señor artista protesta demasiado —dijo Lucy.

—Bueno... incluso yo tengo que admitir que las cosas están empezando a mejorar.

—¿Porque Jack ha vuelto a escribir?

Él volvió a dedicarle esa sonrisa tan suya, esa que hacía que el sol brillase un poco más.

—Claro. Eso —dijo, pero una parte de Lucy deseaba que no estuviese hablando solo de Jack.

—¿Quieres tomarte un té conmigo en el comedor? —preguntó Lucy cuando entraron en la casa.

—Lo dejamos para otro día. Tengo que hablar con Jack.

—¿Hablar conmigo de qué?

Ambos se giraron para ver cómo Jack venía por el pasillo que daba al comedor.

—Hola, Lucy —la saludó Jack.

—Tenemos un problema —dijo Hugo antes de que Lucy pudiese decir nada.

—Odio los problemas —murmuró Jack—. ¿Es que no podemos tener un día sin problemas?

—Hugo... —dijo Lucy—. No era...

—Necesitamos llamar al ferri —siguió Hugo, ignorando su protesta—. El buen doctor Dustin se ha descalificado solito.

—Jack, yo... —empezó a decir Lucy.

—No intentes protegerle —la cortó Hugo—. Él no lo haría por ti, y lo sabes. Jack, Dustin ha intentado que Lucy hiciese trampas con él, y no ha sido demasiado educado cuando ella le ha dicho que no.

Jack tardó un momento en entender lo que le estaba queriendo decir. Lucy podía imaginarse cómo su corazón se rompía con la noticia. Sabía que cuando los miraba, a Melanie, a Adam, a Dustin y a ella, los veía como cuando eran niños, como sus niños.

—Llama al ferri —suspiró Jack. Hugo sacó su teléfono móvil del bolsillo y se marchó por la puerta.

—Lo siento —se disculpó Lucy.

—No lo sientas, querida. No es culpa tuya. Dustin ha olvidado la segunda regla de la Isla del Reloj. *Confía siempre en el Mastermind. Está de tu parte, incluso aunque parezca que no lo está.*

CAPÍTULO DIECIOCHO

Lucy se dio una larga ducha de agua caliente, intentando quitarse de encima el estrés de la noche anterior y de esa mañana. Cuando salió, encontró una nota que habían pasado bajo la puerta.

Pensando que podía ser una especie de cruel nota de despedida de Dustin, al principio no quiso abrirla. Pero el papel era azul cielo, el color de los papeles que usaba Jack. Finalmente la abrió. Alguien había escrito. *Hay un regalo al otro lado de la puerta. No te asustes. No muerde.*

La nota estaba firmada así: *H. R. (No soy Recursos Humanos).*

Lucy abrió la puerta y se encontró con una caja de cartón. La tomó y se la llevó hacia la cama, cerrando la puerta a su espalda. ¿Qué le había regalado Hugo? Abrió la caja.

Zapatos. Eso era todo. Tan solo un par de botas de montaña de mujer, de cuero oscuro, unas L. L. Bean, por supuesto, porque estaban en Maine. Ligeramente desgastadas pero, en general, en perfecto estado.

Lucy sabía que debía estar agradecida por el regalo, pero no era así. Se sentía como una mierda.

Sentada en la cama, miró fijamente los zapatos. Estúpidamente, casi se había convencido de que él había estado coqueteando con ella esa mañana, rescatándola de los espeluznantes planes de Dustin, ofreciéndose a hacer de su guardaespaldas, y sí, ella le dejaría protegerla. Pero ¿regalarle unos zapatos? Eso no dejaba entrever ningún tipo de atracción. Más bien pena. O caridad. Eso era lo último que quería que sintiese por ella. Era un buen tipo, y eso era todo. Era bueno con ella porque era buena persona, no porque le gustase. E incluso si le gustaba, a ella no podía gustarle, lo último que necesitaba en esos momentos era un enamoramiento estúpido por un artista famoso.

Y se recordó que él había estado también arruinado, que sabía lo que era no tener ni un céntimo y una madre soltera. Vale, quizá, que le hubiese regalado unos zapatos no tenía nada que ver con la caridad. Puede que fuese más bien solidaridad. Aun así, dolía. Pero iba a ser una mujer adulta. Tan solo una idiota integral rechazaría un par de botas de montaña de buena calidad que parecían prácticamente nuevas, sobre todo cuando sus propios zapatos se caían a cachos.

Lucy sacó su teléfono móvil del bolsillo de sus vaqueros y le envió a Theresa un mensaje rápido.

Dime que deje de ser una idiota.

Dudaba que la fuese a responder, pero su mensaje llegó al momento. Lucy miró la hora. Eran las 6:46 de la mañana en Redwood. Theresa probablemente se habría levantado hacía quince minutos.

No dejamos que los niños llamen «idiota» a nadie, así que tú tampoco puedes.

Lucy respondió: *Tan solo dime algo como «la vista puesta en el premio» o algo así para que pueda dejar de pensar en este tipo de la isla.*

Theresa la llamó inmediatamente. Lucy se rio y respondió al teléfono. Antes de que pudiese decir siquiera «hola», Theresa ya estaba hablando.

—¿Quién es?

—Buenos días —dijo Lucy.

—No me vengas con «buenos días». ¿Quién es el tipo? ¿Uno de los concursantes?

—Se llama Hugo Reese y es quien ilustró los libros de *La Isla del Reloj*. Y es guapísimo.

—Yo seré quien lo juzgue. —Hubo una pausa. Probablemente Theresa estaba buscando a Hugo en Google con su móvil. Pasaron unos segundos, después volvió a hablar—. Me pone. Me pone mucho. Parece un profesor de universidad sexi.

—Eso es ahora —dijo Lucy—. Le conocí cuando vine aquí por primera vez. Entonces parecía un guitarrista de una banda punk de los noventa. Tiene los brazos llenos de tatuajes.

—Tengo que ver eso. —Theresa hizo otra pausa y Lucy supo que estaba buscando fotos más antiguas de Hugo—. Oh, Dios mío... —Debía de haber encontrado una buena foto.

—También es británico.

—¿Como el príncipe Guillermo?

Lucy lo pensó por un momento.

—Más bien como alguien que le daría un puñetazo en la cara al príncipe Guillermo fuera de un bar.

—Mejor todavía.

Lucy estalló en carcajadas. Sabía que Theresa sería capaz de animarla.

—¿Le gustas? —preguntó Theresa.

—Creo que no —dijo Lucy—. Pero me ha regalado un par de zapatos.

—Mmm... ¿zapatos? ¿Qué demonios?

—¿Estás cocinando mientras hablas conmigo? —preguntó Lucy cuando oyó cómo las sartenes y las ollas chocaban entre sí al otro lado de la línea.

—Soy maestra de infantil. Puedo hacer varias cosas a la vez, como un pulpo. Cuéntamelo todo.

Lucy lo hizo, le contó todo lo que había pasado hasta entonces: el abrigo, el abogado, la parte en la que le llamó «niñato malcriado», lo de Dustin, el rescate, los zapatos...

—Le gustas —concluyó Theresa.

—¿Crees que estaba intentando ligar conmigo con lo de los zapatos? ¿Que no tienen nada que ver con que sienta lástima por mí?

—Martin me regaló una pecera cuando estaba intentando ligar conmigo. Los hombres hacen muchas tonterías cuando les vuelve locos una mujer. Él te ha regalado zapatos. Tú le regalas tus bragas.

—Eres maestra de infantil, Theresa.

—También estoy casada. Conquístale.

—No estoy aquí para conseguir un marido, ¿recuerdas? Se supone que deberías decirme que me mantuviera centrada en el premio. Hago esto por Christopher.

—Cariño, si alguien se merece dos premios, esa eres tú. Gana tu juego. Gánate a tu niño y después consigue a tu hombre. Fin.

Lucy se masajeó la frente.

—Theresa. Esto *no* ayuda.

—Haber llamado a alguien idiota entonces. Yo soy demasiado inteligente como para decirte que no ligues con él. Coquetea. Con ganas. Haz que te regale una pecera, nena.

—Te quiero —dijo Lucy—. Estás loca, pero te quiero. Gracias por hacerme sentir menos como una mierda.

—No te sientes como una mierda. Eres *la hostia*, cariño. No lo olvides. Y yo también te quiero. Sé buena, pero no mucho, ¿vale?

—Tú también.

Colgó la llamada.

Hablar con Theresa le había ayudado. Lucy se quitó sus viejas Converse y las tiró bajo la cama. Buscó los calcetines más gruesos que había traído y se los puso. Las botas le quedaban como un guante. Recorrer la isla sería mucho más fácil ahora que tenía un par prácticamente nuevo de botas de montaña. Se miró en el espejo. Le quedaban ideales con esos vaqueros pitillos rojos que había encontrado en una tienda de segunda mano y su jersey de cuello alto negro favorito, un antiguo regalo de Sean.

Después de haberse lavado los dientes, el reloj estaba a punto de dar las dos y ella se dirigió al merendero de la una en punto.

Andre y Melanie estaban allí. Pero no había ni rastro de Dustin.

—Una reverencia, Lucy —dijo Andre, dando una palmada sarcástica—. Resolviste el enigma esta mañana y te has librado de Dustin.

—No quería hacerlo.

—Tómatelo como un cumplido —dijo Melanie—. No intentó engañarnos a nosotros, solo a ti.

—Sí, qué suerte la mía.

Pero, en realidad, de una extraña manera, sí que era algo parecido a un halago. Lucy había ganado el primer juego y también había sido quien resolviese el puzle esa misma mañana. Si ganaba el siguiente juego, estaría a medio camino de la victoria y eso tan solo en el segundo día.

Jack se acercó por el camino y se quedó de pie frente al merendero. La señora Hyde estaba a su lado sujetando una carpeta de cuero.

—Hola de nuevo, niños. Como ya habréis notado, hemos perdido a un jugador —dijo Jack—. Dustin se ha marchado hace una hora. Me ha pedido que te transmitiera sus más sinceras disculpas, Lucy. Al parecer, sufre de lo que él llama TEPE: Trastorno de Estrés por Préstamos Estudiantiles.

—No pasa nada —dijo Lucy—. Le perdono.

—Permitidme que os recuerde a todos —dijo la señora Hyde— que hacer trampas, o intentarlo, de cualquier forma o modo os descalificará inmediatamente.

—Lo que es una pena —repuso Jack. Su tono era melancólico—. Personalmente, apruebo todo tipo de trampas, mentiras y robos. ¿De dónde creéis que salen las ideas para mis libros?

—Eso es una broma —dijo la señora Hyde—. No existe ninguna acusación plausible de plagio contra el señor Masterson.

—Creo que saben que estaba de broma —dijo Jack. Después aplaudió y se frotó las manos, regodeándose—. Ahora que hemos dejado atrás las incomodidades, volvamos a jugar.

La señora Hyde abrió su carpeta y le entregó a cada uno un folio.

—¿Qué significa esta lista? —preguntó Andre— ¿*La búsqueda del tesoro completamente imposible*? ¿En serio? ¿Tenemos que jugar a una búsqueda del tesoro con objetos que nadie puede encontrar? ¿Cómo se supone que tenemos que hacerlo?

Lucy tomó el folio que le tendían y lo examinó.

Una carretilla del jardín de un hada
El viento bajo una cometa
Un tablero de ajedrez en orden

—¿Un zopilote salvaje? —preguntó Melanie—. ¿Estás de broma? O me está dando un ictus o esta lista es una locura.

—Probablemente ambas cosas —respondió Jack—. Yo apostaría por las dos. El que adivine el secreto de la búsqueda se lleva dos puntos, y en este juego no hay puntos para el segundo.

—Tienes que darnos una pista, Jack —dijo Andre—. ¡No me puedo pasar todo el día buscando un mensaje caliente o un pez con un secreto!

—Por favor —dijo Melanie, suplicando con la mirada—. Me sentí tan tonta después del último juego. Sé que este será algo totalmente obvio cuando lo averigüemos. ¿Puedes hacer que sea un poco más obvio antes de que empecemos esta vez?

Sonrió, pero era una sonrisa tímida y nerviosa. ¿Melanie necesitaba ganar el libro tanto como Lucy?

—Ah, pero así es la vida —dijo Jack—. Hay que mirarla con retrospectiva veinte-veinte, o eso dicen, y no están equivocados, solo sabemos qué es lo correcto que debemos hacer cuando ya nos hemos equivocado. Citando al supuestamente gran aunque incomprensible Søren Kierkegaard: «La vida solo puede entenderse del revés, pero debe vivirse hacia delante». O, como todos los escritores saben, no puedes entender el principio hasta que has leído el final. Y esas son todas las pistas que vais a tener. Feliz búsqueda, niños.

◄━━━━━━━)|•((━━━━━━━►

Los tres concursantes leyeron la lista una y otra vez.

Un lobo responsable
Un pulpo profesional
Una humilde mujer

Lucy quería reírse, pero había demasiado en riesgo. Los dos primeros juegos habían sido tan fáciles que una pequeña parte de ella creía que tenía posibilidades de ganar. Ahora se le hizo un nudo en el estómago. No tenía ni idea de qué debía hacer.

—Debe tener algún truco —dijo Melanie—. ¿Verdad?

La señora Hyde se aclaró la garganta antes de girarse y seguir a Jack de vuelta a la casa.

—Cierto —repuso Melanie—. Nada de compartir ideas. Resolveré esto sola en otra parte.

Lucy la observó marcharse por un camino aleatorio. Andre, que parecía demasiado seguro de sí mismo para su gusto, eligió un camino alejado. Aunque el cielo estaba despejado y corría una brisa cálida, el mar estaba en calma y el cielo lleno de pájaros que flotaban tranquilos por las corrientes de aire, ellos solo estaban centrados en la lista.

Lucy se quedó en el merendero, releyendo las pistas. Melanie tenía razón, por supuesto, tenía que haber algún truco, algún doble significado, algo obvio que ella estuviese pasando por alto. Su primer instinto fue sacar su teléfono móvil para buscar en Google algunas de las frases, para ver si significaban algo. Pero eso sería hacer trampas.

Además, Lucy dudaba que internet fuese a serle de gran ayuda con eso. Este juego parecía algo que Jack se había inventado completamente solo, algo sacado de sus historias. Y si había salido de sus libros, eso significaba que era un juego que hasta un niño sabría resolver.

Así que ¿qué era? ¿Cuál era el secreto de la lista?

Era una búsqueda del tesoro, ¿no? Lucy decidió que tenía que visitar la Ciudad de Segunda Mano. La tienda de suministros para la búsqueda del tesoro de Red Rover parecía una versión de dibujos de una vieja choza de minero de los tiempos de la fiebre del oro en California, con el tejado inclinado, las tablas desparejadas y los carteles pintados a mano. Pero cuando se asomó a través de la ventana, todas las estanterías estaban vacías. Allí no encontraría nada de lo que buscaba.

Siguió caminando, siguiendo las vías del tren hasta la estación de Samhain, pero estas terminaban de forma abrupta en mitad de un claro. No había nada allí más que un prado cubierto de flores silvestres. Era bonito, pero no era la estación de Samhain de los libros. No había ninguna torre. Ningún trono de calabaza. No había ningún señor ni señora de Octubre. Tan solo unas vías de tren que no llevaban a ninguna parte.

Lucy se sentó en el suelo, en medio de las flores silvestres, prestando especial atención a las hormigas y las abejas. Volvió a estudiar la lista, pero seguía sin saber la respuesta.

¿Un cubo de pollo KFC?
¿Una rodaja de Pi?

—¿Jack, qué nos estás haciendo? —murmuró Lucy para sí misma.

La respuesta tenía que estar frente a sus ojos. No iba a ser capaz de averiguarlo y otra persona iba a ganar esta ronda y a poner fin a su racha de suerte. ¿Y si Hugo estaba equivocado al decir que ella podía ganar? ¿Y si perdía, no solo esta ronda, sino el juego? Entonces tendría que volver a Redwood, a tejer más bufandas para vender en Etsy hasta que tuviese artritis, volver a alimentarse a base de espaguetis para poder vender plasma dos veces a la semana sin desmayarse, volver a esperar a que su vida empezase y a saber que no lo haría hasta que Christopher fuese su hijo.

Y si nunca era su hijo, ¿eso significaba que su vida no comenzaría nunca?

No, eso significaría que la vida de Christopher nunca empezaría. La vida que ellos habían soñado juntos, al menos, la vida que ella le había prometido. Su estúpida y simple vida. Nada de castillos. Nada de torres. Nada de islas mágicas. Tan solo un apartamento con dos habitaciones y un coche medio decente de segunda mano. Y lo único que le impedía conseguirlo era su cerebro, que no podía averiguar qué demonios significaban «un regalo flexible» y «una loncha de gato».

El suelo estaba frío y duro, y a Lucy se le estaban empezando a dormir las piernas. Se levantó y se sacudió el polvo del trasero de los pantalones. Intentando no echarse a llorar, comenzó a pasear por el bosque, sin saber qué era lo que estaba buscando pero incapaz de quedarse quieta. Nadie había ganado nunca una búsqueda del tesoro sentado. Pronto el bosque desapareció y las altas praderas de posidonia ocuparon su lugar. El camino de piedra terminaba en un puente de tablones de madera. Lo cruzó y lo siguió por un recodo, y allí, a unos cincuenta metros, estaba el faro.

No era muy grande, pero era encantador. Blanco, de unos seis metros de altura y con una cúpula roja, alegre, como un gorro rojo. Lucy se quedó de pie bajo el sol radiante, con el fuerte viento revolviéndole el pelo y cortándole la cara como un cuchillo. Recordaba el reloj del salón de Jack con el faro en lo alto.

El faro de la medianoche y el mediodía tenía una escalera exterior que llevaba hasta una plataforma de vigilancia. Lucy se secó el sudor de las manos en los vaqueros y se agarró a los escalones. Escaló hasta la parte de arriba y se dio cuenta de que estaba mucho más alta de lo que parecía desde el suelo. Al principio la cabeza le daba vueltas, pero se quedó bien sujeta a la barandilla y con la vista fija en el mar.

Era deslumbrante, o debería haberlo sido: los azules y los grises, los dorados y los platas. El sol jugaba al escondite tras las nubes plateadas. Pero podría haber un muro de ladrillo blanco frente a ella porque no sentía nada. El tiempo seguía corriendo: tic, tac, tic, tac, y se le estaba acabando. Había visto la mirada en los ojos de Andre. Podía estar a medio camino de encontrar toda la lista para ese entonces, mientras que ella aún seguía estancada en el principio.

Jack les había dicho en su primera noche aquí que estarían jugando al juego de la Isla del Reloj. Si solo fuese eso. A los niños de esos libros siempre se les concedían sus deseos al final. Excepto... no siempre, ahora que lo pensaba bien. Normalmente los niños querían una cosa y podían conseguir otra, mejor, al final. Algo que no sabían que deseaban. En el primer libro, *La casa en la Isla del Reloj*, Astrid y su hermano, Max, querían que su padre volviese a casa. Al final, ese no fue el deseo que les concedieron.

En cambio, Astrid y su hermano se fueron a vivir con su padre a la ciudad en la que este había encontrado su nuevo trabajo. Al venir a la Isla del Reloj, aprendieron a enfrentarse a sus miedos. Y cuando se dieron cuenta de lo valientes que eran, pudieron decirle a su madre que estaban dispuestos a dejar atrás a sus amigos, su colegio y su casa junto al mar si eso significaba que podrían volver a estar todos juntos.

Por supuesto, el Mastermind tenía un regalo secreto de despedida para ellos. Cuando se estaban marchando en la furgoneta de las mudanzas después de haber vendido su casa, Astrid abrió un sobre que les acababa de llegar y halló dentro una nota y una llave. La nota le decía que había sido el Mastermind quien había comprado su pequeña casita azul junto al mar, y que esta la estaría esperando hasta que Astrid fuese adulta y estuviese lista para regresar.

Era un final agridulce, pero lleno de esperanza y de promesas. Irónicamente, no fue el don de Astrid para resolver acertijos el que la había ayudado a hacer su deseo realidad, sino su valentía y su sinceridad. Muy dulce. Muy conmovedor. Pero eso no ayudaba a Lucy. ¿Verdad?

¿Qué tenían que hacer los niños de los libros para que les concediesen sus deseos?

Primero, tenían que pedir un deseo. Luego tenían que ir a la Isla del Reloj. Después, resolvían acertijos y participaban en juegos extraños. Y, para terminar, les tocaba hacer frente a sus miedos. ¿A ella le daba miedo algo? ¿Algo que no fuera el fracaso?

Lucy respiró hondo, llenando sus pulmones con la brisa marina, y empezó a bajar la escalerilla del faro. Se encontró de nuevo con el camino y paseó rodeando la isla. Volvió a pasar junto al merendero, después llegó a la piscina de olas de las dos.

Se quedó de pie en las rocas grises y desgastadas por las constantes subidas y bajadas de la marea, y observó el agua cristalina, esperando descubrir allí la respuesta. Había peces, algas, estrellas marinas, erizos de mar... pero ninguna respuesta. El océano se guardaba sus secretos.

Secretos. Secretos. *Un pez con un secreto.* ¿Qué podía significar aquello?

Mientras Lucy paseaba por la playa junto a la roca del frailecillo de las tres, releyó la lista:

Un lobo responsable
Un pulpo profesional
Un enorme microchip
Una humilde mujer
Una rodaja de Pi
Un tótem
Un zopilote salvaje
Una baqueta de tambor
Una loncha de gato
Un mensaje caliente
Una carta sin emoción
Un estudiante valiente
Un tablero de ajedrez en orden

Un cubo de pollo KFC
Un pez con un secreto
Un piso con información
Una serpiente en su hábitat
Un perfume sin olor
Una carretilla del jardín de un hada
Un pintor que no sepa pintar
Un ultimátum
Un regalo flexible
La punta de un iceberg
El viento bajo una cometa
Un problema sin solución
La sombra de una sombra

Quería gritar pero no podía. Los acertijos de Jack siempre eran algo obvio cuando sabías la respuesta. Retrospectiva veinte-veinte. Eso les había dicho, ¿no? Así que eso tenía que significar algo, ¿verdad?

Sacó un bolígrafo del bolsillo de su abrigo, contó con los dedos, y leyó todas las letras veinte. *N... D...* no todas las frases tenían veinte letras, así que no podía ser eso.

¿Qué más había dicho Jack?

La vida solo puede entenderse del revés, pero debe vivirse hacia delante. Una frase de Kierkegaard, el filósofo.

¿Entenderse del revés?

Un lobo responsable se volvía *elbasnopser obol nu.*

Eso tampoco era.

Jack también había dicho que todos los escritores sabían que no puedes entender el principio hasta que has leído el final.

Así que leyó las pistas cambiando de orden las palabras, de abajo arriba.

Sombra una de sombra la solución...

Eso tampoco.

Estaba a punto de rendirse cuando se fijó en la última letra de cada frase. Con su bolígrafo, las rodeó y, al momento, supo que esa podía ser la solución.

Un lobo responsable – E
Un pulpo profesional – L
Un enorme microchip – P
Una humilde mujer – R
Una rodaja de Pi – I
Un tótem – M
Un zopilote salvaje – E
Una baqueta de tambor – R
Una loncha de gato – O
EL PRIMERO

El corazón le latía acelerado, la cabeza le iba a mil revoluciones, Lucy rodeó todas las últimas letras hasta que obtuvo la respuesta.

EL PRIMERO EN ENCONTRARME GANA.

Capítulo diecinueve

Lucy corrió como una loca. Aunque iba caminando o en bicicleta a todas partes cuando salía de casa, no había corrido demasiado desde que terminó el instituto. Ahora estaba furiosa consigo misma por haber dejado de correr cinco kilómetros al día. Sus piernas y sus pulmones le ardían después de tan solo unos minutos corriendo a toda velocidad.

Pero siguió, no podía parar. Corrió como corren los niños pequeños al escuchar el último timbre del día antes de las vacaciones de verano. Probablemente Jack estuviese en su estudio de escritura, así que allí era adonde iría. Si no estaba sentado a su mesa... bueno, de eso se preocuparía una vez que llegase.

No estaba ni a medio camino de la casa cuando tuvo que detenerse a recuperar el aliento. Doblándose, jadeando y estúpidamente agradecida por las botas de montaña que Hugo le había regalado (de ninguna manera podría haber corrido con sus antiguas Converse), a Lucy le ardían los pulmones al respirar. Podía ver la casa a la distancia.

También podía ver algo más. Había alguien en la playa Cinco en punto.

Andre. Andre estaba en la playa, inconfundible con su gorra de béisbol y su cortavientos azul claro.

Y estaba corriendo.

Corría hacia la casa.

Lucy salió pitando todo lo rápido que pudo, las suelas de sus zapatos nuevos resonaban sobre los tablones de madera de la pasarela que rodeaba la mayor parte de la isla.

Andre era mucho más alto que ella, más grande, más rápido, pero ella estaba más cerca. Corrían codo a codo, él playa arriba y ella playa abajo, la casa estaba a solo quinientos metros, luego cuatrocientos... Lucy sentía como si su corazón fuese a salírsele del pecho de un momento a otro. Doscientos metros. Se tropezó con un tablón suelto pero consiguió no caerse. ¿Esos dos segundos de retraso le costarían la victoria? Siguió corriendo. Andre estaba cerca, pero ella también. Lucy corrió por el camino empedrado hasta la puerta principal con el último chute de adrenalina y entró en la casa sin bajar el ritmo. Andre iba solo unos pasos detrás de ella. Ahora tenía que encontrar a Jack. Su mejor opción era la biblioteca. Pero Andre se dirigía a las escaleras, quizá para buscar a Jack en su estudio. ¿Le habría visto a través de la ventana? ¿Es que iba a ganar la carrera solo para perder el juego un poco después por haber elegido la sala incorrecta?

Lucy entró corriendo en el comedor y allí estaba Jack, de pie junto a la chimenea, con una taza de café en las manos.

Y allí estaba Melanie, de pie a su lado, también con una taza de café en las manos, sonriendo.

Lucy se dejó caer en el sofá. Andre entró un segundo más tarde y se quedó mirando fijamente la escena que tenía ante sus ojos.

—Mierda —murmuró, y cerró la puerta de una patada a su espalda. El sonido hizo que Lucy diese un respingo en su asiento.

—Lo siento, niños —dijo Melanie encogiéndose de hombros—. Como ha dicho Jack, no hay puntos para el segundo.

Lucy no envidiaba a Melanie por haber ganado. No iba a ser una mala perdedora como Dustin.

—Lo mejor sería que volviese a mi casa —dijo Andre, aunque no parecía desconsolado, sino simplemente resignado. Se sentó en el sofá, con los hombros caídos, totalmente derrotado—. Mi mujer tenía razón cuando me dijo que las chicas son más listas que los chicos.

Era una buena noticia saber que todavía tenía sentido del humor. Lucy quería llorar, pero lo dejaría para más tarde.

—Ah, no te rindas, hijo —dijo Jack, dándole palmaditas en la espalda y guiñándole un ojo. Andre sonrió. La tensión que había en la sala se disipó un poco.

Andre soltó una risa sarcástica.

—No te ofendas, Jack, pero puede que esto hubiese sido divertido cuando tenía once años, ¿pero ahora? Es jodidamente estresante.

Jack no parecía sorprendido ni ofendido.

—Solo os estoy dando lo que queríais de niños, pedir un deseo, jugar y ganar un premio.

Eso no era lo que Lucy había querido. Amaba los libros y había soñado con, algún día, ser un personaje dentro de una de esas historias, del mismo modo que sus amigos soñaban con ir a Hogwarts o a Narnia. Pero lo que ella de verdad había deseado era lo que Jack le había ofrecido de broma en su carta: ser su compañera de aventuras. Había querido vivir aquí con él, ayudarle, ser como una hija para él, dejar que él fuese como un padre para ella. Aunque adoraba los libros, quería esa realidad, no una fantasía.

—¿Cuál es el próximo juego, entonces? —le preguntó Andre a Jack—. Aún no me voy a rendir.

—Lo averiguarás esta noche después de la cena. Pero hasta entonces, divertíos. Estamos en la Isla del Reloj, no en una cárcel.

La racha de suerte de Lucy no solo había acabado, sino que estaba muerta y enterrada. Esa noche jugaron al «Monopoly de la Isla del Reloj», una versión personalizada del juego tradicional del Monopoly pero con elementos de la Isla del Reloj. Andre, al ser abogado corporativo, ganó por goleada. Melanie quedó segunda. Así que Lucy no se llevó ni un punto. Nunca había jugado al Monopoly antes. Tal vez habría disfrutado aprendiendo a jugar si no hubiese tenido que ser en una partida tan importante. En vez de irse directos a la cárcel, les mandaban a la Torre del Reloj y perdían dos horas. El tiempo era dinero, o eso decían las instrucciones.

Al final de la segunda noche, el marcador había quedado así:

Lucy: 2
Melanie: 3
Andre: 2

El tercer día hubo más juegos. Un trivial de la Isla del Reloj. Lucy ganó sin pestañear. Melanie quedó segunda. También jugaron a una versión del «Simón dice» llamada «Mastermind dice», en el jardín. Y por último, antes de la cena, participaron en un juego de mímica inspirado en la Isla del Reloj. Pasaron muchísima vergüenza teniendo que representar escenas de los libros mientras que Hugo les observaba desde el fondo de la biblioteca, intentando no reírse a carcajada limpia de ellos.

Lucy se dio cuenta de que algo extraño estaba pasando en el transcurso de esos dos días. Casi habían olvidado por qué estaban jugando. Sobre todo durante la mímica, cuando Andre tuvo que hacer del señor de Octubre luchando contra los niños calabaza y su ejército fantasma. ¿Cómo podía alguien exactamente representar con mímica a un ejército fantasma? Sorprendentemente, él averiguó cómo. Y después Lucy tuvo que hacer de Astrid escalando el faro para encontrar a su hermano perdido que había sido secuestrado por el infame bandido de la Isla del Reloj: Billy, el otro niño.

Era una locura. Y era divertido. Tan divertido que debía recordarse constantemente que tenía que mantenerse centrada. Christopher necesitaba que ganase. No podía olvidar lo que estaba en juego.

Para el tercer día, los marcadores estaban demasiado ajustados para su gusto:

Lucy: 5

Melanie: 6

Andre: 5

Pero aún quedaban dos días más de juegos. Cualquier cosa podía pasar. Cualquiera podía ganar.

Después de que terminase el juego de mímica, todos se quedaron en la biblioteca. Apareció el personal de la cocina y repartieron chocolate caliente con una montaña de nata montada en todas las tazas, y bebieron su chocolate caliente mientras el fuego ardía lentamente en la chimenea.

—Vale, Jack —dijo Andre después de dar un gran sorbo a su taza de chocolate caliente, que hizo que terminase con la nariz llena de nata montada—. Te pido perdón por haber dicho que no me lo estaba pasando bien.

—No te precipites con tus disculpas —repuso Jack—. Mañana no será muy divertido.

Melanie y Andre se miraron. Lucy echó un vistazo sobre su hombro hacia donde estaba Hugo. Él le guiñó el ojo y eso hizo que su temperatura corporal subiese uno o dos grados.

—¿Qué pasará mañana?

—¿No lo sabes? —dijo Jack, señalando a Melanie, después a Andre y por último a Lucy.

—Yo lo sé —dijo Lucy, volviéndose hacia Jack—. O creo que lo sé. Puede.

—¿Qué pasará? —Melanie se inclinó hacia delante. Parecía nerviosa. Todos lo parecían.

—Estamos en una de tus historias, ¿verdad? —le preguntó Lucy a Jack—. Dijiste que estábamos jugando como los niños de los libros de *La Isla del Reloj*.

—Ciertamente —dijo Jack.

—Bueno, entonces la cosa va así: primero viene un niño a la isla, luego resuelven una serie de acertijos y participan en juegos, que es lo que hemos estado haciendo hasta ahora. Y después ellos…

—Se enfrentan a sus miedos —dijo Andre—. ¿No? Es lo que siempre les dice el Mastermind a los niños: «Ha llegado el momento de enfrentaros a vuestros miedos, queridos».

—Muy bien —dijo Jack, asintiendo.

—Siempre me ponía nervioso cuando el Mastermind decía eso —dijo Andre—. Eso significaba que era el momento de ponerse serios en la Isla del Reloj. Tuve pesadillas durante meses después de leer *La máquina fantasma*, ¿cuando al niño le perseguía un fantasma que era igual a él? Quiero decir, ¿qué demonios, Jack?

—Mi editora intentó que borrase esa escena —se rio Jack.

—¿Por qué? —preguntó Melanie.

—Porque dijo que les daría pesadillas a los niños durante meses. Yo dije que no sería así. Supongo que le debo una disculpa. —Se dio unos golpecitos en la barbilla—. No se la daré, pero se la debo.

—¿De verdad vas a hacer que nos enfrentemos a nuestros miedos? —preguntó Andre. Sonaba escéptico, como si creyese que ya era demasiado mayor como para que le diese miedo nada.

—Ah, pero es el reto más importante de todos —dijo Jack mientras dejaba su taza a un lado sobre la repisa de la chimenea—. No podéis ganar hasta que os hayáis enfrentado a vuestros miedos. Hasta que no os enfrentéis a vuestros miedos, vuestros miedos ganarán.

—Ya somos mayorcitos —dijo Andre—. A mí ya no me dan miedo las serpientes, las arañas o los fantasmas. Me da miedo que se muera mi padre porque no consigamos encontrar un donante de riñón compatible. Ese es mi mayor miedo y, te prometo, que *nunca* dejo de pensar en ello. ¿Qué puedes hacer al respecto?

Era una pregunta justa. ¿Cómo podía Jack hacer que un grupo de adultos se enfrentasen a sus miedos? Ya no tenían diez años, ni les daba miedo la oscuridad, o decirles la verdad a sus padres sobre quién había roto el jarrón antiguo, o pedirle perdón a su mejor amigo… ¿Cómo conseguías que los adultos se enfrentasen a sus miedos cuando la realidad de ser adulto era despertarse cada mañana con tus miedos de frente?

—A mí solo me da miedo perder mi librería —dijo Melanie—. ¿Alguna vez has intentado mantener a flote una librería infantil en una ciudad pequeña? Apenas podemos mantener a flote un colmado. ¿Cómo quieres obligarnos a enfrentarnos a algo a lo que ya nos estamos enfrentando?

—Ya lo descubriréis —respondió Jack, enigmático.

Lucy tembló. Le creía. Si alguien podía hallar la manera de hacer que se enfrentasen a sus miedos, ese era el viejo Mastermind.

—Una última advertencia —dijo Jack—. Enfrentaros a vuestros miedos no os dará ningún punto. Pero si no lo hacéis, no podréis participar en el juego final.

Lucy respiró hondo. Él les había advertido que este momento llegaría, aunque entonces parecía tan lejano. Pero lo haría, lo que fuera que tuviese que hacer. Besar a una serpiente. Caminar por la cuerda floja sobre el océano. Lo que fuera, con tal de ganar.

—Ahora —siguió Jack—, poniéndonos serios, en el parte del tiempo han dicho que esta noche habrá tormenta. Con lluvias y vientos huracanados. Si teníais previsto salir a remar en un bote, os sugeriría reprogramar ese viaje. Buenas noches, niños. Dulces sueños. —Jack se dispuso a marcharse, pero Andre le detuvo con una pregunta.

—¿Tú te has enfrentado a tus miedos, Jack? —dijo Andre. Su tono era educado, pero había una especie de reto implícito en su pregunta que hasta Lucy pudo entrever. No era justo que les obligase a enfrentarse a sus miedos si él nunca lo había hecho.

Jack se quedó en silencio durante un instante, aunque la casa no estaba en silencio. El viento estaba volviéndose cada vez más fuerte, las ramas de los árboles golpeaban las ventanas; la borrasca sacudía el tejado y el fuego en la chimenea bailó con una ráfaga de aire repentina.

—Os plantearé un acertijo —dijo Jack—. *Dos hombres hay en la isla…*

—Oh, cielos —gimió Hugo.

La sala volvió a quedarse en silencio a excepción del viento y del crepitar del fuego. Jack volvió a comenzar:

Dos hombres hay en la isla que culpan al mar
por perder a una esposa y a una hija matar,
pero ninguno se casó y ninguno pudo engendrar.
¿Cuál es el secreto de las mujeres y el mar?

Echó una última mirada a su alrededor.

—No hay puntos para quien resuelva este acertijo, me temo —dijo Jack—. Pero si lo hacéis, quizá ganéis otro tipo de premio.

Dicho eso, Jack les dejó a solas.

Lucy miró a Hugo. Sus miradas se encontraron.

—Lo siento, a mí no me preguntes. Si lo resuelves, te lo diré, pero no se trata de mi historia.

—¿Pero sabes la respuesta? —le preguntó Andre.

—Claro que la sé. Yo soy el otro hombre de la isla. Por desgracia.

—¿Alguna idea? —Andre miró a Melanie.

—No tiene ningún sentido. ¿Cómo puedes perder a una hija si nunca has tenido hijos?

Andre miró a Lucy.

—¿Y tú? ¿Alguna idea?

Lucy se topó con la mirada de Hugo.

—Nada —dijo.

Pero estaba mintiendo.

Sí que creía saber la respuesta.

PARTE CUATRO

Enfrentaos a vuestros miedos, queridos

—¿Astrid? ¿Max? ¿Dónde estáis? ¡Astrid!

Astrid reconoció la voz de su madre. La reconocería en cualquier parte, aunque sonaba distinta. Se dio cuenta de que nunca había visto a su madre aterrada antes. Claro que estaba aterrada. Astrid y Max habían desaparecido en mitad de la noche. ¿Cómo había sabido su madre que estaban en la Isla del Reloj?

—¿Qué hacemos? —le preguntó Astrid al Mastermind. Él se quedó de pie en las sombras, cubierto con un traje de armadura que parecía hecho de las mismas sombras que le rodeaban. Había pasado toda la noche en la Isla del Reloj y aún no había visto su rostro. Puede que nunca lo viese.

—Si estuvieses en su lugar, ¿qué querrías que hiciesen tus hijos? —La voz del Mastermind era dulce, mucho más dulce de lo que la había oído nunca.

Max respondió antes de que Astrid pudiese decir nada.

—Quiere encontrarnos —dijo Max—. Tal vez tendríamos que decirle dónde estamos.

Miró hacia la sombra, pero esta no dijo nada.

—No podemos. Nos matará —le dijo Astrid a Max con voz ronca.

—No podemos escondernos aquí para siempre —respondió Max, mirándola fijamente a los ojos—. ¿Verdad?

—¿Max? ¿Astrid? ¿Dónde estáis? —Podían ver a su madre en la playa, con el cabello y su abrigo azotados por el viento y la lluvia. Debía estar pasando frío, frío y miedo—. ¡Astrid!

Le dolía escuchar su voz así, le dolía verla tan asustada.

—Tengo miedo —dijo Astrid.

—¿Porque te meterás en problemas? —le preguntó el Mastermind.

—Porque nos preguntará por qué nos hemos escapado —respondió—. Y después se lo tendremos que contar.

—¿Contarle el qué? —El Mastermind tenía una manera peculiar de formular sus preguntas, una que te hacía pensar que ya sabía la respuesta antes de hacerla, incluso antes de que tú la supieses.

—Contarle que queremos volver a estar con papá, incluso aunque eso signifique tener que mudarnos —dijo Max—. Ellos dos tomaron la decisión de que papá se mudase solo por su nuevo trabajo y nosotros tres nos quedásemos atrás para que no tuviésemos que cambiar de colegio. Pero si le decimos que queremos volver a estar con papá más de lo que queremos quedarnos...

—Entonces nos mudaremos —dijo Astrid. Y eso era lo que más miedo le daba... dejar todo lo que conocía atrás, empezar de cero. Una vida nueva en una ciudad nueva, con nuevos amigos, o puede que sin ningún amigo. ¿Qué daba más miedo que eso?

Quedarse, comprendió. Quedarse aquí sin su padre. Eso era lo único que le daba más miedo aún.

Astrid entrelazó su mano con la de Max.

—Vámonos —dijo.

Salieron de la casa juntos, corriendo de la mano, olvidando incluso de despedirse del Mastermind.

—¡Mamá! —gritó—. ¡Mamá, estamos aquí!

—De *La casa en la Isla del Reloj*, La Isla del Reloj, Libro uno, de Jack Masterson, 1990.

CAPÍTULO VEINTE

Hugo salió de la biblioteca detrás de Jack. Lucy esperó durante un rato, pero nunca volvió, se habría ido a la cabaña de invitados, supuso. ¿Podría seguirle? Sí. ¿Pero qué le diría? *Se me olvidaba darte las gracias por los zapatos. Por cierto, si estoy en lo cierto con la respuesta del acertijo, eso supondría que tu mujer te dejó por otro hombre. Háblame de ello.*

Eso podría no salir bien.

Algo golpeó con fuerza la casa, empujado por el viento. Los tres se sobresaltaron con el ruido. Jack no había estado bromeando cuando les había advertido sobre la tormenta que se avecinaba.

—Lo de Maine es de locos —dijo Andre, sus ojos oscuros estaban fijos en la ventana y en el mar agitado a la distancia—. Parece un huracán.

—Tan solo es una mala tormenta —dijo Lucy, esperando que no se convirtiese en una tormenta del noreste.

—Odio las tormentas —se lamentó Melanie, temblando mientras miraba por la ventana, después negó con la cabeza. Soltó una risa burlona—. Me pregunto si Jack tendrá algo que ver con esto y lo ha hecho para que me enfrente a mi miedo a las tormentas.

Andre la observó.

—Pensaba que habías dicho que te daba miedo perder tu librería.

—Si queréis saber la verdad, me da miedo demostrar que mi exmarido tenía razón sobre que terminaría perdiendo mi librería. Durante el divorcio me dijo que nunca conseguiría que saliese adelante. Odio pensar que él haya podido tener razón, que no supiese dónde me estaba metiendo.

A Lucy se le encogió el corazón con la confesión de Melanie.

—Cuando te conocí —dijo Lucy—, asumí que tenías una vida perfecta. Parecía que lo tenías todo bajo control.

—Mi ropa es lo único que tengo bajo control —repuso Melanie, con una sonrisa triste.

—La verdad es —dijo Andre, levantándose para quedarse frente a la chimenea— que lo que más miedo me da es decirle la verdad a mi hijo. Sabe que el abuelo está enfermo, pero aún no le he contado que no va a poder salir adelante si no consigue un trasplante de riñón pronto. Es su mejor amigo.

—¿Tú no eres compatible? —le preguntó Melanie.

Andre negó con la cabeza.

—Mi padre es de un grupo sanguíneo poco común. Es una pesadilla.

—Puede que no quieras contárselo a tu hijo —dijo Melanie— porque tú no quieres que sea real.

Andre asintió pero no dijo nada.

—Siento mucho lo de tu padre —le dijo Lucy—. Pero me da bastante envidia la buena relación que tu hijo y tú tenéis con él. Yo habría matado por tener algo así.

—Siempre me olvido de la suerte que tenemos de poder contar los unos con los otros —dijo Andre—. Gracias por recordármelo. —Sonrió—. Dios, echo de menos las cosas que me daban miedo de niño. Mataría porque me volviesen a dar miedo los fantasmas o los monstruos bajo la cama, en lugar de que mi padre se muriese antes de que su nieto fuese adulto.

—Y las arañas —añadió Melanie—. Y las ratas. Las ratas de verdad dan mucho menos miedo que la rata con la que me casé.

—Venga ya. ¿Y tú, Lucy? —preguntó Andre—. Nosotros ya hemos confesado. ¿Cuál es tu verdadero miedo?

—No creo que tenga solo uno —admitió, mientras daba vueltas a los restos de su chocolate caliente en el fondo de la taza—. Quiero decir, elegid vosotros mismos. Volver a ver a mi exnovio. O peor, dejar que vea lo poco que he conseguido en la vida. No poder hacer nunca lo que de verdad quiero hacer. Averiguar que la razón por la que mis padres y mi hermana no me querían era porque no hay nada que amar en mí. Y creedme, sé lo patético que suena, pero no importa cuánto crezcas, no importan todas las veces que intentes convencerte de que fue su culpa y no la tuya, nunca logras creer que no es culpa tuya.

Andre se inclinó hacia delante, mirándola fijamente a los ojos.

—No fue culpa tuya —dijo—. Y hablo como padre que removería cielo y tierra por su hijo, no fue tu culpa. Cualquier padre que haga que su hijo sienta que no se merece ser querido es un mal padre. —Señaló a Melanie—. Y tú, todos los negocios pasan por baches. Dios, incluso Apple estuvo al borde de la ruina en los noventa. Soy inteligente, ¿vale? No dejan entrar a idiotas en la Escuela de Derecho de Harvard, y vosotras dos me disteis una paliza en el último juego.

Melanie sonrió con ganas.

—Gracias. —Después puso una cara de asco casi cómica—. Joder, ahora quiero que ganéis vosotros tanto como quiero ganar yo.

—Jack es un zorro muy astuto —dijo Andre—. Probablemente esto era justo lo que tenía planeado.

—No me extrañaría —coincidió Melanie.

—Sin duda. Os veré en el desayuno. —Andre se dirigió hacia la salida, pero antes se volvió hacia ellas—. Espero ganar, pero si alguna de vosotras termina ganando, me alegraré también. Espero que ambas consigáis que os concedan vuestros deseos, espero que nos los concedan a todos.

Melanie le sonrió y Andre se marchó.

—¿Para qué necesitas el dinero? —le preguntó Melanie a Lucy, levantándose de su sillón.

Lucy dudó. Odiaba contar su triste historia, pero también disfrutaba de cualquier oportunidad que tuviese para hablar de Christopher.

—Hay un niño al que quiero acoger. En realidad, quiero adoptarle, pero tengo que pasar primero por el periodo de acogida para poder hacerlo. No cumplo los requisitos para ser madre de acogida. Él y yo… queremos ser una familia, pero probablemente nunca lo seamos.

—A menos que ganes y vendas el libro.

—Exacto. A menos que gane.

Melanie sonrió.

—Ese es un excelente deseo —dijo.

<hr />

Desde la ventana de su dormitorio Lucy podía ver cómo la tormenta se volvía cada vez más fuerte. Dios, había echado de menos las tormentas de primavera de Maine. A veces daban miedo, pero eran hermosas, con las nubes corriendo por el cielo hacia una meta invisible y el mar removiéndose como si el Kraken estuviese a punto de salir a la superficie. Se imaginó a Christopher allí con ella, de pie a su lado, con el rostro pegado contra el cristal. Y cuando la tormenta pasase, saldrían corriendo a la playa para buscar madera que hubiese arrastrado la marea y devolver a las estrellas de mar varadas al océano.

Su teléfono vibró sobre la mesilla de noche. Lo tomó y vio un mensaje largo de Theresa.

No sé cómo decirte esto, pero Christopher acaba de venir a la clase. Dice que le han dado una nueva familia de acogida. En Preston, con una pareja de ancianos. Le van a dejar terminar la última semana de clases aquí. Ahora estoy en una reunión, pero te llamaré en cuanto pueda. Está asustado y triste, por supuesto, pero no creo que se haya dado cuenta aún de que el año que viene tendrá que ir a otro colegio. Cariño, lo siento mucho.

Lucy leyó el mensaje una y otra vez hasta que entendió lo que decía. Estaba demasiado sorprendida como para llorar. Negar la realidad fue su primer instinto, debía de haber algún error. Preston estaba a casi treinta kilómetros de Redwood. Seguía siendo el mismo estado pero...

Sabía que, en teoría, los niños en acogida iban de casa en casa constantemente, que les obligaban a hacer las maletas en unos minutos todo el tiempo, que les transferían de un colegio a otro en forma permanente sin importar lo mucho que eso les traumatizase y que hiciese que centrarse en sus estudios se volviese una tarea casi imposible.

Claro que lo sabía, pero nunca había pensado que eso podría pasarle a Christopher. Podían trasladarle, pero no a otra ciudad, no a otro colegio.

Esa era su peor pesadilla.

Lucy respiró hondo, tragando saliva. Miró a su alrededor por la habitación Océano como si pudiese encontrar algo allí, como si pudiese hallar la respuesta en sus paredes. Pero no había nada que pudiese ayudarla. La cama. La cómoda. El tocador. El cuadro de Hugo con los tiburones sobre la chimenea. Algunos libros en la repisa entre unos sujetalibros con forma de reloj antiguo.

Reconocía esos libros. Eran los primeros cuatro tomos de la saga de *La Isla del Reloj* con sus portadas originales: *La casa en la Isla del Reloj, Una sombra cae sobre la Isla del*

Reloj, Un mensaje de la Isla del Reloj, El embrujo de la Isla del Reloj.

Lucy soltó una carcajada, gimió. Sacudió la cabeza y se secó las lágrimas que le corrían por las mejillas con el dorso de la mano.

Buen trabajo, Jack, pensó. Tenía que reconocerle ese mérito. Había encontrado una forma de darle un susto de muerte. ¿Enfrentarse a sus miedos? Bueno, había encontrado su mayor temor, ¿verdad?

Se levantó y fue hacia la puerta, salió al pasillo y se dirigió al otro lado de la casa, donde estaba la fábrica de escritura de Jack, como él la llamaba.

Lucy llamó a la puerta una sola vez, golpeando con fuerza.

—¿Sí? —dijo Jack desde el interior. Lucy abrió la puerta y entró, cerrándola a su espalda. Jack estaba sentado frente a su escritorio detrás de un montón de papeles que parecían cartas.

—Lucy —la saludó, con una sonrisa genuina. Siempre parecía estar tan contento de verlos. No podía ser verdad, ¿no?

—Buen intento, Jack —dijo—. ¿Cómo lo has hecho?

Él inclinó la cabeza ligeramente hacia un lado.

—¿Hacer el qué?

—¿Que pareciese como si mi amiga Theresa me enviase un mensaje de texto? Sé que ella no escribiría esto, así que tiene que ser cosa tuya. Te las apañaste para cambiar el número de teléfono de su contacto por el tuyo. ¿Enfrentaos a vuestros miedos? —preguntó—. Este es mi miedo, ¿verdad? Le hablé a Hugo sobre Christopher y él te lo contó a ti.

—Sí, sé lo de Christopher. Pero ¿qué ha pasado?

—Ya sabes lo que ha pasado. Tú, o uno de tus abogados, o alguien, me ha enviado un mensaje diciéndome que le van a trasladar a una nueva familia de acogida a treinta kilómetros de distancia.

Él suspiró y se echó hacia delante en su asiento.

—Oh, Lucy. —Negó con la cabeza—. Puede que os haga participar en juegos exasperantes, pero no os torturaría. Jamás, querida. Jamás.

No quería creerle, pero le creía, y ahora que le miraba bien a la cara, a ese rostro sabio y arrugado, a aquellos ojos amables y cansados, sabía que había sido una locura creer por un segundo que había sido Jack quien había orquestado ese mensaje.

—Tengo que volver a casa —dijo.

—¿Qué? ¿Ahora? ¿Esta noche? Hay tormenta.

—No me importa. Tengo que llegar al aeropuerto y tomar el primer vuelo de vuelta. Se muda en cuanto acaben las clases. El viernes es el último día. Este viernes, Jack. El sábado ya se habrá ido, y si no vuelvo a casa ahora mismo no podré pasar ni un segundo a su lado antes de que se marche. Tengo que estar allí cuando le trasladen o él... él no estará bien. Estará aterrorizado si yo no estoy allí. Estará...

Solo. Estará asustado y solo. No, no podía permitirlo. No a él. No a su Christopher. Tenía que estar allí cuando se marchase. Tenía que estar allí para decirle que todo iría bien, que daría miedo, pero que no estaba solo. Mentiras, por supuesto. Pero tenía que estar allí *ahora*.

—Lucy, te dejaría mi avión privado si lo tuviese y te llevaría volando a casa ahora mismo, pero no hay ningún piloto en todo el mundo que se atreva a despegar con esta tormenta.

Como si fuera una señal, algo golpeó un lateral de la casa. Probablemente la rama rota de un árbol. Pero no le importaba.

—Bien —repuso—. Entonces hallaré el modo de llegar hasta el puerto y alquilaré un coche.

Se giró para marcharse cuando Jack la llamó; ella se volvió a mirarle, desesperada por su ayuda.

—No hagas esto —le suplicó—. ¿Por favor? Podemos ayudarte. Y lo haremos. Pero tienes que ser paciente.

—¿Paciente? —Ella negó con la cabeza, riéndose con amargura—. Desde que era niña, me has estado prometiendo que estaría bien cuando fuese mayor. *No* estoy bien. ¿Y ahora nos traes a todos aquí a participar en este juego, para qué? ¿Porque crees que somos como los niños de tus historias que harían lo que fuese para que nos dijeses lo que tenemos que hacer? Incluso la Isla del Reloj es falsa. No hay tormentas embotelladas, y las vías del tren no llevan a ninguna parte. *A ninguna parte.* Pero Christopher es real. Él me importa un millón de veces más que cualquier libro, que cualquier juego. Y no le voy a decir que tiene que esperar hasta que sea mayor para ser feliz. Va a ser feliz ahora, incluso aunque me mate hacerle feliz.

Lucy se giró sobre sus talones y dejó a Jack solo en su estudio.

Olvídale. Olvídalo todo.

Todo lo que tenía que hacer era llegar a Portland. Alquilaría un coche y conduciría hasta Nuevo Hampshire o hasta Boston, donde quiera que los aviones pudiesen despegar. Tenía su tarjeta de débito. Claro que tendría que gastarse la mitad de sus ahorros para alquilar un coche y el billete de avión, pero le era humanamente imposible quedarse aquí, al otro lado del país, mientras Christopher estaba en Redwood, asustado y solo. La imagen de él en su dormitorio en la casa de los Bailey recogiendo la poca ropa y los libros que tenía y metiéndolo todo en bolsas de basura le hacía querer vomitar.

Seguro que la tormenta no era tan mala, al menos podría llegar a Portland esa noche. Mientras echaba todas sus cosas sin ningún sentido en la maleta, miró a través de la ventana y vio que había algunos barcos en el mar. No era un huracán, ni siquiera una borrasca. Tan solo era una tormenta. Correría hasta el muelle y vería si podía tomar prestado algún bote. Sean tenía una lancha motora, y ella había aprendido a conducirla cuando salían juntos. Una lancha serviría, o una barca de pesca. Incluso se subiría a un bote de remos si era su única opción. Tomar prestado primero, disculparse después. Jack lo entendería.

Con sus cosas recogidas, tomó el abrigo de Hugo y se lo puso, bajó las escaleras hacia la puerta principal y salió bajo la lluvia. Era una lluvia fría, rápida y torrencial, pero no le importaba. Estaba decidida, volvería a California mañana por la mañana y nadie podría detenerla.

Lucy agachó la cabeza y caminó contra el viento. Por mucho que tensase el cordón de la capucha no conseguiría que esta no se le cayese. No importaba, se mojaría.

El muelle estaba frente a ella. Podía ver dos luces al final, pero los barcos ya se habían marchado. Por supuesto. Era de noche. Todo el personal de la casa había vuelto a tierra.

Tenía que haber más barcos en alguna parte. Era una isla propiedad de un hombre que valía millones de dólares. ¿Dónde estaba el cobertizo para botes?

Lucy examinó la playa, pero no vio nada; entonces se asomó entre los árboles, que se balanceaban con el viento, y vio un pequeño edificio de piedra. Quizás era eso. Volvió a cargar con la maleta por el camino y tomó el desvío por el bosque que llevaba al edificio de piedra.

Cuando estuvo lo suficientemente cerca, se dio cuenta de que no era un cobertizo para botes, sino un pequeño almacén que había detrás de la cabaña de Hugo. Pero él le podría decir dónde encontrar un bote.

Llamó a la puerta, aporreándola.

—¿Hugo? —le llamó—. ¡Hugo, soy Lucy!

Él abrió la puerta, con el teléfono en la mano. Estaba hablando con alguien pero no parecía sorprenderle que estuviera allí.

—Te llamo luego —dijo, y se metió el teléfono en el bolsillo de los vaqueros. Hugo debía de acabar de salir de la ducha. Tenía el pelo mojado y los pies descalzos.

—Hugo, por favor, necesito llegar a Portland.

—No, esta noche no. —Alargó la mano y la agarró del brazo, después la arrastró al interior de su casa. Debía de estar hablando con Jack por teléfono.

—Suéltame —exigió ella, tirando del brazo para zafarse de él.

Empezó a girarse, a abrir la puerta, cuando Hugo dijo algo que la detuvo.

—Esto no es lo que Christopher querría que hicieras, y lo sabes.

Capítulo veintiuno

A Lucy le ardía el pecho por la rabia. Negó con la cabeza, sin poder creerse lo que acababa de oír.

—No tienes ni idea de lo que Christopher quiere o no. No le conoces, y a mí tampoco.

Hugo no se dejó amedrentar.

—Sé que tú quieres adoptarle. Sé que necesitas el dinero. Y sé que te hace falta un milagro para conseguirlo, tú misma lo dijiste. Bueno, aquí está tu milagro. —Extendió los brazos para señalar la Isla del Reloj, que ella estaba aquí, que estaba de pie en medio del milagro—. Solo quedan dos días, el juego aún no ha acabado. ¿Por qué rendirse ahora?

—¿El juego? ¿El mismo que voy perdiendo?

—Vas un punto por detrás.

—¿A quién le importan los puntos? —estalló Lucy—. Tengo que volver con Christopher. Estará muerto de miedo ahora mismo. Sé que lo está. Me necesita.

—Te quiere a su lado ahora. Te necesita para siempre. Puedes estar a su lado como quiere ahora si te marchas, o puedes darle lo que necesita al quedarte y ganar este estúpido juego. Y puedes ganar. Cualquier idiota puede ganar los juegos de Jack. Obviamente. —Se señaló.

Ella soltó una carcajada aguda y repentina, y después rompió a llorar.

—Lucy… —Suavemente, Hugo le puso las manos sobre los hombros.

—Tengo que irme —dijo entre llantos—. No puedo estar aquí mientras él está allí solo. No sabes lo que es ser un niño sentado completamente solo en una sala y saber que nadie va a venir a ayudarme.

—¿*Ayudarme*? —preguntó Hugo con gentileza.

—Quise decir «ayudarte». «Ayudarle». Sabes a lo que me refiero.

—No —dijo—. Cuéntame la verdad. ¿Quién se suponía que tenía que ir a ayudarte?

Lucy le dio la espalda, con las manos sobre la cabeza.

—Pensaba que mi hermana se iba a morir —explicó—. Le había subido mucho la fiebre así que se la llevaron corriendo al hospital. No tenían tiempo de llamar a una niñera para que viniese, por lo que me llevaron con ellos y me dejaron en la sala de espera del hospital. Sola. —Le miró fijamente a los ojos—. Tenía solo ocho años. Me dejaron sola durante horas. Nadie vino a por mí, ni siquiera se pasaron para ver cómo estaba, ni para decirme si Angie seguía viva o no.

Hugo la estrechó entre sus brazos, pero ella no podía devolverle el abrazo. Mantuvo sus brazos cruzados sobre el estómago.

—Pensaba que iban a dejarme allí para siempre. Cuando tienes ocho años y tus padres no te quieren demasiado piensas ese tipo de cosas.

Sorbió y soltó una pequeña carcajada.

Hugo le tomó la barbilla, obligándola a mirarle.

—¿De qué te ríes?

—Esa fue la noche que empecé a leer los libros de *La Isla del Reloj*. Había uno de los libros dentro de un cesto lleno de libros para colorear. Creo que ese libro fue la razón por la que, ya sabes, no perdí la esperanza aquella noche. Porque por fin tenía a alguien haciéndome compañía. ¿Y sabes qué? Mis padres nunca vinieron a por mí.

Fueron mis abuelos quienes vinieron a recogerme para llevarme con ellos a su casa. Mis padres ni siquiera bajaron a darme un beso de despedida y nunca volví a vivir con ellos o con Angie después de aquello, solo les visitaba de vez en cuando, aunque tampoco era que ellos actuasen como si quisiesen verme. —Salió de entre los brazos de Hugo—. No tienes ni idea de lo que se siente al estar solo y asustado cuando eres tan pequeño, sabiendo que nadie va a ir a salvarte.

La mirada de Hugo le suplicaba sin tener que decir nada.

—Llámale, Lucy. Pregúntale a Christopher si quiere que te marches. Me apuesto cada céntimo que tengo a que él querrá que te quedes y sigas jugando.

—No puedo llamarle. A él... —Se le quedó trabado un nuevo sollozo en la garganta—. Le dan miedo los teléfonos.

Él frunció el ceño, confundido.

—¿Qué quieres decir?

—El teléfono de su madre no paraba de sonar y de vibrar una mañana. Sonaba y vibraba una y otra vez, incesantemente. Nadie respondía a las llamadas. Christopher fue a responder y entonces los vio, a su madre y a su padre, muertos, y el teléfono no paraba de sonar porque el jefe de su madre quería saber si iba a ir a trabajar en algún momento.

—Mierda. —Hugo hizo una mueca de dolor.

—Ahora le aterran los teléfonos —dijo Lucy—. Por eso no le puedo llamar. No le puedo preguntar qué es lo que quiere, lo único que puedo hacer es estar a su lado. Tengo que irme con él.

Se giró, dispuesta a marcharse, pero Hugo se interpuso en su camino. Alzó las manos sobre la cabeza, indicando que se rendía.

—Escúchame —le pidió—. Te ayudaré. Pero lo digo en serio, no puedes irte esta noche. Yo no me atrevería ni a ir andando a casa de Jack con esta tormenta, mucho menos saldría a navegar. Te ahogarás, Lucy. ¿Cómo se sentiría Christopher si te perdiese a ti también?

Ella dejó caer la cabeza. Las lágrimas le corrían por las mejillas. Sabía que Hugo tenía razón, y Jack también. Las ramas de los árboles golpeaban la casa de Hugo, arañando las ventanas, rompiéndose, quebrándose, cayendo. Podía oír el rugido furioso del océano.

—¿Cuándo le trasladan? —La voz de Hugo era calmada, firme, como si estuviese hablándole a un caballo asustado que estuviese a punto de salir corriendo.

—En cuanto se acaben las clases —respondió Lucy—. Así que va a ser el viernes por la tarde. O a lo sumo el sábado por la mañana.

—Mañana todavía es miércoles, ¿vale? Tienes tiempo. Cuando pase la tormenta mañana por la mañana, y estemos seguros de que puedes abordar un vuelo a casa para llegar sana y salva. —Hugo señaló la ventana que daba hacia el puerto al otro lado del mar—. Yo mismo te llevaré al aeropuerto. Estarás de vuelta en Redwood mañana por la noche. A salvo. Si intentas irte ahora, no llegarás a casa, nunca.

Ella se mordió el labio inferior.

—Estás siendo un poco melodramático.

—Le dijo la sartén al cazo.

Ella soltó otra carcajada.

—También estás siendo un poco sarcástico.

—El sarcasmo es mi lengua materna. Ahora, ¿me prometes que ya has terminado con esta locura o tengo que atarte al muelle con una soga? Sé cómo hacer el nudo del clavo y el nudo marinero y, confía en mí, ninguno de ellos es muy cómodo cuando lo tienes atado a la cintura.

—Vale —se rindió—. Pero solo si me juras que de verdad me llevarás al aeropuerto cuando pase la tormenta.

Él respiró hondo.

—Te prometo que *si* todavía quieres marcharte cuando la tormenta haya pasado, te llevaré a cualquier aeropuerto que esté en un radio de trescientos kilómetros. ¿Trato hecho?

Aún seguía queriendo huir. Se giró, observó la puerta que tenía a su espalda. ¿Podía confiar en él? No le había dado ningún motivo para no hacerlo...

—Lucy —la llamó Hugo con delicadeza—. Por favor. Jack ya ha perdido a uno de sus niños. Perder a otro le mataría. Créeme cuando te digo que tu cuerpo no sería el primero que arrastra la marea hasta la Isla del Reloj.

Dos hombres hay en la isla que culpan al mar...

Lucy se volvió para mirarle. Él le estaba sonriendo con tristeza.

—Bien —accedió a regañadientes—. Me quedaré hasta por la mañana.

Hugo juntó las manos, dando una palmada.

—Gracias —dijo, aliviado—. Te recomendaría que esperases a que la tormenta amainase un poco antes de volver a la casa. Toma asiento. —Le quitó el abrigo, su abrigo, y lo colgó en el perchero. Ella se sacó los zapatos, los que él le había regalado, y los dejó junto a la puerta. La invitó a que entrase en el salón, encendió la chimenea, y las llamas iluminaron la sala con haces rojos, naranjas y azules, y calentaron su piel helada. Se quedó de pie, de espaldas al fuego, mientras Hugo desaparecía por una puerta.

Una vez sola, sacó su teléfono móvil y le escribió a Theresa una respuesta a su mensaje.

Dile a Christopher que volveré a casa tan pronto como pueda. Está diluviando aquí, pero debería poder subirme a un avión mañana por la mañana.

Theresa debía de estar esperando su mensaje porque respondió inmediatamente.

No tienes que volver a casa. Yo me aseguraré de que le veas este fin de semana. Quédate y termina el juego. Es lo que él querría.

Lucy observó la pantalla, sin saber qué responder, así que se limitó a guardar su teléfono.

Hugo regresó con una pila de toallas.

—Toma —dijo, entregándole una. Ella se la pasó por el rostro y por el cabello. No quería ni pensar qué aspecto tendría. Probablemente el de alguien que había perdido la cabeza.

—¿Quién era ella? —preguntó Lucy. Se envolvió con una toalla seca—. ¿O se supone que no tengo que saberlo?

Él se sentó en la mesita, frente a ella, mientras Lucy se arrimaba más a la chimenea, buscando su calor.

—¿Has resuelto el acertijo?

—Dice que dos hombres perdieron a «una» esposa y a «una» hija. No a «su» esposa ni a «su» hija. Podría ser la esposa de cualquier otro y la hija de otra persona a las que perdieron.

Hugo asintió.

—Eres lista.

—Soy maestra. Eso es todo. ¿Quién era la niña perdida?

—Se llamaba Autumn Hillard —respondió Hugo, pronunciando el nombre de la niña como si estuviese cubierto de polvo, un nombre escondido que no se podía pronunciar—. Se firmaron acuerdos de confidencialidad, y la familia no podía acudir a los medios de comunicación con su historia, así que no encontrarás nada sobre ella en internet.

A Lucy se le encogió el estómago. Un acuerdo de confidencialidad.

—¿Hubo una demanda? ¿Contra Jack?

Él se cruzó de brazos sobre el pecho.

—Jack es Jack, ya lo sabes. Por eso es tan sencillo quererle. Y por eso también es tan irritante.

Le daba miedo incluso preguntarlo, pero tenía que hacerlo.

—¿Qué pasó?

—El día que le conocí, Jack me contó la primera regla de la Isla del Reloj: *Nunca rompas el hechizo.*

—¿El hechizo?

Él se encogió de hombros.

—Los niños creen que Jack es el Mastermind. Piensan que la Isla del Reloj es real. Creen que si le piden sus deseos, él los hará realidad. Hace siete años, Autumn le escribió una carta a Jack. Le contaba cuál era su deseo: que su padre dejase de entrar en su cuarto por las noches.

—Dios mío… —Lucy se tapó la boca con la mano.

—No quieres saber cuántas cartas recibe de ese estilo.

—No, probablemente no. —Se retiró la mano—. ¿Qué pasó?

—Vivía en Portland, así que él pensó que podría ayudarla. Ayudarla de verdad. No hacer lo típico de escribirle de vuelta y animarla a que le contase lo que estaba pasando a algún adulto en el que confiase plenamente. Todas esas cartas se las entregaron a las autoridades, pero es difícil que la policía investigue una acusación hecha en la carta de una admiradora. —Hugo se masajeó la nuca. Se notaba que era una historia que no quería contar—. Él la llamó.

—¿La llamó?

—Ella le había escrito su número en una de sus cartas. Jack la llamó y ahí fue cuando todo se salió de control. Él no puede evitarlo, ya lo sabes, su propio padre era un absoluto tirano. Nuestro Jack es un osito de peluche hasta que le muestras a un niño con problemas, entonces ves cómo el osito de peluche se transforma en un oso salvaje. —Hugo sonrió. Pero la sonrisa desapareció rápidamente—. En algún punto de su conversación, él le dijo algo como: «Si tan solo tuviese un deseo, lo usaría para traerte a la Isla del Reloj, donde estarías a salvo conmigo, para siempre».

Ahora todo tenía sentido.

—Ella le creyó.

—Así fue. Pensó que si podía llegar a la Isla del Reloj, se podría quedar a vivir con él. Hizo lo mismo que tú: colarse en un ferri, pero ese día el ferri no pasaba por la Isla del Reloj, así que cuando nadie miraba, saltó al mar e intentó nadar hasta la isla. —Se quedaron mirándose fijamente—. Jack solía dar un paseo por la playa todas las mañanas antes de desayunar. Dejó de hacerlo a partir del día en el que encontró el cadáver de la niña en la playa Cinco en punto.

Lucy se había quedado sin palabras.

Hugo siguió contando la historia, rápido, como si se estuviese quitando una tirita.

—La familia amenazó con demandarle, acusaron a Jack de ser un pedófilo. Irónico viniendo de ellos, ¿verdad? Pero, como he dicho, la policía no pudo investigar mucho a partir de una carta escrita por una niña muerta. Los abogados de Jack les pagaron por su silencio. No sé la cifra exacta, pero creo que fueron varios millones de dólares, y todos firmaron varios acuerdos de confidencialidad. Jack se volvió un fantasma en aquel entonces. Puede que si no hubiese sido así habría luchado, pero después de aquello, dejó de escribir, dejó de pasear por la playa, dejó de vivir. Fue entonces cuando regresé a la isla.

La historia era mucho peor de lo que ella se había imaginado. Se había convencido de que Jack Masterson había tenido un ictus y que por eso había dejado de escribir. O que había decidido jubilarse joven y disfrutar del dinero que había ganado, o que quizá se había cansado de escribir libros infantiles y había empezado a escribir libros para adultos bajo un pseudónimo o algo así. Nunca habría podido imaginarse que había participado involuntariamente en la muerte de una niña con sus deseos, y que habría tenido que pagar a un pederasta por ello.

—No puedo creer que les pagase millones —dijo Lucy.

—Si te estabas preguntando por qué odia tanto a los abogados...

—Si se hubiese sabido esto...

Hugo asintió.

—Le habría arruinado.

La historia habría sido sórdida, enfermiza, siniestra. Un escritor famoso de libros infantiles acusado de atraer a una niña pequeña a su isla privada. La carrera de Jack nunca se habría recuperado de ese golpe.

—Pobre Jack —dijo finalmente Lucy. Deseaba poder hablar con él en ese momento, decirle cuánto lo sentía y darle un abrazo.

Hugo se levantó.

—Ahora ya sabes por qué llevo viviendo aquí los últimos seis años. Alguien tenía que vigilarle, asegurarse de que no se lanzase al mar. Y hubo unos cuantos días en los que literalmente tuve que evitar que se lanzase.

Lucy le dedicó una pequeña sonrisa.

—Gracias por haber hecho eso por él.

—Él hizo lo mismo por mí. —Hugo le quitó la toalla que se había pasado sobre los hombros y le golpeó en el brazo suavemente con ella—. Ahora, ¿ya has conseguido secarte y entrar en calor?

—Entrar en calor, sí. ¿Seca? Ni por asomo. Supongo que los hombres con pelo corto no suelen tener un secador a mano, ¿no?

—No —dijo—. Pero los artistas, sí.

Hugo fue a buscar su secador. Ella observó el objeto y luego le miró a él.

—Espera. ¿Pintas con un secador de pelo? —preguntó. El secador estaba cubierto de cientos de pequeñas manchas de pintura de todos los colores del arcoíris.

—Si necesito secar la pintura acrílica el doble de rápido, se puede usar un secador de pelo. Un pequeño secreto del oficio.

—¿Por qué necesitarías que la pintura se secase tan rápido?

—¿Porque se supone que tendría que haber enviado ese cuadro el día anterior? —Intentó parecer culpable, aunque sin éxito—. Según Jack, las fechas de entrega son como las fiestas: uno siempre debe llegar elegantemente tarde. Es muy fácil para él decirlo, es tan rico como el rey Midas; en cambio, nosotros, los lamentables plebeyos, llegamos cinco minutos antes y rezamos para que no nos echen.

Sonriendo —Hugo se sentía aliviado de volver a verla sonreír—, Lucy le quitó el secador de las manos, y se fue hacia el baño con la maleta en la otra mano. Mientras tanto, Hugo se metió en el vestidor de su dormitorio y llamó a Jack.

—¿Está allí? —le preguntó Jack en cuanto contestó la llamada.

—La tengo. Le di un pequeño tirón de orejas y se calmó. Aunque no estoy seguro de que vaya a ser así por mucho tiempo.

Él solo la había convencido de que se quedase hasta que fuese seguro ir a Portland, no el resto de la semana.

—Distráela con algo. Hazla que te ayude con un proyecto.

—¿Distraerla con un proyecto?

—Siempre funciona —dijo Jack.

—Haré lo que pueda. Y tú… —Odiaba lo que estaba a punto de preguntarle, pero tenía que saberlo—. ¿Me juras que no has tenido nada que ver con esto? Porque si les dices a todos que se tienen que enfrentar a sus…

—Nunca metería a Christopher o a cualquier otro niño en este juego.

—Si no es esto, ¿qué tienes preparado para Lucy?

La respuesta de Jack le cabreó tanto como Hugo había esperado.

—Nada demasiado siniestro.

—Si le haces daño…

—¿Qué? ¿Me darás un puñetazo en la nariz? ¿Me retarás a un duelo?

—No te vayas por las ramas —le regañó Hugo—. Solo te estoy diciendo que está un poco frágil ahora mismo.

—Te gusta esa chica, ¿verdad? —Jack sonaba insoportablemente encantado consigo mismo, como si lo hubiese tenido planeado desde el principio—. Tienes mi aprobación.

—No he pedido tu aprobación.

—Pero la tienes igualmente.

Hugo le ignoró.

—Deberías saber que le he contado lo de Autumn. No he tenido elección. Estaba angustiada, Jack.

—Está bien. Necesitaba saberlo. —Jack permaneció en silencio por un momento—. Hijo, intenta que se quede al menos un día más, por favor, hay alguien que viene mañana que quiero que conozca.

—¿Quién?

—Eso es cosa mía saberlo y tarea de Lucy descubrirlo.

Capítulo veintidós

Cuando Lucy salió del cuarto de baño Hugo había desaparecido.

—¿Hugo?

—¡Venid aquí! —la llamó desde el fondo del pasillo.

Confundida e intrigada, siguió el sonido de su voz.

—¿Venid aquí? ¿Quién dice «venid aquí»? —respondió.

—Yo. ¿Vienes o qué?

Ella llegó hasta una puerta entreabierta que debería de dar a un dormitorio, pero cuando la empujó para abrirla del todo, se encontró con el estudio de Hugo.

—Vale, ya estoy… Guau. —Eso fue todo lo que pudo decir. Lucy estaba de pie en la entrada, mirando fijamente la sala antes de poner un pie dentro. En ese instante se sintió como si estuviese dentro de *El mago de Oz,* cuando Dorothy viaja del Kansas en blanco y negro al Oz lleno de color. Cada pared estaba cubierta, del techo hasta el suelo, de montones de cuadros, y las telas que cubrían el suelo estaban llenas de manchas de todos los colores del arcoíris. Unas cuantas mesas tenían montañas de cuadros sobre ellas, pinceles, frascos con agua y pociones mágicas, o eso le pareció. Una antigua estantería de metal estaba llena de lo que parecían cientos de cuadernos de bocetos usados. Incluso estos estaban cubiertos de pintura.

Lucy tenía que preguntarlo.

—¿Es que te colocas en medio de la sala y lanzas pintura a las paredes cuando estás aburrido?

—Sí.

Hugo estaba arrodillado en el suelo junto a un montón de lienzos.

—¿Todo está relacionado con la Isla del Reloj?

—Más o menos. Quitando lo que va para organizaciones benéficas, he guardado cada uno de los bocetos, cada una de las fotografías, cada ilustración para las portadas, cada maldita nota que Jack me ha escrito con respecto a las ilustraciones.

Despegó una nota adhesiva amarilla de detrás de un lienzo y se la mostró.

Lucy la tomó y leyó en voz alta:

—*Da miedo oooooohhhh, no da miedo ¡AHH!* —decía—. No es de mucha ayuda.

—Dímelo a mí.

Le devolvió la nota a Hugo, aunque le habría gustado quedársela de recuerdo.

—Todo está aquí o en un almacén en Portland —continuó Hugo—. Digamos que la editora de Jack me dejó bien claro hace años la importancia histórica y literaria de... todo *esto*. —Barrió la sala con la mano.

—¿Y los tienes todos apilados contra la pared? ¿En vez de plastificarlos? ¿O metidos en cajas?

—Solo necesito mantas —dijo—, y un deshumidificador muy bueno.

Hugo echó algunas mantas sobre las pilas de cuadros.

—Ah, hay té y pastas.

Lucy se acercó a una mesa que no estaba cubierta de pintura.

—¿Pastas? Esto parecen galletas.

—Voy a enseñarte a hablar con propiedad —dijo—. Las galletas son pastas. Vuestros bollitos son *scones,* pero en mi país nos los comemos con nata y mermelada, no con salsa de carne. La salsa es solo para la carne, no para los bollos.

—Eso lo puedo entender. —Lucy tomó la taza. Estaba caliente en contraste con sus manos heladas. Paseó por la habitación, como si estuviese en la galería más pequeña y extraña del mundo.

—También tengo tarta de queso, que en Inglaterra la llamamos… tarta de queso.

—¿Cocinas?

—Jamás. La robé de la cocina de Jack. —Tomó su propia taza de té del suelo y se levantó—. Soy el peor invitado del mundo. ¿Funcionaba el secador?

—Perfectamente. Todo seco. —Se revolvió el pelo juguetonamente—. Gracias por haberme prestado tu, mmm, ¿secador de cuadros?

—Puedes devolverme el favor ayudándome con esto. —Hizo un gesto para señalar los lienzos que había apoyados contra la pared y apilados en un carrito—. En resumidas cuentas, mi exnovia trabaja en una galería de arte y quiere algunos cuadros de las portadas de *La Isla del Reloj*. Ayúdame a elegirlos. Necesito cinco.

—¿Quieres que te ayude a elegir los cuadros para una exposición?

—A nadie le gustan los mismos que a mí, así que necesito una opinión imparcial.

Halagada, Lucy dejó la taza a un lado y se acercó a Hugo.

—No sé cómo puedo ser imparcial porque adoro todas tus obras por igual.

—Vale —dijo—. Le enviaré esta.

Sostuvo un cuadro de la portada de *Noche oscura en la Isla del Reloj*.

—No, ese no. —Señaló con la mano el cuadro en blanco y negro—. Demasiado oscuro.

Hugo se rio y dio un paso atrás.

—Veamos qué puedes hacer, entonces.

Lucy se arrodilló sobre la tela que cubría el suelo. Por suerte, la pintura llevaba bastante tiempo seca. Lentamente, observó todos los cuadros; cada uno correspondía a un libro, cada uno era un recuerdo.

Los piratas de Marte contra la Isla del Reloj
Noche de los duendes en la Isla del Reloj
Calaveras y trampas
El cuervo mecánico
El guardián de la Isla del Reloj

Adoraba todos esos cuadros, y todos los niños a los que les gustase *La Isla del Reloj* estarían encantados de ver unas portadas así: pintadas en lienzos enormes en los que podías admirar hasta los detalles más pequeños.

—¿Te puedo hacer una pregunta personal? —dijo Lucy, examinando otra pila de cuadros.

—Puedes hacérmela. Pero no te prometo responderla.

—¿Esta exnovia que trabaja en la galería es la primera dueña de las botas de montaña que me diste?

—Piper —dijo—. Es esta.

Descolgó un pequeño retrato de la pared, un cuadro de una mujer preciosa de cabello negro. Parecía una sirena sacada de una película, como Elizabeth Taylor. Lucy deseaba no haberlo preguntado; en comparación, ella se sentía como una Jane simplona.

—*Dos hombres hay en la isla* —dijo, mirándole fijamente a los ojos—. Sé la respuesta a la muerte de la hija. ¿Supongo que ella es la esposa que perdiste? Si es la esposa de otra persona, supongo que debe de haberse casado.

Hugo volvió a colgar el pequeño lienzo en la pared.

—Por aquel entonces yo quería que fuese mi esposa. Trabaja en una de mis galerías favoritas de Nueva York.

Fue allí donde nos conocimos. Cuando me mudé de vuelta a la isla para mantener vigilado a Jack, ella vino conmigo. —Hizo una pausa—. No creo que ninguno de los dos nos diésemos cuenta entonces de todo el tiempo que tardaría Jack en salir de su depresión. Y la vida en la isla no es para todo el mundo. Se las apañó para quedarse seis meses aquí antes de no poder soportarlo más, odiaba estar tan aislada. Entre ella y Jack, elegí a Jack. —Volvió a descolgar el cuadro y lo puso en un montón en el suelo, como si estuviese cansado de verlo todos los días—. Ahora está felizmente casada con un cirujano veterinario y tiene una niñita preciosa. Y yo me alegro muchísimo por ella.

—¿Más sarcasmo?

Al principio no respondió.

—No —dijo entonces—. La vi hace poco, y todo había desaparecido. La ira. El amor, el deseo, todo, se había ido. Me alegraba por ella. —Suspiró—. Es una desgracia. Trabajo mucho mejor cuando estoy triste. Pero me voy a mudar a Nueva York, así que eso debería bastar.

—¿Y cuánto pagas de alquiler aquí?

La sonrisa en su rostro le hacía tan dolorosamente apuesto que Lucy fingió volver a examinar las montañas de cuadros, esperando que él no hubiese notado su sonrojo.

—¿Has encontrado algo que te gustase? —preguntó él.

A ti, pensó, aunque no lo dijo en voz alta.

—Mmm… me gustan todos. Pero estoy intentando encontrar el de *La princesa de la Isla del Reloj*. Es uno de mis favoritos.

—Lo donamos a St. Jude junto con el de *El príncipe de la Isla del Reloj*.

—Ah. ¿Y el de *El secreto de la Isla del Reloj*? Ese es el favorito de Christopher.

—Lo donamos a… otro sitio.

Lucy le miró suspicaz.

—¿A otro sitio?

—A otro sitio.

—¿Es que no puedes decirme a dónde?

—Puedo. Pero no quiero.

—Hugo…

—La familia real tiene esta… bueno, escuela de dibujo benéfica y…

—Para. Ya te odio lo suficiente —dijo Lucy.

—No es tan impresionante. Quiero decir, no es como si estuviese colgado en el Palacio de Buckingham. Bueno, en realidad, puede que sí.

—Puedes callarte ahora.

—Iré a buscar más pastas.

—¿Me habías dicho que había tarta de queso?

Hugo puso los ojos en blanco.

—Iré a buscar la tarta de queso.

Mientras estaba fuera del estudio, Lucy se levantó para estirar un poco las piernas y se fijó en un cuadro que estaba medio oculto detrás de una estantería gris industrial. Fue hacia allí, lo sacó con cuidado y vio que era otro retrato. Reconocía ese rostro, esos ojos, esa nariz dulce.

—Ah, Davey —susurró. Lucy escuchó que su anfitrión volvía, y le miró sobre su hombro. Hugo no sonreía—. Lo siento. Estaba cotilleando.

—No pasa nada. Es un cuadro muy bueno. Es solo que… a veces quiero verle. Y otros días es demasiado duro.

—¿Puedo preguntar qué le pasó?

—A veces los niños con síndrome de Down tienen problemas cardíacos. Él fue uno de los desafortunados.

Hugo dejó dos platos con tarta de queso en la mesa de trabajo, apartando media docena de tazas y vasos manchados de pintura para hacerles hueco.

—Cuando tenía quince años, decidieron que no iba a poder sobrevivir si no le operaban. —Se quedó en silencio por un momento—. Hubo complicaciones, unos coágulos de sangre. Murió en el hospital. Mi madre estaba con él, pero yo estaba aquí, trabajando.

—Lo siento mucho, Hugo. —Le acarició suavemente el brazo, aunque él no reaccionó, sino que volvió a sacar el cuadro de su escondite. Lo colocó en el gancho donde había estado colgado el retrato de Piper—. Es un retrato precioso.

—Es fácil crear algo precioso a partir de algo precioso. —Se quedó en silencio por un momento—. Davey solía contarle a cualquier extraño con el que se topaba por la calle que su hermano ilustraba los libros de *La Isla del Reloj*. Iba a una librería con mamá y solía sacar los libros de las estanterías y pasearse por la tienda, contándole a todo aquel que quisiera escucharle que su hermano había dibujado las portadas. Una vez incluso una mujer le pidió un autógrafo. Aquello le alegró el año. —Sonrió, pero la sonrisa desapareció tan rápido como había aparecido—. Jack se portó genial cuando todo sucedió. Como una completa leyenda. Pagó por el funeral, mi billete de avión, las facturas de mi madre porque no había manera de que ella trabajase en los meses siguientes, con el golpe que había sufrido. Nos salvó.

Lucy sabía que estaba caminando por terreno pantanoso. Las heridas abiertas había que tratarlas con cuidado.

—No me extraña que te mudases con Jack cuando él estaba sufriendo —murmuró.

—Le debía tanto. Y nunca pensé que… —Miró a través de la ventana del estudio hacia el océano que había asesinado a Autumn y había apartado a Piper de su lado—. Pensé que saldría de ahí mucho más rápido de lo que lo hizo. Aún no sé si ha salido del todo o si está actuando como si fuese así para que yo pueda marcharme sin sentir que le estoy abandonando.

—Es el Mastermind, ¿recuerdas? —Lucy tomó su plato de tarta y le entregó a Hugo el otro, intentando que volviese a sonreír. Funcionó—. Puedes tratar de averiguar la respuesta todo lo que quieras, pero nunca sabrás qué es lo que tiene planeado en realidad.

—Me comeré un trozo de tarta de queso por eso. —Chocaron sus tenedores y le hincaron el diente a la tarta.

◄———)•((———►

Después de otros cuarenta minutos y unas mil calorías de más en tarta de queso, Lucy ya había seleccionado cinco cuadros de los archivos de Hugo. Él examinó sus elecciones.

—*Noche de los duendes en la Isla del Reloj* —dijo Hugo, asintiendo como si aprobase su elección—. Uno de mis favoritos.

—Ese libro me aterrorizaba cuando era pequeña. La mayoría de los libros dan miedo, pero este me asustaba de verdad.

—¿Quieres saber el oscuro secreto detrás de ese libro? —Hugo colocó el cuadro de la *Noche de los duendes* en un caballete vacío.

Lucy se levantó, se sacudió el polvo y se acercó a Hugo.

—No lo sé. ¿Quiero?

—¿Recuerdas sobre qué iba ese libro?

—Un niño llega a la Isla del Reloj para… no recuerdo para qué exactamente. —Frunció el ceño—. Ah, sí, cree que su padre es un hombre lobo y quiere encontrar una cura para salvarle. El señor y la señora de Octubre le envían en una misión a un castillo lleno de monstruos. ¿No?

—Casi —dijo Hugo—. El padre de Jack era alcohólico. Dijo que era como si se estuviese convirtiendo en un hombre lobo. Cuando era un hombre normal, estaba bien, era… humano. Cuando bebía, se convertía en un monstruo, simplemente así. —Chasqueó los dedos—. Le pegaba. Pegaba a su madre. Hace que mi padre parezca un santo. El mío solo se largó cuando decidió que ya no quería ser padre. Le rompió el corazón a mamá, pero no le rompió el brazo.

—Dios mío. —Lucy miró fijamente el cuadro, al niño en la esquina del lienzo, armándose de valor para entrar en el castillo donde se podría encontrar la cura para la enfermedad de su padre o morir en el intento—. No lo sabía. ¿Alguna vez…?

—¿Habla de ello? No. Primera regla de la Isla del Reloj: *No rompas el hechizo.* Los niños necesitan creer en el Mastermind. No necesitan saber quién se esconde detrás de la cortina.

Ella lo entendía y lo apreciaba, pero le rompía el corazón que Jack guardase tantos secretos. ¿Qué más le estaba ocultando al mundo?

Hugo siguió hablando.

—Jack me contó hace años cómo creó la Isla del Reloj una de esas noches en las que su padre se volvió un hombre lobo. Se escondió bajo las sábanas, con la mirada fija en su reloj que brillaba en la oscuridad, esperando a que pasasen las horas. Los relojes le parecían mágicos, las diez y las once de la noche eran horas peligrosas, horas del hombre lobo, pero las seis, las siete y las ocho de la mañana eran horas de los humanos. Si era el rey del reloj, podría mantener alejadas a las horas del hombre lobo. De alguna forma, el reloj se transformó en una isla, un lugar adonde los niños asustados podían ir para volverse valientes.

—Eso es lo que siempre me gustó de los libros —dijo Lucy—, incluso antes de saber que era eso lo que me gustaba. Solo sabía que si podía llegar a la Isla del Reloj, sería bienvenida allí.

No era de extrañar que Jack comprendiese tan bien a los niños, que supiese cómo escribirles para que le entendiesen. Al igual que una parte de Lucy siempre iba a estar en esa sala de espera de aquel hospital, esperando a que sus padres volviesen y viesen si estaba bien, pero sabiendo que nunca lo harían, Jack siempre iba a estar en ese castillo oscuro luchando contra monstruos para salvar a alguien a quien quería.

Ella gimió y se frotó la frente.

—Me siento como una absoluta mierda por haber regañado a Jack antes —dijo.

—No lo hagas. Necesita que le recuerden de vez en cuando que las personas no son personajes de sus historias y que no puede hacer lo que quiera con ellas. Y créeme, amor, yo he sido mucho más duro con él.

Hugo le dio un suave codazo. Ella odiaba lo mucho que le gustaba estar a su lado y realmente odiaba lo bien que sonaba cuando la llamaba «amor». Con su camiseta blanca, los tatuajes coloridos de sus brazos quedaban completamente a la vista. Cada vez que movía uno de los músculos de sus brazos, los colores bailaban y cambiaban, era como si estuviese de pie al lado de un cuadro viviente.

—¿Qué otros cuadros has elegido?

Lucy le mostró su pila. Él les echó un vistazo, asintiendo ante sus elecciones.

—Has elegido *El guardián de la Isla del Reloj*.

—¿Eso es malo? Me encanta. —Lucy tomó el lienzo y lo colocó en el caballete—. El faro y el chico de pie sobre él mirando al firmamento nocturno… —Señaló la figura masculina en la pasarela, iluminada por la luna llena—. Es tan impresionante. Tan misterioso.

—Jack dijo que era su favorito. No entiendo por qué.

—Puedo adivinarlo.

Hugo la miró, enarcando una ceja.

Lucy le dio un codazo suave.

—Mira a tu alrededor —dijo, señalando todos los montones llenos de recuerdos en su estudio—. Todos los cuadros de *La Isla del Reloj*, los bocetos, las notas, los mensajes, todos los archivos que tienes aquí...

—¿Y?

—*Tú* eres el guardián de la Isla del Reloj, Hugo —dijo—. Si ama esta portada es porque te ama a ti.

Hugo apartó la mirada.

—Necesitará a otro guardián cuando me vaya.

—¿Puedo solicitar el puesto?

La fulminó con la mirada, pero tenía un brillo extraño en los ojos.

—Buitre. Aún no se ha enfriado el cadáver.

—Pues date prisa en enfriarte —dijo—. Necesito una casa.

Él le señaló el rostro con el dedo, después le dio un golpecito en la nariz.

Lucy soltó un grito ahogado, fingiendo sorpresa.

—Te lo merecías —repuso.

—No me arrepiento de nada.

—Fuera —dijo—. O no habrá más pastas para ti.

A regañadientes, Lucy se marchó de su estudio maravillosamente manchado de pintura. Volvió al salón y se quedó de pie frente a la chimenea. Estaba calentándose las manos cuando su teléfono vibró en el bolsillo trasero de sus vaqueros. Lo sacó. Otro mensaje de Theresa.

Por favor, quédate y termina el juego. Te prometo que yo cuidaré a Christopher. Él nunca se lo perdonaría si te rindieses por su culpa.

—¿Va todo bien?

Lucy alzó la mirada. Hugo estaba de pie en la entrada del salón, con el ceño fruncido de preocupación.

—Mi amiga Theresa acaba de mandarme un mensaje suplicándome que me quede y termine el juego. No sé qué hacer. Jack dijo que existía la probabilidad de que no ganase nadie, y si es tan imposible...

—No es imposible. Jack hará muchas locuras, pero no haría que todos fracasaseis. Mira, yo no debería haber ganado mi concurso, debería estar trabajando en un estudio de tatuajes de mala muerte en Hackney, intentando que no me apuñalasen cada noche al volver a casa. En cambio, aquí estoy. —Señaló la sala con un ademán—. Esta casa, este sitio, mi carrera... —Se acercó, y se quedó frente a ella—. No puedo obligarte a quedarte toda la semana y a terminar el juego, pero te puedo prometer esto: si te marchas sin haberlo terminado, te preguntarás el resto de tu vida qué podría haber pasado. Y, créeme, podría pasar algo maravilloso.

—Pensaba que estabas roto —dijo.

—Yo también lo pensaba. —Alzó las cejas y las manos—. Pero una mujer muy sabia me dijo hace poco que soy un mentiroso de mierda.

Lucy suspiró.

—Puede que sí, pero también tienes razón. No necesito arrepentirme de nada más. Ya tengo suficientes arrepentimientos para toda una vida.

Hugo la sonrió antes de volver a desaparecer en su estudio.

Lucy le envió un mensaje a Theresa diciendo que iba a quedarse y a jugar.

Theresa respondió: *¡¡Y a ganar!!*

Y a eso Lucy solo pudo responderle: *Ese es mi deseo.*

Capítulo veintitrés

Después de haber convencido a Lucy para que se quedase, Hugo regresó a su estudio a escondidas y volvió a llamar a Jack. Aunque era tarde y hacía rato que había pasado la medianoche, Jack respondió a la llamada.

—Tu malvado plan para distraerla ha funcionado. Ha decidido quedarse —dijo Hugo en cuanto descolgó—. Va a terminar el juego.

Jack suspiró aliviado tan fuerte que el sonido hizo temblar el oído de Hugo.

—Buen trabajo, hijo.

—La acompañaré de vuelta a la casa ahora.

—Aún está…

De repente, el ambiente en la habitación cambió, se extendió un extraño silencio sordo y después llegó la oscuridad.

—O no —se lamentó Hugo. Oyó como Lucy soltaba un pequeño grito sorprendida cuando se fue la luz.

—Bajad las escotillas —ordenó Jack—. Os veré a ambos por la mañana. Si es que seguimos aquí.

—¿Crees que no pasará nada si Lucy se queda aquí conmigo esta noche? No me gustaría que la acusasen de hacer trampas porque… ya sabes.

—¿Porque os estáis haciendo ojitos?

—Porque somos amigos.

—Hugo, mi niño, no podrías ayudarla a ganar los dos próximos retos ni aunque lo intentases. —Colgó la llamada.

Hugo fue a ver cómo estaba Lucy. Ella accedió a quedarse a pasar la noche en su cabaña, ya que era lo más seguro. Él la dejó a salvo en el salón junto a la chimenea mientras iba a buscar mantas y provisiones. Las almohadas más cómodas, las mantas más acolchadas, incluso una vela o dos. ¿Cuánto tiempo había pasado desde la última vez que había estado una noche entera con una mujer? Demasiado. No debería de estar disfrutando de esto tanto como lo estaba haciendo. Lo achacó a que era una novedad y a la soledad. Y tampoco estaba mal eso de que se le llenase el estómago de mariposas cada vez que Lucy sonreía en su dirección.

Cuando regresó al salón, Lucy había azuzado el fuego, que calentaba e iluminaba más la estancia, y ella estaba sentada sobre un cojín en el suelo a la luz de las llamas. Él tomó otro cojín y se sentó a su lado para entrar en calor.

—Almohadas y mantas en abundancia —dijo—. Al menos, esta noche no morirás congelada.

Lucy le estaba mirando como si tuviese algo en la cara.

—¿Qué? —preguntó él.

—No te lo tomes a mal —dijo Lucy—, pero estás raro sin tus gafas.

Se había olvidado de que se las había quitado en el baño cuando se había lavado los dientes a la luz de la linterna.

—Lo siento. Iré a buscarlas. Soy plenamente consciente de que estoy más guapo con la cara escondida.

Ella apretó los labios y le miró fijamente.

—Quiero decir que estás raro pero para bien. Pareces más joven.

Él alzó las cejas, sorprendido.

—Sabía que debería haber elegido llevar lentillas.

Ella tomó el cuaderno de bocetos que él había dejado en el suelo junto a la chimenea.

—¿Ibas a trabajar esta noche cuando te interrumpí con mi… ya sabes, mi locura?

—No estás loca, estabas preocupada. Y no, tan solo estaba fideando —dijo.

—¿Fideando?

—Es una palabra que se inventó Davey. Fideando en vez de dibujando, porque mis bocetos parecían hechos de fideos. Era un niño divertido. —Le gustaba poder hablar de Davey, simplemente hablar de él con alguien que no se acobardaba ni le rehuía cuando le mencionaba como hacían tantos otros, como si el duelo se pegase.

—Parece que era un niño maravilloso. ¿Puedo ver tus fideos? —preguntó, sonriendo inocentemente.

Él hizo un gesto con la mano hacia su cuaderno como si con ello le dijese *por favor, adelante*.

Lucy se frotó las manos sobre su camisa, algo que él encontró dolorosamente conmovedor, porque ella no quería dejar ni siquiera una mancha sobre sus dibujos, y abrió su cuaderno por la primera página. Allí había dibujado una luna llena, con sus cráteres y todo. La circunferencia llenaba toda la página y un barco pirata con la bandera del Jolly Roger navegaba por el océano frente a la luna, con un corgi como timonel.

—¿Hay un barco pirata en el nuevo libro de Jack?

—No tengo ni idea —dijo Hugo mientras se recostaba en el cojín y extendía los pies frente al fuego—. Pero me apetecía dibujar un barco pirata capitaneado por un corgi frente a la luna llena, así que lo hice. Y pensar que hubo una vez en la que iba a convertirme en un artista serio.

—Gracias a Dios no lo hiciste —repuso ella—. No conozco a un solo niño en todo el mundo que tenga, yo que sé, un Rembrandt colgado en la pared de su cuarto, pero conozco a unos cuantos niños que tienen tus ilustraciones en las paredes de sus cuartos.

—¿De verdad?

Ella se señaló a sí misma, sin mirarle a los ojos.

—¿El póster de *La princesa de la Isla del Reloj* que venía con el libro? Lo tuve colgado sobre mi cama durante muchos años.

Hugo soltó un gemido dramático.

—Gracias. Ahora me siento viejo.

—Deberías sentirte halagado.

—Vale. Gracias. Me siento halagado. —Y de verdad se sentía halagado. Viejo, pero halagado.

Lucy siguió pasando las páginas de su cuaderno.

—Muy bonito —comentó, observando un viejo boceto a carboncillo de un cuervo con un sombrero rojo pintado con acuarelas.

—Es Thurl, pero con sombrero.

—Le queda bien —dijo. La página siguiente era un boceto a lápiz de un payaso que sujetaba su cabeza como si fuese un globo. Pasó a la próxima y enarcó las cejas. Giró el cuaderno hacia él y le mostró el dibujo a Hugo—. Ejem.

—Te dije que te dibujaría un chirri —dijo, sonriendo ampliamente. Hugo sabía que debía sentirse avergonzado, pero a veces una orquídea era solo una orquídea. Aunque claro, a veces una orquídea era…

—Parece una vulva —dijo Lucy.

—Es una orquídea del invernadero de Jack. Y en segundo lugar, culpa a Georgia O'Keeffe, no a mí; haber empezado con esa tendencia fue cosa suya.

Ella simplemente negó con la cabeza y siguió pasando página tras página.

—Son fantásticos —dijo. A Hugo se le hinchó el pecho. Como cualquier artista, tenía debilidad por los halagos, pero era más que eso. Lucy parecía tan feliz, perdida entre las páginas de su cuaderno de bocetos, sonriendo o riéndose con cada página. A él se le había olvidado lo bien que se sentía ser el motivo tras la sonrisa en el rostro de una chica preciosa.

—Ojalá tuviese algo de talento artístico —se lamentó ella—. Puedo tejer bufandas, pero eso es más una manualidad que un arte.

—*Las manualidades* son un arte que es útil —dijo Hugo—. Y no dejes que nadie te diga lo contrario. He visto colchas amish más impresionantes que muchos Picasso.

Ella sonrió pero no dijo nada mientras estudiaba un dibujo en particular durante un largo rato.

Aunque él sabía que debería estar durmiendo ya a esas horas, no quería dar la conversación por terminada. Disfrutaba de pasar tiempo con Lucy más de lo que probablemente debería.

—¿Alguna vez quisiste ser artista? —preguntó.

Ella cerró el cuaderno de bocetos y lo depositó con cuidado sobre la mesita de centro.

—No, pero sí que quería trabajar en algo relacionado con el arte. Lo más cerca que estuve fue cuando me dediqué a ser una musa medio profesional.

Él enarcó las cejas.

—¿Una musa medio profesional? ¿Cómo se puede trabajar de eso?

—Estuve saliendo con un escritor —respondió—. Él decía que era su musa. Me lo podría haber tomado como un cumplido, pero todos los personajes de sus historias eran desgraciados.

Hugo se rio suavemente mientras ella metía los pies bajo sus piernas, haciéndose más pequeña.

—¿Alguien que conozca? —preguntó.

—¿Sean Parrish?

Hugo se sentó erguido. No era que el nombre le sonase, sino que hacía saltar todas y cada una de sus alarmas.

—¿Sean Parrish? Tienes que estar de broma.

Ella hizo una mueca de dolor.

—¿Le conoces? Quiero decir… ¿personalmente?

—Jack y él pertenecieron a la misma agencia durante años, pero nunca le conocí en persona. Su reputación le precede. Tanto lo bueno como lo malo.

Lucy alzó las manos como si estuviese haciendo de balanza.

—Por una parte, es ganador de un premio Pulitzer —dijo—. Por otro lado…

—Un imbécil de manual —terminó Hugo. Y no era ni por asomo uno de sus escritores favoritos. Tras haber leído las primeras cincuenta páginas de una de sus novelas, había deseado poder cortarse con un folio y después nadar entre tiburones.

—Cierto. Así que… sí —suspiró Lucy—. Yo era su novia.

—¿Dónde narices le conociste?

—Era mi profesor en la universidad —dijo—. De escritura creativa. De cuando aún pensaba que podría trabajar para una editorial algún día. Era bastante ilusa. Pensaba que me podría presentar en Nueva York con mi título en estudios ingleses y que me diesen una oficina en una editorial desde donde trabajar. ¿Así que por qué no apuntarme a una clase de escritura impartida por un escritor famoso? Puede que me ayudase a encontrar un trabajo de lo que quería.

—¿Así que Sean Parrish se acuesta con sus alumnas? No me sorprende en absoluto. —Hugo intentó no sonar demasiado crítico, pero sabía que no lo había conseguido. Sean se parecía al resto de artistas hombres que había conocido, con un ego a la altura de su talento pero tan inseguros en secreto que se aprovechaban de los artistas más jóvenes como si fuesen vampiros alimentándose de su sangre.

—Para ser justos con él, aunque no es que se lo merezca, no pasó nada entre nosotros hasta que ya no me daba clase. Me encontré con él en un bar en Año Nuevo. Me fui con él a su casa, a su increíble apartamento, y me quedé allí tres años. Bueno, en realidad, sí que salí del apartamento, quiero decir que estuve *con él* tres años.

—Es... ¿no es más mayor que yo?

—Tiene cuarenta y pocos. Cuarenta y tres, ¿creo? Acababa de ganar el Premio Nacional del Libro con *Los desertores* cuando le conocí. Ya tenía dos libros superventas publicados y la adaptación cinematográfica de una de sus novelas cuando estábamos juntos. Me dijo que yo era su amuleto de la suerte, su musa. Pensaba que acoger a un perrita callejera a la que nadie quería o amaba hacía que el universo se inclinase a su favor, y yo era su obra de caridad.

Hugo abrió los ojos como platos.

—¿Eso te dijo? ¿Te llamaba su «perrita callejera»? Increíble.

—Le gustaba que fuese una «huérfana emocional». Así era cómo me llamaba. «Lo único peor de tener padres muertos es tener padres que bien podrían estar muertos». O algo así. Es una frase de *Las madrugadas,* o puede que sea de *Artificio,* suelo mezclar esos dos. —Apartó la mirada, observando fijamente las llamas por un momento. Su voz carecía de toda emoción cuando siguió hablando—. Él también era un huérfano emocional, o eso decía. Sus padres estaban divorciados, se drogaban, se ponían los cuernos, no tenía ningún tipo de estabilidad en su casa, y tuvo que crecer solo desde los doce años. Estábamos tan rotos que éramos el uno para el otro.

—Cita tu fuente.

—¿Qué? —preguntó ella con nerviosismo.

—Jack dice que siempre hay que citar la fuente. ¿Quién te dijo que estabais tan rotos que erais el uno para el otro? ¿Él? ¿O tú?

—Él. Y supongo que yo le creí.

Ella sonrió como si todo aquello no tuviese importancia, pero él podía ver las grietas que había en su fachada.

—Lucy… eso es una mierda de manual.

—No me malinterpretes. A veces era divertido. Fui a fiestas que se celebraron en mansiones en Martha's Vineyard, comí en restaurantes con estrella Michelín. Fui a giras europeas con él. Yo… —dijo, señalándose—, he tenido relaciones sexuales en un castillo.

—Y yo que pensaba que solo eras una maestra auxiliar de infantil —comentó Hugo, estirándose—. ¿Quién me iba a decir a mí que estaba en presencia de una verdadera musa? El sueño de cualquier artista hecho realidad. Soy un hombre afortunado.

—¿Te gustaría ver mi tatuaje?

—Más que nada en el mundo.

—No te voy a enseñar las tetas, lo prometo. —Se dio la vuelta y se levantó la camisa para mostrarle el lateral de sus costillas, donde tenía un tatuaje de unos veinte centímetros de alto de una mujer griega preciosa que llevaba un pergamino en las manos. Él se colocó de lado, acercándose a ella, y estudió los trazos del tatuaje a la luz del fuego. Quería recorrerlos con los dedos, pero si la tocaba ahora, sabía que no querría parar.

—Se llama Calíope —dijo Lucy—. Es la musa griega más importante de todas. La musa de la poesía épica.

—Por favor, dime que Sean Parrish no te obligó a hacértelo.

—Oh, no, eso fue cosa mía, aunque pensé que le gustaría ya que yo era su «musa».

Hugo lo observó de cerca, no como un hombre comiéndose el cuerpo de una mujer con la mirada, sino como un artista admirando una obra de arte.

—¿Conoces a alguien que esté buscando a una musa en paro? —preguntó, bajándose la camisa.

—Yo soy un artista moderno. —Se puso las manos tras la cabeza—. Mi musa es el miedo a la pobreza y al olvido.

Ella sonrió, pero su mirada parecía estar a kilómetros de distancia, como si estuviese recordando algo que deseaba poder olvidar.

—Tengo que romper una lanza por él. Fue la primera persona que me hizo sentir querida en toda mi vida, querida de verdad, y cuando te sientes querido por primera vez en tu vida, te das cuenta de lo muchísimo que lo habías ansiado.

Hugo captó algo en su tono de voz, como si una tristeza que llevaba mucho tiempo escondida estuviese saliendo a relucir. Se volvió a sentar y le preguntó con delicadeza:

—¿Qué os pasó?

Ella suspiró antes de empezar a hablar.

—Debería haber sabido desde el primer mes que empezamos a acostarnos el tipo de hombre que era —dijo—. Me preguntó por qué me había apuntado a su clase de escritura cuando no quería ser escritora y yo le dije que estaba pensando en dedicarme al mundo editorial algún día, conseguir un trabajo en Nueva York en una editorial de libros infantiles. Recuerdo que esperaba que dijera algo como: «Se te dará genial», o «Parece el trabajo ideal para ti». O incluso algo tan estúpido como: «Puedes hacerlo, creo en ti». Pero no, él puso los ojos en blanco, dijo que los libros infantiles no eran literatura de verdad y que debía buscar algo que no involucrase… ya sabes.

—Libros con dibujitos —terminó Hugo por ella. Había oído todas las burlas que se decían sobre su trabajo.

—Cierto, eso. Lo siento.

—No lo sientas, sé que tú no lo crees.

—No, pero no tuve las agallas para decírselo, simplemente asentí y dejé que él asesinase ese sueño. Pero podía ser encantador y divertido y sexi, y viajamos mucho, y su apartamento era genial… así que cosí todos los retazos que tenía y creé una relación con ellos. No tienes que ser feliz para convencerte de que tienes suerte, y qué suerte la mía, estaba saliendo con un escritor famoso. Entonces me quedé embarazada y todo se fue a pique.

—Oh, Lucy. —*Pobrecita*, pensó. Quería abrazarla, pero sabía que no debía.

—En el fondo siempre supe lo que significaba para él: era la mujer joven que mantenía a su lado para hacerle creer al resto que él seguía siendo joven. Pero los niños *no entraban* en sus planes. Quiso que abortase, me dijo que tenía que hacerlo cientos de veces, incluso concertó una cita sin preguntarme.

Lucy respiró profundamente.

—Y así fue como terminé en California —continuó—. Cada vez que salía de la ducha y me miraba al espejo veía ese estúpido tatuaje de la musa. Me recordaba a todo lo que había renunciado de mí misma para hacerle feliz. Si me quedaba, sabía que, con el tiempo, conseguiría desgastarme del todo. Así que, una tarde, fuimos a la fiesta de presentación de su nuevo libro en Manhattan. Yo fingí que me dolía la cabeza y volví al hotel, hice las maletas y salí corriendo. Pagué todos los billetes para la costa oeste con la única tarjeta de crédito que tenía. Una amiga de la universidad me dejó quedarme en su casa mientras intentaba ver cómo salir adelante. Un par de semanas después, empecé a sangrar.

Hugo no dijo nada, tenía demasiado miedo de decir algo equivocado.

Lucy cerró las manos en puños.

—Y yo… yo… no se lo dije a Sean. No le dije nada. En absoluto. No le dije ni siquiera dónde estaba. Tenía demasiado miedo de que pudiese convencerme de que volviese con él. Decidí quedarme, empezar de cero. Para eso está California, ¿no? Para aquellos que están huyendo, que necesitan empezar de cero. Conseguí trabajo, empecé de cero y aquí estoy aún, intentando encontrarme a mí misma.

—Lo siento mucho —dijo Hugo. ¿Qué otra cosa podía decir?

—Después de haber perdido al bebé, tenía esa vocecita en mi cabeza que me decía que puede que Sean tuviese razón cuando me decía que yo no debía ser madre.

—No —repuso Hugo tajante—. No, de ninguna manera. Estabas dispuesta a irte nadando a California solo para darle la mano a Christopher. Eso no es algo que haría una mala madre. Sean Parrish no quería tener hijos porque eso le obligaría a pensar en alguien que no era él mismo, y no se te ocurra creer ni por un momento cualquier otra cosa.

Ella alzó la mirada hacia el techo, parpadeando como si estuviese intentando evitar echarse a llorar.

—Escúchame —le pidió Hugo—. Si Davey siguiese vivo y yo tuviese que escoger a alguien para que le cuidase, confiaría en ti antes que en nadie más, incluyendo a Jack. —Se sorprendió al darse cuenta de que lo decía en serio.

Ella sonrió. Tenía la mirada brillante por las lágrimas que no había derramado.

—Eso es muy bonito, pero ni siquiera puedo cuidar de mí misma.

—Haz lo mismo que hice yo: aprovéchate de tus amigos ricos. Ahí está tu verdadero problema: no tienes amigos ricos.

Él estaba intentando hacerla reír. El fantasma de una sonrisa se extendió por sus labios.

—No importa, esa es mi historia. Fin.

—Tu historia no se ha acabado.

Ella sonrió, cansada.

—Sí, claro. Porque voy a ganar este juego, ¿no?

Hugo le tomó la cara ente las manos y la miró fijamente a los ojos. Aunque quería besarla, no lo hizo. No era eso lo que ella necesitaba en ese momento.

—Puedes hacerlo —dijo en cambio—. Yo creo en ti.

Capítulo veinticuatro

Lucy se despertó en el sofá de Hugo con el sonido de la brisa suave, el océano en calma y el delicioso aroma del café recién hecho y del pan tostado. El sol ya había salido. La luz había vuelto. Ya no tenía ninguna excusa para salir huyendo o esconderse. Se sentó en el sofá y se pasó los dedos por el pelo.

—¿Hugo? —le llamó Lucy. Él sacó la cabeza por la puerta de la cocina. Ya estaba despierto, vestido y haciendo el desayuno. Y ella estaba recordando lo cómoda que se había sentido la noche anterior con sus cálidas manos en el rostro y la intensidad de su mirada cuando le dijo que creía en ella. Alejó el recuerdo antes de sonrojarse por ello.

—Buenos días —la saludó—. ¿Cómo te gusta el café?

—Inyectado directamente en mi torrente sanguíneo —dijo.

—Iré a buscar la vía entonces. La ducha es toda tuya si quieres. Tienes toallas en el armario del pasillo.

Lucy siguió las indicaciones que le había dado pero se detuvo a examinar un expositor colgado de la pared. En su interior había una enorme moneda de oro con la imagen de un hombre montando a caballo grabada. Entrecerró los ojos para leer lo que había escrito en la moneda. Era una Medalla Caldecott, el máximo galardón que podía recibir un ilustrador de libros infantiles. ¿Hugo había ganado un

Caldecott? No se lo había contado. Sean le decía a todo el que podía que había ganado un Pulitzer.

Rápidamente, antes de que Hugo la pescase con las manos en la masa, buscó en internet el libro con el que había ganado el premio: *El mundo de los sueños de Davey*, un libro ilustrado precioso sobre un niño con síndrome de Down que cae en un mundo paralelo donde todos sus sueños se hacen realidad. Volar en avión, escalar una montaña, luchar contra un gigante... pero cuando le dan la oportunidad de quedarse, él decide volver a casa porque echa de menos a su familia. Estaba, por supuesto, dedicado a la memoria de David Reese.

La dedicatoria decía: *Para Davey, cuando hayas terminado de visitar el mundo de los sueños, no olvides volver con nosotros.*

Si no tenía cuidado se iba a enamorar perdidamente de Hugo. Ya le gustaba. Mucho. Demasiado. Y parecía que a él también le gustaba ella. ¿Por qué pensar en ello siquiera? Se marcharía en un par de días, en cuanto el juego hubiese acabado, y probablemente no le volvería a ver.

Pero si conseguía ganar el libro para Christopher, eso haría que todo valiese la pena. *Céntrate en el juego*, se recordó. *Esto no se trata de ti. Se trata de Christopher.*

Se dio una ducha, se secó con la toalla y sacó unos vaqueros y un jersey azul claro de su maleta. Hugo llamó suavemente a la puerta del baño.

—Puedes pasar —dijo—. Estoy visible.

—Qué pena —se lamentó en broma, abriendo la puerta. Estaba tan guapo con sus vaqueros, su camiseta de manga corta y ese pelo sexi de recién levantado. El corazón de Lucy se saltó un latido al verle, aunque no sabía a ciencia cierta si los corazones realmente podían saltarse latidos.

—Ha llamado Jack, dice que le gustaría verte, por favor. El «por favor» es de su parte, no de la mía. Pero igualmente, por favor. Ese sí era de mi parte.

—¿Parecía cabreado?

—Si con «cabreado» quieres decir «enfadado», no. Siempre suena un poco como si estuviese como una cabra, si me lo preguntas.

Ella suspiró y se masajeó la frente con los dedos.

—¿Tengo que hacerlo?

—Ve —dijo finalmente—. Ya sabes cómo funciona. «Los únicos deseos concedidos son los deseos de los niños valientes que siguen pidiéndolos incluso cuando parece que nadie los escucha, porque siempre hay alguien...».

—Vale, vale.

—Oye, *Hart Attack* —la llamó, sonriendo—. No tengas miedo.

Asustada pero decidida, Lucy regresó a casa de Jack. Dentro reinaba un silencio inquietante, como si no hubiese nadie más en casa que ella. Después escuchó un suave murmullo de voces que procedía de la biblioteca. Tras el día anterior, Lucy pensó que Jack estaría enfadado con ella por cómo había reaccionado, puede que estuviese planeando enviarla de vuelta a casa como había hecho con Dustin. Se había portado tan mal con él la noche anterior...

Aun así... seguía pensando que no se había equivocado. ¿Que era una exagerada y una borde? Sí. Pero no se había equivocado. Eran personas de verdad, y no se merecían que jugasen con sus vidas y con sus corazones como si fueran juguetes.

Jack la estaba esperando en el salón. Las puertas que daban a la biblioteca estaban cerradas.

—Ah, Lucy —la saludó Jack, sonriendo—. ¿Cómo estás?

Jack tenía una forma muy característica de decir «¿Cómo estás?» como si la respuesta le importase de verdad, como si fuese lo único que importase.

—Mejor —respondió ella—. Quería disculparme por haberme enfadado tanto anoche, estaba un poco...

—No le des más vueltas, por favor, ha sido una semana muy dura para ti, y me temo que se va a volver un poco más dura una vez que acabe.

—¿Más dura? —Miró de nuevo hacia las puertas de la biblioteca. Cerradas, como si hubiese alguien allí, escondido. Alguien que Jack no quería que viese aún.

Alguien a quien le tenía miedo.

—Espero que no te importe, pero he invitado a un antiguo amigo. Alguien a quien le gustaría hablar contigo, y creo que… tiene derecho a hablar contigo.

—¿Un amigo? —Lucy le observó. Entonces supo quién estaba tras esas puertas.

Era Sean. Pues claro que era él. El hombre cuyo bebé había querido tener. Jack y él trabajaban para la misma agencia. Era complicado mantenerles separados.

Jack había prometido hacerles enfrentar sus miedos. ¿Pero invitar a su exnovio a la isla? No podía creer que estuviese haciéndole esto, pero puede que él comprendiese algo que ella no alcanzaba a entender. Todo lo que tenía que hacer era entrar en esa sala, decirle lo que sucedió después de que le dejase, y todo habría acabado.

En eso consistía el juego, y Lucy tenía que jugar con sus reglas.

Abrió la puerta de la biblioteca.

Había una mujer sentada en el sofá.

¿Una mujer? ¿No era Sean?

Cuando vio a Lucy, la mujer se levantó. Al principio, Lucy no la reconoció. Entonces la mujer esbozó una sonrisa que podría iluminar el mundo entero. Dientes blancos, brillantes y perfectos. Igual que su foto en la página web de la inmobiliaria.

—¿Angie?

Capítulo veinticinco

La mujer saludó tímidamente con la mano.

—Hola, Lucy, cuánto tiempo sin verte.

El silencio se extendió por la biblioteca como la niebla mañanera. Lucy se quedó completamente paralizada, sin saber qué decir, qué hacer o cómo sentirse. De repente, lo supo. Se giró y se marchó sin mirar atrás.

—¿Lucy? —la llamó Jack cuando ella pasó a su lado—. ¡Lucy!

Llegó a las escaleras. Su instinto le decía que huyera, que fuera a su habitación y cerrase con llave.

Estaba a medio camino cuando Jack la alcanzó en las escaleras.

—Por favor, Lucy, soy viejo. No me hagas correr.

Su mano estaba aferrada a la barandilla. Sus ojos abiertos y suplicantes.

—¿Por qué, Jack? —siseó. ¿Qué más podía preguntar? ¿Por qué le haría esto a ella?

—Cinco minutos —suplicó él—. Es todo lo que te pido. Cinco minutos para explicártelo. ¿Por favor?

Todavía en estado de shock, Lucy no sabía qué responder a eso. Su hermana estaba en la planta de abajo, en la biblioteca, la última persona en el mundo a la que quería ver; le habría servido a Sean Parrish vino en una copa de oro antes que sentarse a charlar con su hermana.

—Sabes cuánto daño me hizo. Lo sabes. —Los ojos de Lucy estaban anegados en lágrimas, pero se negaba a parpadear, se negaba a dejarlas salir. Ya había derramado demasiadas lágrimas por su hermana a lo largo de su vida.

Jack puso una mano sobre su corazón.

—Mi reino por cinco minutos —pidió—. ¿Por favor?

Algo en su tono de voz, en su mirada, la hizo detenerse, la hizo darse cuenta de que su dolor le estaba haciendo daño a él también. Incluso con todo su enfado, tristeza y sorpresa recordó que sus libros la habían hecho salir adelante en los peores años de su vida. Puede que no le debiese mucho, pero podía darle cinco minutos.

—Cinco minutos —accedió ella.

—Gracias, mi querida niña. ¿Mi estudio?

Con pies de plomo, recorrió el pasillo hasta su fábrica de escritura. Volvía a sentirse como una niña, asustada e insegura. Jack le abrió la puerta y la dejó pasar, señaló el viejo sofá, el mismo donde se había sentado con trece años, pero ella negó con la cabeza.

—Me quedaré de pie —dijo.

Él no lo discutió, simplemente se sentó tras su escritorio.

—Es divertido, ¿verdad? —preguntó—. Leer sobre la gente enfrentándose a sus miedos. No es tan divertido cuando eres tú quien te tienes que enfrentar a los tuyos.

—No me da miedo Angie, la odio. Hay una diferencia.

—Reconozco el miedo cuando lo veo —dijo Jack—. Confía en mí. Lo veo en el espejo cada mañana.

Lucy le fulminó con la mirada.

—¿Qué te da miedo a ti? Eres rico, puedes comprar cualquier cosa que necesites o quieras.

—No puedo comprar tiempo. Nadie puede comprar más tiempo. Todos esos años perdidos de mi vida… no puedo volver a comprarlos. Y si pudiese comprar cualquier cosa, lo que fuese, elegiría comprar el tiempo que perdí huyendo de lo que me daba miedo en lugar de afrontarlo.

Su voz temblaba con el arrepentimiento. Lucy se hundió lentamente en el sofá.

—¿De qué te arrepientes? —preguntó. Había conseguido tantas cosas: fama, riqueza, el amor y la adoración de millones de personas...

Él se reclinó en su silla y emitió un silbido corto. Thurl Ravenscroft alzó el vuelo desde su percha y se posó en la muñeca de Jack. Él acarició el cuello grácil del ave.

—Quería ser padre —dijo. La señaló—. Seguro que no sabías eso de mí.

—No, no lo sabía. ¿Por qué...?

—Oh, ya sabes por qué. Incluso ahora es difícil que un hombre soltero, especialmente un hombre gay, pueda adoptar. Imagínate hace treinta años, cuando yo aún era lo suficientemente joven como para hacer algo tan valiente y estúpido como ser padre soltero, entonces era imposible.

—No habría sido una estupidez. Valiente, probablemente, pero no estúpido.

—Mi carrera como escritor acababa de empezar —continuó—. Y la usé como excusa para olvidar ese sueño. Por aquel entonces estaba enamorado de alguien que no me amaba, siempre se repite la misma historia. Después de aquello era famoso, y usé esa fama como excusa, de nuevo, para olvidar ese sueño. En realidad, me preocupaba que se supiese la verdad sobre mí y que los colegios prohibiesen mis libros. Y si crees que estoy siendo un exagerado, déjame recordarte que un libro monísimo sobre dos pingüinos machos criando a un polluelo es uno de los libros más prohibidos de Estados Unidos, la tierra de la libertad.

—Lo siento mucho, Jack, habrías sido un padre increíble, mucho mejor que el mío. No es que eso signifique demasiado, pero yo… Dios, yo deseaba tanto que fueses mi padre cuando era una niña. Ya lo sabes.

Él le dedicó una sonrisa triste.

—¿Hugo me ha dicho que sabes lo de Autumn?

Ella se quedó en silencio antes de responder.

—Me lo contó, pero podrías habérnoslo contado tú, lo habríamos entendido.

—Siempre he creído que los niños nunca deben preocuparse por los adultos, que hay algo que va realmente mal cuando eso pasa.

—Yo también lo creo —dijo Lucy—. Pero ya no somos niños.

—Lo sois para mí. —La sonrió—. Y Autumn… después de hablar con ella por teléfono, llamé a mi abogada. Quería que la policía abriese una investigación contra su padre. Correría yo mismo con todos los gastos si tenía que hacerlo. Viejo estúpido… pensé que podía salvarla, traerla aquí, adoptarla, yo ya la sentía como si fuese hija mía. Y entonces se murió por mi culpa y por las promesas que no pude mantener. Qué clase de padre…

—No fue culpa tuya que ella se escapase de casa en primer lugar. Tú tan solo le diste un destino a donde acudir, un lugar donde ella sabía que estaría a salvo, si tan solo conseguía llegar hasta aquí. Quiero decir, eso es lo que significa la Isla del Reloj para los niños, incluso los que nunca han venido aquí, pueden viajar a la Isla del Reloj con su imaginación. Cuando todo parecía ir mal en el mundo real, yo venía aquí en mis sueños, y eso me ayudaba.

—Eso es muy amable por tu parte, pero admito que durante años he deseado que la Isla del Reloj nunca hubiese existido, ni entre las páginas de mis libros ni como tierra bajo mis pies. Si hubiese sido así, tal vez ella seguiría estando viva.

—No desees que desaparezca la Isla del Reloj —le pidió Lucy—. Hay muchos que la necesitamos. Yo empecé a leerle los libros a Christopher la primera noche que se quedó conmigo. Se había encontrado a sus padres muertos esa misma mañana y estaba... perdido, en shock, como si fuese un zombi. Entonces saqué los libros de debajo de mi cama y empecé a leérselos. Llegamos al final del primer capítulo y le pregunté si quería que parase de leer; él negó con la cabeza, así que seguí leyendo. Al día siguiente, me pidió que le leyese otro libro sobre la Isla del Reloj. Las historias le sacaron de ese lugar oscuro donde estaba atrapado. Y a mí, y a Andre, y a Melanie, y a Dustin... Y a Hugo.

—Hugo —repitió Jack—. Te contaré un secreto, pequeña, creo que tardé tanto en recuperarme de la muerte de Autumn porque sabía que en el momento en el que volviese al trabajo, Hugo se marcharía, y perdería lo más cercano que he tenido a un hijo.

—Todavía puedes adoptar —dijo Lucy—. Nunca es demasiado tarde.

—Ah, pero tengo demasiado miedo —repuso con una sonrisa. Y un instante después la sonrisa desapareció—. La gente cree que me meto por completo en mis libros, que yo soy el Mastermind. Pero no lo soy; en realidad, no. Siempre soy el niño, siempre seré el niño, asustado pero esperanzado, soñando con que alguien pueda hacer mis deseos realidad algún día. —Sus miradas se encontraron—. A veces, lo que más deseamos en este mundo es a lo que más miedo le tenemos. Y aquello a lo que más tememos suele ser lo que nuestro corazón más ansía. ¿Qué es lo que más quieres en el mundo?

—A Christopher, por supuesto. Ya lo sabes.

—¿Y qué es a lo que más temes? Creo que ambos sabemos la respuesta, ¿no es así?

Lucy apartó la mirada, parpadeando, y las lágrimas se desbordaron de sus ojos.

—¿Qué pasa si no puedo hacerlo sola? No sé cómo ser madre —dijo finalmente—. Christopher ya ha pasado por un infierno y ha conseguido salir. No puedo fallarle, me mataría fallarle. A veces, en el fondo… creo que puede que esté mejor con otra persona.

Recordaba lo que la señora Costa le había dicho, que una vez que Lucy le confesase a Christopher que nunca podría ser su madre… se quitaría un peso de encima. ¿Y si tenía razón?

Jack la miró fijamente a los ojos. Su mirada era amable y compasiva.

—Le decimos a todo el mundo —dijo— que tienen que perseguir sus sueños. Les decimos que no se sentirán completos hasta que los consigan, que no serán felices hasta que intenten ir a por aquello que su corazón desea. Nunca nos dicen lo aliviados que nos sentimos al dejar marchar un sueño. Que es como…

—¿Quitarse un peso de encima? —preguntó Lucy.

—Como quitarse un peso, exactamente —dijo Jack, asintiendo—. Un día decidí que nunca lograría tener hijos, que iba a estar soltero y sin hijos para siempre, y que eso era una realidad. Y me desperté a la mañana siguiente y la luz del sol bailaba sobre las olas del mar y el café sabía mucho mejor que nunca. Sabía como si tuviese una cosa menos de la que preocuparme, un corazón menos que romper. Y era duce, casi tan dulce como el sabor de la victoria, la dulzura de rendirse.

Lucy observó a través de la ventana cómo la luz del sol bailaba sobre las olas por ella.

—Anoche, en la cabaña de Hugo… —empezó, sin terminar de creerse que estuviese diciendo esto pero sabiendo que Jack, solamente Jack, lo entendería—. Pensé una cosa.

¿Qué pasa si me rindo? Conmigo y con Christopher, quiero decir. ¿Qué pasa si nunca soy su madre? Podría ser la novia de alguien en cambio, dejar que sea otra persona la que esté al volante del coche. Dejar que otra persona, ya sabes, dirija mi vida. Claramente no debería ser yo quien esté tras el volante, ¿verdad? —Ella soltó una carcajada triste. Jack tan solo la observaba con lástima—. Como tú mismo has dicho, sería una cosa menos de la que preocuparme.

—Le gustas. A nuestro Hugo. Me apuesto lo que quieras a que si ahora fueses hasta su casa y le dijeses que quieres que te bese, lo haría. Si le dijeses que has decidido que no quieres terminar el juego, que no quieres ver a tu hermana, lo entendería.

—Puede que sí.

—Y ¿por qué no lo haces? Es hablar con Angie o abandonar el juego.

Lucy se imaginó rindiéndose, abandonando, una cosa menos de la que preocuparse, tal y como Jack había dicho, y era una imagen preciosa. Bajar por el sendero empedrado hasta la pequeña casa de Hugo, llamar a la puerta, contarle lo que había pasado, que Jack le había preparado una encerrona con su hermana, la misma hermana que la había hecho daño de un modo imperdonable. Hugo lo entendería, él mismo se lo había dicho. La besaría si ella se lo pedía, ella podría llorar en su hombro, él la consolaría, irían a dar un paseo por la playa… el primero de muchos paseos por la playa juntos. *No puedo más*, le diría. *¿Cómo puedo cuidar de Christopher cuando no puedo cuidar ni de mí misma?*

Y probablemente él le respondería: *Todo va bien. Yo cuidaré de ti.*

Y otra persona se encargaría de cuidar a Christopher, y, con el tiempo, todo iría bien.

Un sueño muy bonito.

Tentador.

Lucy se levantó y se acercó al ventanal del estudio de Jack, observó el camino que llevaba a la cabaña de Hugo, y después alzó la mirada hacia el mar en el horizonte, con la luz del sol bailando sobre las olas.

—Me fui a vivir con mis abuelos cuando tenía ocho años, pero nunca dejé de desear que mis padres fuesen a recogerme al colegio —confesó—, que apareciesen frente a la puerta de la escuela tan solo un día para llevarme a casa. Nunca ocurrió.

Jack se acercó a la ventana y se quedó de pie a su lado.

—Lo siento mucho, deberían haberlo hecho. Si hubieses sido mi hija, habría entrado en tu clase con globos, un cono de helado, y luego te habría puesto sobre un poni y habría preparado un desfile para traerte de vuelta.

—Yo no puedo prepararle a Christopher un desfile —dijo—, y no puedo… no puedo ni siquiera recogerle y llevarle a casa. Pero puedo estar ahí para él, eso puedo hacerlo.

Jack se giró hacia ella y le depositó un beso en la frente, de la forma en la que ella siempre había deseado que su padre lo hiciese, y habló en voz baja.

—¿Ves? Yo tenía razón. Te dije que Astrid había vuelto.

Astrid. Ella.

Lucy bajó las escaleras para enfrentarse a sus miedos.

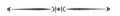

Lucy abrió la puerta de la biblioteca y se encontró a Angie de pie frente a una estantería con una copia de *La casa en la Isla del Reloj* en la mano. La cerró y la abrazó contra su pecho como si fuese un escudo.

—Hola —dijo Angie.

—Hola.

—Lamento haberte sorprendido. Yo… da igual, estás genial. —Angie sonrió—. No puedo creer lo mayor que estás. Casi no te he reconocido. ¿Qué tenías? ¿Diecisiete? ¿Dieciocho años quizá? La última vez que te…

—Angie —la cortó Lucy—. Solo estoy aquí porque Jack me ha pedido que hablase contigo.

Su hermana no parecía sorprendida en absoluto. Bajó la mirada hacia el suelo, antes de volver a hablar.

—Lo siento, de verdad. —Angie sonaba asustada. ¿O estaba avergonzada? Finalmente levantó la mirada de nuevo hacia Lucy—. Pero me alegro de volver a verte.

—¿De verdad?

—De verdad. Lo creas o no, me alegro. —Se cruzó los brazos sobre el pecho, abrazando el libro con fuerza contra su corazón.

Lucy se sentó en el brazo del sofá donde Hugo siempre se sentaba cuando estaba en la biblioteca. Angie le dedicó una sonrisa recelosa y se sentó en el otro extremo del sofá.

—Antes de que digas nada —dijo Angie—, quería decirte lo mucho que siento haberme presentado aquí sin avisarte. Yo quería llamarte, pero Jack me pidió que no lo hiciera. Además, pensé que si intentaba llamarte, no responderías al teléfono.

—No lo habría hecho, no.

—Lo sé, y lo entiendo.

—¿Lo entiendes? —Lucy se echó hacia delante, estudiando a esa extraña que se suponía que era su familia más cercana—. ¿Tienes alguna idea de lo que fue crecer sintiendo que nadie me amaba, que nadie me quería, ni siquiera mi familia? ¿Y no solo el sentirlo, sino saber que, de hecho, nadie me quería? ¿No fuiste tú misma quien me lo dijo? Tus palabras exactas fueron: «Mamá y papá tan solo te tuvieron porque pensaban que necesitaría un trasplante de médula ósea. Ellos no te querían y yo tampoco». Tú misma lo dijiste, ¿verdad? Y lo hiciste delante de, literalmente, veinte personas en tu decimosexto cumpleaños. ¿En esa fiesta de cumpleaños por la que yo estaba tan emocionada de que me hubiesen dejado ir? Eras como una famosa para mí, Angie. Gasté todos mis ahorros para comprarme un vestido para tu fiesta. La abuela me hizo un peinado precioso. Qué estúpida fui al pensar que era posible que me dejasen volver a casa, ¿no? Oh, pero tú no podías soportarlo. No podías compartir a mamá y a papá ni un segundo. Todo lo que hice fue preguntarle a mamá si podía volver a casa y tú decidiste decirle a todo el mundo que yo no era más que un objeto demasiado caro que no podíais devolver. —Toda la ira y el dolor que Lucy había tenido guardado en su interior durante años salió de golpe en ese momento—. ¿Te acuerdas de eso? Porque yo lo recuerdo casi cada día.

Todavía podía escuchar esas palabras retumbando en su cabeza: *ellos no te querían y yo tampoco…*

Lucy tenía doce años por aquel entonces.

—Yo… —Angie apartó la mirada.

Cobarde, pensó Lucy. Su propia hermana no podía ni mirarla a los ojos.

—Lo dije, sí. Te dije todas aquellas cosas horribles. —Finalmente, Angie la miró a los ojos—. Daría lo que fuera por volver el tiempo atrás y retirarlas de mis labios. Y lo siento, lo siento muchísimo. Lo siento tanto que no estoy aquí para pedirte que me perdones o para ponerte excusas. Tenía solo dieciséis años, pero ¿sabes qué? Sabía que estaba siendo una hermana horrible, y aun así lo dije. Retiraría esas palabras si pudiese, pero no puedo. Lo único que puedo hacer es decirte lo mucho que lo lamento.

Lucy no podía decir nada. Las palabras se negaban a pasar de su garganta. Se había imaginado este día un millón de veces, cuando su madre, su padre o su hermana, o puede que todos, volviesen a ella arrastrándose, pidiéndole perdón. En la mayoría de sus sueños, ella no les perdonaba, les decía que era un poco demasiado tarde, que había pasado página, que ya no les necesitaba, y después se levantaba y se alejaba, sin volver la vista atrás, sin importar lo mucho que gritasen su nombre.

Al final, Angie rompió el silencio que se había extendido en la sala.

—No importa —dijo—. Me iré. Te merecías una disculpa, pero también mereces que te deje sola si es lo que quieres.

Angie se levantó lentamente del sofá. Lucy se fijó en su mueca de dolor y se preguntó si su hermana seguiría teniendo secuelas a causa de todas las enfermedades que había padecido de niña. Esto no formaba parte de su sueño.

—Puedes quedarte —le dijo Lucy.

Angie la observó, desconfiada, antes de volver a sentarse lentamente en el sofá.

—¿Puedo preguntar —continuó Lucy— si lo que dijiste era cierto? ¿Que mamá y papá tan solo me tuvieron porque los médicos dijeron que puede que llegase un día en el que necesitases un trasplante de médula? ¿Y que, cuando resultó que no lo necesitabas, yo no era más que un estorbo?

Angie se reclinó en el sofá, con la mirada perdida en la chimenea apagada y fría.

—¿Puedo contarte algo? —preguntó Angie—. ¿Me escucharás?

—Estoy aquí —espetó Lucy, como si eso fuera respuesta suficiente—. Dime.

—¿Sabías que los niños que crecen siendo los «favoritos» de la familia suelen estar más rotos que los que no? La primera lección que aprendemos es que el amor de nuestros padres es condicional y que el fracaso significa que pueden dejar de querernos. Lo vemos en lo que pasa con nuestros hermanos, así que hacemos lo que sea con tal de asegurarnos de que eso nunca nos ocurra a nosotros. Muy divertido, ¿verdad? Es algo que aprendí en terapia.

Lucy no era capaz de decir nada. Tuvo que procesar lo que le acababa de decir antes de poder obligarse a hablar.

—¿Vas a terapia?

—Llevo yendo a terapia desde los diecisiete —dijo Angie, y soltó una carcajada fría—. Fue idea de mamá y papá. Bueno, más bien fue una orden.

—¿Porque estabas traumatizada por haber pasado toda tu infancia enferma?

—Porque ellos no eran felices a menos que yo estuviese enferma —respondió—. Me querían cuando estaba enferma. Les gustaba llevarme al médico y que estuviese en tratamiento. Una vez que mejoraba físicamente, debía tener algún otro error, algo que estuviese mal dentro de mí misma, para que mamá y papá pudiesen arreglarlo. Así que al principio dijeron que tenía problemas de aprendizaje, después un trastorno de la conducta alimentaria, luego decidieron que estaba deprimida y que probablemente era bipolar. Elegían la enfermedad que querían e intentaban encontrar un médico que me la diagnosticase. Me llevaron a todos los psiquiatras, psicólogos y psicoterapeutas que consiguieron encontrar. Si no eran héroes, intentando hacer todo lo que estuviese en sus manos por salvar a su precioso bebé, ¿a qué otra cosa podían dedicar sus vidas?

Lucy no podía creer lo que estaba escuchando. Era como si su hermana le dijese que era una espía y ahora estuviese traicionando a sus padres.

—No están bien —siguió diciendo Angie—. No sé si es que ambos son narcisistas, o si solo lo es mamá y papá es tan débil que no puede hacer otra cosa más que todo lo que ella diga… ¿Quién sabe? No es que importe ahora. Lo que quiera que les pase… —Alzó la mirada hacia el techo como si estuviese intentando evitar echarse a llorar—. Digamos que, al mirar hacia atrás, te tengo envidia por haber podido crecer con los abuelos en vez de en casa. Sé que estás cabreada conmigo por lo que dije en mi fiesta de cumpleaños, pero te puedo prometer algo: tú fuiste la que tuvo suerte, Lucy, ojalá lo hubieses sabido...

Lucy se quedó mirándola fijamente mientras su cerebro intentaba procesar todo lo que acababa de escuchar.

—Lo siento. Estoy intentando entender todo esto.

—¿De verdad? Pensaba que te marchaste porque habías descubierto la verdad. ¿Quieres saber qué más aprendí en terapia? —dijo Angie—. Que los niños con familias disfuncionales que se portan mal y se rebelan son los que tienen mejor salud mental, son los únicos capaces de ver que algo no va bien. Por eso se portan mal, porque ven cómo la casa está ardiendo y están pidiendo ayuda a gritos. Esa eras tú. El resto estábamos sentados en la mesa de la cocina, cenando, mientras todo ardía hasta los cimientos a nuestro alrededor. Debería haberte escuchado, yo también debería haber pedido ayuda a gritos.

Lucy escuchó con cautela a Angie mientras compartía su versión de la historia, al principio entrecortadamente, pero luego todo pareció salir de golpe, como si el muro se hubiese roto por fin...

Angie se pasó la mitad de su infancia sentada junto a su ventana, viendo como el resto de los niños jugaban en la calle, iban a pedir caramelos en Halloween, montaban en bicicleta, se sentaban en el jardín a leer, corrían por las calles o subían a los árboles. Odiaba al resto de los niños, pero solo porque les tenía envidia. Ahora lo sabía. Y sí, había estado muy enferma, eso había sido real, y no necesitaban alejar a Lucy, pero alejarla hacía que pareciesen unos héroes por dejarla marchar: como su hija mayor estaba tan enferma, decidieron renunciar a su hija pequeña.

¡Qué angustia! ¡Qué sacrificio! Hacía que Angie quisiese vomitar.

Y, por fin, estaba mejor. Mucho más fuerte, más sana… y Angie se dio cuenta rápidamente de que cuando no estaba enferma, sus padres perdían todo interés por ella. Así que empezó a fingir enfermedades, fingió tener fiebre, actuaba como si estuviese enferma. Actuaba para sus padres. Después todo volvió a empezar: las citas con el terapeuta, el martirio de mamá y papá…

—Pero esta vez no salió como ellos querían —dijo Angie, con una expresión de triunfo—. Mi terapeuta pudo entender lo que estaba pasando. Yo no era la que estaba rota en la familia, eran papá y mamá, y yo estaba harta de actuar.

—¿Harta? ¿Qué quieres decir? —preguntó Lucy.

—No he visto a papá y mamá desde hace años —confesó Angie, con un poco de orgullo en la voz, la satisfacción de una mujer que había conseguido escapar de la cárcel. Lucy tenía la boca demasiado seca como para decir nada. Nunca había estado tan sorprendida—. No podía soportar estar cerca de ellos —continuó—. Ahora estoy mejor, y a ellos tampoco les importo. Han adoptado a dos niños de Europa del este. Mamá tiene incluso un blog en el que cuenta todo lo que hace por ellos. No lo leas, los comentarios que dicen que mamá es una heroína harán que quieras lanzar el teléfono por la ventana.

Lucy solo podía negar con la cabeza. ¿Sus padres? ¿Héroes? Nunca la habían llamado siquiera por su cumpleaños.

—Lo que pasa es —siguió diciendo Angie, rompiendo el silencio— que de todas las cosas por las que estoy enfadada con ellos, por lo que más enfadada estoy es… por ti. Es haber perdido a mi hermana lo que más me duele. Recuerdo… —Sonrió, como si estuviese rememorando un recuerdo bonito—. Recuerdo que mamá y papá se volvieron completamente locos cuando te escapaste de casa para venir a vivir aquí. Dijeron que les arrestarían por abandono infantil o algo así, eso era todo lo que les preocupaba. No tú, sino su reputación. Pero yo pensé que eras increíble, completamente increíble. No había leído los libros, pero leí un par después de aquello, incluso le mandé a Jack Masterson una carta diciéndole que era tu hermana. Él me respondió y me habló de la niña tan asombrosa que eras, de la suerte que tenía de tener una hermana tan inteligente y valiente. Intentó convencerme de que te pidiese perdón por lo que te había dicho, pero no podía hacerlo. Cada vez que le escribía, él me respondía pidiéndome que hablase contigo. Con el tiempo, dejé de escribirle, me sentía demasiado culpable. Entonces planeó todo este concurso y tú formabas parte de él. Recibí una llamada de Jack Masterson y ahora yo también formo parte del juego. Así que... aquí estoy. Y lo siento mucho, de nuevo, siempre lo sentiré.

—Llevo esperando toda mi vida escucharte pidiéndome perdón.

—Ya no tienes que esperar más. Lo siento, Lucy. Me daba miedo perder el cariño de papá y mamá. Ya sentía que lo perdía a medida que mi salud mejoraba, y me daba miedo que tú me robases su atención. Por aquel entonces estaba sana, y tú también, y si jugábamos bajo las mismas reglas, ya sabes... —Angie alzó la mirada, la apartó, y finalmente la posó en la de Lucy— tú ganarías.

Lucy soltó una carcajada sorprendida.

—¿Ganar? ¿Ganar el qué?

—En la vida. —Angie se encogió de hombros—. Ganarías en la vida, porque papá y mamá me trataban como si fuese un huevo de Fabergé... ni siquiera sabía preparar té. Yo... ni siquiera sabía si me *gustaba* el té.

—Yo tampoco sabía si me gustaba el té —dijo Lucy, porque tenía que decir algo—. Jack me preparó una taza de té con una tonelada de azúcar, estaba bastante bueno.

—Hablas del autor más famoso del mundo de literatura infantil por su nombre de pila, te preparó té con azúcar, la policía te tuvo que sacar de su isla privada… —Angie tendió las manos hacia Lucy—. Tú ganaste en la vida, y yo no quedé ni en segundo lugar.

Algo le ocurrió al corazón de Lucy. El muro a su alrededor empezó a agrietarse y a derrumbarse.

—Ni siquiera me dejaban tener un gato cuando era pequeña —dijo Angie—. Y era lo único que quería, un gato. Ahora tengo dos. —Sonrió—. Vince Purraldi y Billie Pawliday.

—Robaste los nombres de los libros de Jack.

—Me dijo que aprueba ese tipo de robos. —Se echó hacia delante—. Lucy, no te haces una idea de todas las veces que he querido llamarte a lo largo de estos años para contarte todo esto, pero me convencía de no hacerlo. Era una cobarde. Aún soy una cobarde, Jack tuvo que convencerme para que viniese aquí a hablar contigo.

—Yo también pensé en llamarte, pero solo porque necesitaba dinero.

—Te lo habría dado. ¿Aún lo necesitas? Sigo teniéndolo.

—No. Quiero decir, sí, aún lo necesito, pero no quiero que me lo des.

—Bueno, si cambias de idea, dímelo. —Angie le dedicó una sonrisa frágil—. ¿Hay algo más que pueda darte? Te prometo que si lo que quieres son más historias de miedo de papá y mamá, me sé unas cuantas.

—¿Alguna vez has tenido miedo de tener hijos, por pensar que lo vayas a hacer tan mal con ellos como mamá y papá lo hicieron con nosotras?

—Sí. Todo el tiempo. Solo he tenido dos novios, y uno era un narcisista total...

—He pasado por eso.

—Pero el otro era tan bueno que yo no... —Negó con la cabeza—. Se merecía algo mejor, pero tú no.

—¿Yo no qué?

—No me preocupa que tú tengas hijos, serías una madre estupenda. Sabes que los niños se merecen que los quieran, sabes que *tú* te merecías que te quisieran, e intentaste decírnoslo a todos, pero nosotros no te quisimos escuchar.

Lucy quería decir algo. No estaba segura de qué, pero puede que fuera algo del estilo de: *Gracias por haberme contado todo esto.*

Pero entonces Jack llamó a la puerta de la biblioteca con delicadeza y asomó la cabeza.

—Perdón por interrumpir, pero el ferri está llegando, señorita Angie. Si estás lista.

Angie le sonrió y después dirigió su sonrisa hacia Lucy.

—No me gustaría abusar de su hospitalidad.

Se levantó y se dirigió hacia la puerta.

—Te acompaño al muelle —dijo Lucy.

Su hermana sonrió.

—Gracias, me encantaría.

En el camino hacia el muelle, Angie miró a su alrededor.

—Este lugar es increíble, tienes mucha suerte.

Esperaron en el muelle mientras el capitán amarraba el ferri. El mar estaba en calma. Las gaviotas volaban en círculos sobre sus cabezas, buscando algo que comer entre las ramas rotas y el resto de los deshechos que había arrastrado la marea tras la tormenta.

—Bueno —dijo Angie, el momento se había vuelto de nuevo incómodo entre ellas—. Espero verte...

—¿Por qué ahora? —le preguntó Lucy de repente.

—¿Qué?

—¿Por qué me hablas ahora? ¿Por qué no hace un año o hace tres? No es solo un concurso. ¿Por qué tuvo Jack que convencerte de...?

—No quería perder más tiempo —la interrumpió Angie—. Eso es todo.

El capitán ayudó a Angie a subir al ferri.

—¿Hablamos pronto? —le preguntó Angie—. Me encantaría saber de ti cuando termine el concurso. ¿Me dirás si has ganado?

Lucy dudó antes de responderla.

—Tal vez.

El motor del barco aceleró y se alejaron del muelle. Jack se acercó y se quedó junto a Lucy mientras el ferri se abría paso lentamente entre las olas, mar adentro.

—Cree que tengo suerte.

—Ah, bueno, estás sana.

—¿Por qué siempre asumí que su vida era perfecta? —preguntó Lucy.

—Porque ella tenía el cariño de tus padres. Pensabas que ella había ganado la lotería, pero ya has oído lo que dicen de la maldición del ganador de la lotería, ¿no?

Lo había hecho, y parecía que Angie sufría esa maldición. Había ganado su cariño, pero lo había perdido con la misma facilidad.

—Todavía no puedo perdonarla —confesó Lucy mientras el barco desaparecía en el horizonte.

—Claro que no.

—Pero no la odio.

—El odio es como un cuchillo sin mango; no puedes cortar nada con él sin cortarte tú también.

—Jack...

—Lucy, por favor, quiero que sepas lo mucho que lamento haberte hecho daño hoy —dijo Jack—. Sé que no ha sido fácil, que soy un viejo tonto metomentodo, pero si me das un poco de tiempo…

—¿Jack?

Él se giró para mirarla. Su rostro parecía el de un hombre al que acababan de condenar a muerte, esperando su hora de morir.

—Gracias.

PARTE CINCO

Una última preguntita

—Una última preguntita —dijo el Mastermind desde las sombras que parecían seguirle allí donde fuera.

A Astrid se le quedó la sangre helada. ¿Una pregunta más? ¿Es que no había superado todas las pruebas? ¿Resuelto todos los acertijos? ¿Qué más les quedaba a Max y a ella por hacer? Max y su madre la estaban esperando en el muelle. Quería ir con ellos, quería irse a casa, empezar a hacer las maletas. Oh, pero primero tenían que llamar a papá para darle la gran noticia, que iban a mudarse con él en vez de quedarse sentados en casa, deseando y esperando que mágicamente consiguiese un trabajo nuevo en la ciudad. Era hora de irse, hora de empezar una vida nueva, hora de volver a juntar a su familia. Tic, tac, decía el reloj. Tic, tac, era hora de marcharse del Reloj.

—¿Cuál es la pregunta? —Astrid se quedó de pie en la entrada, con un pie dentro de la casa de la Isla del Reloj y el otro fuera, preparada para salir corriendo hacia el muelle.

—Puedes decirme la verdad —pidió—. Toda la verdad. No… la verdad más profunda. ¿Es esto lo que más deseas en el mundo?

La verdad. Toda la verdad. La verdad más profunda.

—Adoro este lugar —dijo y se giró hacia el río de agua plateada sin fin, el cielo siempre del mismo tono azul grisáceo—. Quiero que todos estemos con papá, pero también… me gustaría poder volver aquí algún día.

—¿A tu ciudad?

—No, aquí. A la Isla del Reloj. ¿Puedo?

—¿Que si puedes regresar a la Isla del Reloj? Si eres lo suficientemente valiente, puede que se te conceda ese deseo.

—¿Por qué solo se les conceden sus deseos a los niños valientes? —preguntó.

—Porque solo los niños valientes saben que desear algo nunca es suficiente, tienes que intentar hacer tus sueños realidad, como habéis hecho Max y tú. —La sombra se acercó un poco a ella, y parecía incluso estar sonriendo—. Ve corriendo, tu madre está esperando, y el barco del hada está a punto de llegar.

Astrid miró sobre su hombro. El barco, patroneado por un hada con alas de libélula en lugar de velas, casi había llegado al muelle.

—Una última preguntita de mi parte —dijo Astrid—. ¿Cuál es tu deseo?

La sombra del Mastermind volvió a sonreír, pero la sonrisa desapareció rápidamente, y la sombra volvía a ser nada más que una sombra, y ella sabía que él también había desaparecido. Algún día, cuando consiguiese hacer su deseo realidad y regresase a la Isla del Reloj, se lo volvería a preguntar.

Astrid se giró y corrió hacia el muelle, hacia su madre, hacia su hermano, y hacia la vida nueva que les estaba esperando al otro lado del mar.

—De *La casa en la Isla del Reloj*, La Isla del Reloj, Libro uno, de Jack Masterson, 1990.

CAPÍTULO VEINTISÉIS

Era el último día del concurso. Alguien tenía que ganar el juego, o ninguno ganaría. Pero sin importar lo que pasase, para el día siguiente todo habría acabado, y volverían a casa.

Lucy estaba sentada en una mecedora blanca en el porche delantero, viendo cómo el sol brillaba sobre las olas del mar. Aunque todo parecía estar en paz, su corazón latía acelerado. La quietud en el aire no era la calma propia después de una tormenta, sino la calma que hay en el ojo de la tormenta. Intentó aplacar su respiración, meciéndose hacia delante y hacia atrás. Mientras se mecía hacia atrás, respiraba profundamente la fría brisa marina por la nariz. Cuando se mecía hacia delante, exhalaba el aire caliente por los labios. Hacia delante y hacia atrás, hacia delante y hacia atrás... el sonido del rítmico balanceo de la mecedora sobre las tablas de madera blanca del porche devolvió a Lucy a cuando tenía diez años. Estaba sentada en el porche de sus abuelos, en su mecedora doble, el abuelo y la abuela Hart se hamacaban en su columpio del porche, que chirriaba cada vez que se movía, esa era la banda sonora de una tarde tranquila, apacible y segura.

La habían querido. Sus padres no, pero sus abuelos la habían querido incluso aunque no entendiesen por qué siempre quería estar sola. Le pedían que saliese al porche con ellos en las tardes calurosas, querían que estuviese con ellos mientras hablaban de lo que habían hecho ese día. No había televisión, nada de radio, tan solo ellos y el sonido de los grillos.

Sí, la habían querido. Sus abuelos, tan diferentes al hijo distante e insensible que habían criado, debían haber querido viajar y librarse de tener la casa llena de juguetes, de tener que hornear pasteles para vender en las ferias del colegio y de tener que ir a reuniones con sus profesores, pero se habían sacrificado por ella, la habían acogido, alegremente y sin ninguna queja, y la habían amado. Ella quería tener a sus padres y a su hermana, quería poder tener aquello que el resto de los niños tenía. Pero había tenido algo distinto, y ahora, después de haber hablado con Angie el día anterior, se preguntaba... ¿había tenido algo mejor?

Puede que sí. Sabía cómo querer bien a un niño, sabía lo que era el amor, y sabía lo que era el sacrificio. Sus abuelos le habían demostrado que no tenías que ser *la progenitora* para ser una buena madre. No importaba qué pasase con Christopher, algún día sería una buena madre para él, y si perdía ese último juego, volvería a Redwood. El viernes le diría adiós a Christopher, le diría que le quería y le haría la misma promesa que le había hecho hacía dos años: *Haré todo lo que pueda para que estemos juntos.*

Y después haría lo que fuese necesario para cumplir esa promesa.

El cielo se estaba tiñendo de tonos rosados, naranjas y azules a medida que se ponía el sol. Se abrió una puerta mosquitera y se cerró con un estrépito. Una mano se posó suavemente sobre su hombro y le dio un leve apretón.

Ella alzó la mirada. Era Hugo, por supuesto. La sonrió.

—¿Estás lista? —le preguntó.

Lucy asintió con la cabeza.

—Tan lista como puedo estarlo.

El cielo ya se había teñido de rojo como el fuego cuando Lucy entró en la casa. Era una señal de que todo iría bien, recordó ella, y esperaba de verdad que fuese así.

El resto de los concursantes estaban en la biblioteca cuando ellos llegaron, aguardando. ¿A qué miedos se habían tenido que enfrentar ayer para estar hoy aquí? Los tres habían mantenido las distancias las últimas veinticuatro horas, mientras esperaban a que diese comienzo el juego final.

Andre estaba de pie dándole la espalda a una de las estanterías. Tenía la mandíbula tensa y sus ojos eran como dos láseres penetrantes. Alzó la barbilla, entrecerró los ojos, observándola como un gladiador a su adversario. Su expresión decía: *Me caes bien y te respeto, pero intentaré vencerte y espero que tú hagas lo mismo.*

Melanie estaba sentada en el sofá, abrazándose las rodillas contra el pecho, meciéndose lentamente como si estuviese intentando calmarse. Sonrió a Lucy tímidamente mientras esta entraba en la sala. Todas sus vidas podrían estar a punto de cambiar si ganaban ese último juego. Cuando pasó junto a Melanie, al lado del sillón donde siempre solía sentarse, Lucy le posó la mano sobre el hombro, y Melanie alzó la mirada.

—Desearía que todos pudiésemos ganar —dijo Lucy.

Melanie le tomó la mano y le dio un suave apretón.

—Yo también.

La señora Hyde también estaba allí, por supuesto, observándolo todo pero sin decir ni una palabra a nadie. Los miraba con suficiencia, como si ya supiese que iba a salir de esa casa con el libro en el bolsillo para Lion House.

Tras unos minutos, Jack entró en la biblioteca, se colocó en su sitio habitual frente a la chimenea, mirándolos a todos. La sala estaba tan en silencio que Lucy podía oír el rugido de las olas, incluso el graznido de una gaviota o dos con el crepúsculo.

—Tic, tac —dijo Jack—, se acaba el tiempo en el Reloj. —Sonrió—. Antes de que empecemos, dejadme que os diga lo maravilloso que ha sido para mí teneros a todos aquí. A vosotros, niños, quiero decir, no a la abogada.

—Me lo suelen decir —dijo la señora Hyde.

Jack siguió hablando.

—Cuando llegas a mi edad, hay más arena en la parte inferior de tu reloj de arena que en la de arriba, así que tienes que decidir si quieres terminar aquello que empezaste o si dejarás este mundo con... —Se detuvo, encontrándose con la mirada de Lucy—. Con una vía de tren que no lleva a ninguna parte. —Volvió a sonreír y los observó, de uno en uno—. Hace años, prometí que cuando fueseis mayores, todos podríais regresar aquí algún día, por lo que me complace saber que he sido capaz de mantener esa promesa. Andre, Melanie, Lucy... no podría estar más orgulloso de vosotros ni aunque fueseis mis propios hijos, y he de confesar que a veces he deseado que fueseis míos.

—Yo también lo deseaba —confesó Melanie.

—Todos lo deseamos, Jack —añadió Andre—. Sin ofender a mis padres, pero no podría decir que no a tener una isla propia.

Lucy no dijo nada, no tenía por qué, Jack sabía lo mucho que le quería, deseaba haber podido crecer con él como su padre en vez de con sus inútiles progenitores. De niña, quería que él fuese su padre, y ahora que era adulta, seguía queriendo ser su hija.

—Pero, como dicen, todo lo bueno se acaba, y como todos sabéis, en mis libros sobre la Isla del Reloj, la historia no acaba hasta que el Mastermind hace una última preguntita. Y ha llegado el momento de que yo os haga esa última preguntita. Si acertáis, ganaréis cinco puntos. Y como esos cinco puntos pondrían cualquiera de vuestros marcadores en más de diez puntos, y solo necesitáis diez para ganar, la partida está en el aire.

Les volvió a mirar, de uno en uno.

—¿Todos tenéis vuestros teléfonos a mano?

Lucy, Melanie y Andre se miraron. Todos los tenían encima pero solo por costumbre, ya que no les permitían usar sus teléfonos móviles durante los juegos. ¿Qué estaba pasando?

—Creo fervientemente —dijo Jack— en el poder del amor y la amistad, así que si necesitáis llamar a un amigo para que os ayude a responder la última pregunta, entonces podéis hacerlo; nadie debería tener que hacer sus deseos realidad por sí solo.

La sala estaba en completo silencio, todos parecían estar conteniendo el aliento.

—¿Señora Hyde? —dijo Jack—. ¿Le gustaría hacer los honores?

La delgada abogada se levantó de su asiento, los miró a todos y les dedicó una sonrisa helada.

—Una última preguntita… por cinco puntos y para ganar el juego —pronunció la señora Hyde—, y como Jack ha dicho, podéis llamar a un amigo… ¿Qué dos palabras aparecen en la página 129 de la edición de tapa blanda de *El secreto de la Isla del Reloj*, de 2005? Tenéis cinco minutos para responder, ah, y no podéis salir de esta habitación.

Lucy ahogó un jadeo. Melanie parecía traumatizada. Andre se llevó la mano a la boca. ¿Estaba sonriendo detrás de su mano o se le había abierto la boca de par en par?

De repente, tanto Melanie como él empezaron a buscar algo en sus teléfonos. Lucy sostenía el suyo entre sus manos como si estuviese muerto, incapaz de creer que Jack le estuviese haciendo esto. La única persona a la que podía llamar no atendería el teléfono; Christopher no hablaba con nadie por teléfono. Pero ella le había regalado toda su colección de *La Isla del Reloj*, era su mejor opción para ganar el juego. Respiró hondo y llamó al móvil de la señora Bailey, temiendo ya el tiempo de más que tardaría en usarla como intermediaria, pero no tenía otra opción. Christopher era el único que sabría con echar un vistazo a los lomos qué libro estaba buscando.

Andre ya había conseguido que le respondiesen al teléfono.

—Cariño, pásale el teléfono a Marcus ahora mismo. —Una pausa—. No hagas ninguna pregunta, Marcus, corre a tu cuarto ahora mismo y ve a por un libro que está en tus estanterías, es un libro de *La Isla del Reloj*. —Otra pausa—. ¿Qué? ¿Quién te dijo que los intercambiases? ¿Has intercambiado mis libros de *La Isla del Reloj*? Hablaremos de esto cuando vuelva a casa. Ahora, llama a tu madre y pásale el teléfono.

Melanie estaba buscando entre los contactos de su teléfono, se detuvo cuando encontró el nombre que estaba buscando y marcó.

—¿Jen? Necesito que vayas corriendo a buscar en la balda donde tenemos los libros de *La Isla del Reloj* y mires a ver si tenemos el número treinta y dos.

La llamada de Lucy fue directa al buzón de voz. Necesitó toda su fuerza de voluntad para no lanzarle su teléfono a Jack a la cara, podía sentir la mirada de Hugo sobre ella. Lucy volvió a marcar, estaba segura de que la señora Bailey estaba en la habitación de al lado con los gemelos. Con cada tono de llamada, perdía unos segundos preciosos. Cuando volvió a saltar el buzón de voz, simplemente volvió a marcar, alguien tenía que oír el teléfono sonar una y otra vez en esa casa. ¿Dónde estaba la señora Bailey? Aunque sabía que Christopher no respondería a la llamada, todavía había una pequeña posibilidad de que viese

que era ella quien estaba llamando si el teléfono estaba sobre la encimera.

*Si estás ahí, Christopher, haz que la señora Bailey responda al
maldito teléfono*, suplicó mentalmente, como si fuese una
plegaria. *Es tu madre la que llama.*

Capítulo veintisiete

En su dormitorio, Christopher estaba guardando la ropa en su mochila. Ese día, la señora Bailey se había ido a Goodwill y le había comprado su propia maleta. Nunca había tenido una maleta propia, y esta era muy chula, era azul y roja, con un cohete dibujado y la palabra ¡DESPEGUE! escrita con letras enormes, como si fueran el humo. Tenía algunos rasguños y rozaduras, pero estaba entera y prácticamente nueva después de que la señora Bailey la hubiese limpiado bien con limpiacristales y papel de cocina. Esto era mucho mejor que la vez pasada cuando había tenido que mudarse con todas sus cosas metidas en una bolsa de basura. Los libros que Lucy le había regalado irían dentro de una caja de cartón que la señora Bailey le había prometido buscar específicamente para ello. Quizás debería preguntarle si ya la tenía, no podía dejar sus libros atrás, pero había salido con los bebés a dar un paseo por el vecindario, y el señor Bailey estaba durmiendo y no se despertaría hasta que fuese la hora de irse a su turno de noche en el trabajo.

Christopher recordó que había veces en las que guardaban cajas de cartón detrás de la puerta de la cocina para llevarlas a reciclar. Estaría mucho más relajado cuando sus libros de *La Isla del Reloj* estuviesen guardados y listos para irse con él a su nuevo hogar. La señora Bailey le había dicho que su nueva familia de acogida, Jim y Susan

Mattingly, eran una pareja muy amable con dos hijos universitarios y que habían decidido que no estaban listos para quedarse con el nido vacío. Al principio había pensado que se refería a que tenían pájaros como mascotas, pero la señora Bailey le explicó que significaba que sus hijos se habían hecho mayores y se habían ido de casa.

Encontró dónde dejaban las cosas para reciclar en la cocina, pero todas las cajas que había esa semana eran demasiado pequeñas.

Puede que lo mejor fuese que esperase a que la señora Bailey regresase y le ayudase a buscar una. Pero, hasta entonces, la esperaría en la cocina tomándose un zumo. No siempre tenían zumos en la nevera porque la señora Bailey decía que eran demasiado caros, pero como se iba esa semana, le había comprado unos cuantos paquetes solo para él.

Mientras se tomaba su zumo multifrutas, su favorito, porque era el más dulce de todos y siempre le dejaba la lengua roja, empezó a pensar en su plan. Iba a comportarse muy bien en casa de los Mattingly para que viesen lo inteligente que era y lo bien que sabía leer. Después de un día o dos les hablaría sobre Lucy y, si eran tan buenas personas como esperaba, dejarían que Lucy se mudase con ellos también. Así ella podría ser su madre y ellos sus abuelos, y todos serían felices. No tenía demasiados recuerdos de sus abuelos, habían muerto antes que sus padres, pero se acordaba de que su abuelo era divertido y se solía reír a carcajadas, que daba unos abrazos de oso y que jugaba con él lanzándole al aire para luego atraparle al vuelo. La vida sería mucho mejor con una madre y un abuelo.

Sería genial, una pasada. Y la señora Bailey había dicho que los Mattingly eran «súper buenos». Le gustaba cómo sonaba eso: «súper buenos». ¿Pero si tanto le gustaba cómo sonaba, por qué estaba llorando tanto?

El teléfono empezó a vibrar en el pasillo. Christopher sorbió por la nariz los mocos y se sentó erguido. Se levantó de la silla y fue a ver quién llamaba ya que la señora Bailey seguía de paseo con los bebés. Le había pedido que le dijese si los Mattingly habían llamado mientras ella estaba fuera.

Se quedó de pie frente a la mesa sobre la que estaba enchufado el teléfono al cargador. En la pantalla aparecía un nombre.

Lucy Hart.

Christopher se limpió las lágrimas como si ella fuese capaz de verle a través del teléfono y saber que había estado llorando. Lucy estaba llamando, y si respondía, podría hablar con ella; deseaba tanto hablar con ella que le dolía. Nadie era tan bueno como Lucy; con ella era con quien quería vivir, no con esas otras personas. Ella era quien le leía por las noches, quien le compraba esos tiburones de juguete tan chulos. Ella era a quien le quería contar sus buenas noticias: que se le daba tan bien leer que le mandaban las mismas fichas de lectura que a un alumno de cuarto de primaria; que había marcado seis puntos jugando al baloncesto en el recreo ayer; que Emma, la chica más popular de su clase, había querido ser su pareja en la prueba de la clase de mates porque quería saberlo todo sobre Lucy y cómo había acabado en la Isla del Reloj.

Incluso aunque los Mattingly fuesen súper buenos, incluso aunque viviesen en un castillo, incluso aunque viviesen en un barco o en la Isla del Reloj, no quería vivir con ellos. Quería vivir con Lucy en su apartamento de dos habitaciones con tiburones pintados en las paredes.

Porque sabía que si Lucy le había prometido que pintaría tiburones en las paredes de su dormitorio, lo haría, los pintaría.

Christopher estiró la mano para descolgar el teléfono, pero en el último segundo antes de que pudiese hacerlo, el nombre de Lucy desapareció de la pantalla y el teléfono dejó de vibrar.

Soltó un gritito. ¿A lo mejor la señora Bailey la podría llamar cuando volviese?

La pantalla volvió a encenderse y el teléfono volvió a sacudirse sobre la mesa.

Lucy Hart.

Si respondía a la llamada, podría oír su voz, podría hablarle de su plan, podría pedirle que saludase de su parte al maestro Mastermind, podría preguntarle qué tal iba el concurso.

¿Y si había ganado? ¿Puede que por eso estuviese llamando?

Christopher deseaba que el teléfono no vibrase así, como si fuese la cola de una serpiente de cascabel o una abeja. ¿Por qué la señora Bailey no había puesto una canción como tono de llamada? Pero no iba a tener miedo.

—Los únicos deseos concedidos —susurró Christopher para darse ánimos— son los deseos de los niños valientes...

Sabía cómo ser valiente, sabía cómo hacerlo, pero no sabía si sería capaz de hacerlo.

El Mastermind le había dicho que podía con ello y Christopher le había prometido que lo intentaría.

Le temblaban las manos. El corazón le iba a mil por hora. El teléfono seguía sonando.

Pero él era valiente, se recordó.

El propio Mastermind había dicho que él era valiente, Lucy le había dicho que era valiente, así que iba a ser valiente.

Lucy contuvo el aliento al oír el sonido de la voz de Christopher al decir «hola».

—¿Christopher? ¿Eres tú? —Las lágrimas caían por sus mejillas—. No me puedo creer que hayas respondido al teléfono.

—¡Vi que eras tú quien llamaba, Lucy! ¡Quería hablar contigo! ¡El Mastermind me ha enseñado a no tener miedo a los teléfonos!

—Cariño, estoy tan orgullosa de ti, nunca he estado más orgullosa.

Según el cronómetro que la señora Hyde estaba golpeando con las uñas, ya habían perdido tres minutos. *Tic, tac.*

—Christopher, Christopher —dijo Lucy. Le temblaban las manos—. Escúchame. ¿Podrías hacerme un favor enorme, gigantesco? Si estás en casa, ve corriendo a tu cuarto a buscar el libro de *El secreto de la Isla del Reloj* que tienes en tu estantería, ¿porfa? Estamos jugando a un juego y necesito que me digas qué hay escrito en la página 129. ¿Vale? ¿Puedes hacerlo? ¿Porfa? Bien. No cuelgues.

—Un minuto —dijo la señora Hyde.

Los siguientes segundos fueron una agonía. Estaba a punto de ponerse a hiperventilar. Podía oír cómo Christopher sacaba los libros de las estanterías y los tiraba al suelo corriendo.

—¡Lo encontré! —gritó Christopher.

—Página 129, Christopher. Uno, dos, nueve. Ve a esa página y léeme lo que hay escrito. ¿Lo tienes?

—Quince segundos —dijo la señora Hyde. Y siguió contando—. Diez segundos.

—¿Lo has encontrado? —preguntó Lucy. Pasó la mirada a su alrededor. Andre estaba hablando con alguien, pero parecía haber perdido toda esperanza. Melanie estaba de pie, recorriendo la habitación como un león enjaulado hablando con alguien con su teléfono pegado como una lapa contra su oreja.

—¡Lo tengo!

La señora Hyde comenzó la cuenta atrás.

—Cinco, cuatro, tres, dos…

Christopher le dijo a Lucy la respuesta.

—¡Yo gano! —gritó Lucy—. Dice: «¡Yo gano!».

CAPÍTULO VEINTIOCHO

*E*n El secreto de la Isla del Reloj *una niña llamada Molly se escapa de un orfanato para irse a la Isla del Reloj. Cuando el Mastermind le pregunta cuál es su deseo, ella* le dice que desea poder quedarse allí a vivir con él. Ese es su único deseo. Él intenta asustarla para que salga huyendo, pero ella dice que no hay nada que él pueda hacer o decir que dé más miedo que lo que ha sufrido en el orfanato. Él le plantea una serie de acertijos imposibles de resolver y, en vez de responder, ella lo acribilla con un aluvión de preguntas:

¿Por qué siempre te quedas dentro de esa sombra? ¿Cómo es posible que la sombra te siga allí donde vas? ¿Es como un sombrero? ¿Puedo ponerme yo tu sombrero de sombra? ¿Tienes una cara rara? ¿Por eso siempre llevas puesta una sombra? ¿Puedo ver tu cara rara? ¿Mi cara es rara? ¿Qué hay de malo en tener una cara rara al fin y al cabo? ¿Por qué se llama la Isla del Reloj este lugar? ¿La isla es un reloj o es el reloj una isla? ¿Por qué tienes una casa tan grande si vives solo? ¿Eso es un hurón de dientes de sable? ¿Tienes hijos? ¿Quieres tener hijos? ¿Quieres que yo sea tu hija? ¿Puedo quedarme a vivir aquí y ser tu hija?

Y él intenta que la niña afronte sus miedos, pero ella se ríe y le dice que eso ya lo hizo hace años después de que sus padres muriesen y ella terminase en ese orfanato. Si él de verdad quisiera asustarla, entonces tendría que llevarla de vuelta allí, pero a menos que la apresase, la metiese en una bolsa, la echase sobre su hombro metida en esa bolsa y se la llevase de vuelta al orfanato, de ninguna manera volvería a ese lugar, ni hablar. Se quedaría aquí, dormiría en la habitación del hurón si hacía falta.

Al final, él le dice que le dejará quedarse si juega a algo con él: al juego más difícil de ganar para un niño: debe participar en un concurso de miradas, y no es fácil, ella lo sabe, no es fácil ganar un concurso de miradas contra una sombra.

Pero Molly sabe cómo ganar, su madre la enseñó antes de que muriese en ese accidente.

Molly acepta el reto aunque tiene miedo. Si gana, se podrá quedar para siempre en la Isla del Reloj. Si pierde, tendrá que volver al orfanato. Tiene que ganar.

Juegan.

Molly intenta no echarse a llorar mientras recuerda a su madre enseñándole a sostener la mirada. Es difícil jugar con las lágrimas nublándole la vista, pero juega porque le cae bien el Mastermind. Da un poco de miedo, pero en realidad lo único que hace es quedarse escondido en las sombras (rarito) y conceder deseos a los niños. Y tiene una casa muy grande para una sola persona. Bueno, una persona y Jolene, el hurón de dientes de sable. Si el tipo va por ahí haciendo los deseos de los niños realidad, le deben de gustar los niños, no es que vaya por ahí encerrándolos en una lavadora y poniendo en marcha el ciclo de lavado después, ¿verdad?

Se obliga a concentrarse y a jugar a pesar de que siente como si su madre estuviese a su espalda y que, si mira por encima del hombro, la verá. Quiere volver a ver a su madre, pero si aparta la mirada, perderá el juego. No puede mirar atrás, tiene que mirar hacia delante. Si mantiene la vista fija en el Mastermind, bueno, en la sombra que la está mirando fijamente, puede que vuelva a tener una familia. Una nueva familia. Una familia diferente. Pero una buena familia: solo ella, el Mastermind y Jolene.

Al final, la sombra parpadea. No sabe si las sombras pueden parpadear, pero esta lo hace.

En la página 129 Molly grita:

—¡Yo gano!

En la página 130 hay escrito esto y solo esto:

El Mastermind había dejado a Molly ganar.

Capítulo veintinueve

—¿Hemos ganado? —preguntó Christopher.

No, no habían ganado.

A Lucy se le cayó el alma a los pies. No sabía qué decir. El cronómetro de la señora Hyde se había detenido menos de un segundo antes de que Lucy gritase la respuesta. Habían perdido la oportunidad de estar juntos por un mísero segundo.

—Espera un momento, cariño —le pidió Lucy a Christopher—. Solo... necesito un minuto. —Estaba intentando sonar bien, serena, pero se estaba desmoronando al intentar entender cómo era posible que hubiese estado tan cerca de ganar y, aun así, hubiese perdido.

—Gracias a todos por haber jugado —dijo la señora Hyde. Se volvió hacia Jack y le miró con dureza—. Parece que no tenemos ningún ganador.

—Lo siento mucho, niños —se disculpó Jack—. De verdad esperaba que ganase alguno de vosotros.

Metió la mano en el bolsillo de sus arrugados pantalones azul marino y sacó una llave.

—El libro está en una caja de seguridad dentro del banco —le contó Jack a la señora Hyde, depositando la llave en su mano—. Te daré toda la información que necesitas, pero esa es la llave para la caja.

Ella envolvió sus dedos con fuerza alrededor de la pequeña llave plateada.

—En nombre de la editorial, gracias, Jack. —Miró a los concursantes y tuvo la suficiente decencia como para parecer casi arrepentida—. Sé que todos teníais muchas ganas de ganar este concurso, así que también estoy segura de que estaréis un tanto decepcionados. Todos recibiréis una primera edición de la novela firmada para que podáis añadirla a vuestras colecciones. Gracias por haber formado parte de una de las mejores, aunque imprevistas, campañas de publicidad de la historia de la literatura infantil.

—De nuevo —dijo Jack—. Ojalá el resultado hubiese sido distinto, haré todo lo que esté en mi mano para compensároslo.

Andre fue el primero en sonreír.

—Sin rencores, Jack. —Se acercó a él y le tendió la mano—. Fue una maldita maravilla poder volver a verte. Voy a contar esta historia durante mucho tiempo.

Jack abrazó a Andre, que ya había colgado su llamada.

—¿Lucy? —la llamó Christopher—. ¿Qué está pasando?

—Lo siento, cariño —dijo Lucy, apartando su mano del altavoz—. Nos están contando algo.

—¿Has ganado? ¿Has conseguido el premio?

—Mmm… bueno, ha sido… —empezó a decir Lucy. Creía que iba a vomitar de un momento a otro de lo mucho que estaba temblando.

Hugo tendió la mano hacia ella.

—Déjame hablar con él.

—¿Qué? —preguntó Lucy.

—¿Por favor?

Con la voz temblorosa, Lucy volvió a hablar con Christopher.

—Christopher, hay alguien aquí que quiere hablar contigo. Se llama Hugo Reese, y es quien ha hecho esos dibujos tan chulos en los libros de *La Isla del Reloj*.

—¿De verdad? —respondió Christopher—. ¿Como el del mapa y el del puzle y el del tren?

—Sí, los ha hecho todos. Y quiere saludarte, así que te lo paso. ¿Hugo?

Le tendió el teléfono a Hugo, que se lo llevó a la oreja.

—¿Christopher? Soy Hugo. Soy amigo de Lucy.

Ella se quedó sentada en la silla, apoyada en el respaldo, en silencio y aún en estado de shock, medio escuchando cómo Hugo saludaba a Christopher. ¿Qué podía decirle? No podía mentirle. Puedes ocultarles cosas a los niños, pero esto no era algo en lo que ella le pudiese mentir. Todo el mundo sabría pronto que nadie había ganado el libro y que iba directo para la editorial de Jack. Respiró a través de sus dedos, pensando en un millón de cosas al mismo tiempo, como si pudiese averiguar una manera de arreglarlo todo, de volver el tiempo atrás, para tener una segunda oportunidad y responder a la pregunta un segundo antes.

—No, no, Lucy no ha ganado el libro, pero ha ganado el segundo premio. Es un cuadro, uno de los míos, un cuadro de un tiburón enorme. Me dijo que te encantaría. —Hugo sonrió, encontrándose con su mirada—. ¿Cuál es tu tiburón favorito? ¿El tiburón martillo? Buena elección. Debería haber más animales con las cabezas con formas como esa. Como gatos martillo, perros martillo, serpientes martillo. Espera, creo que me acabas de dar una idea para un nuevo cuadro.

Lucy observó cómo la señora Hyde se marchaba de la biblioteca, triunfante.

—Deberías conservar el cuadro mío que Lucy ha ganado. En unos diez años podrías venderlo y pagar la universidad con el dinero que saques por él. Bueno, no te daría para ir a una universidad muy, muy buena, pero aun así…

Lucy se rio. Era una carcajada pequeña, así que Hugo no la escuchó siquiera. ¿Había dicho que había ganado el segundo puesto? Había quedado tercera, empatada en puntos con Melanie. Andre había terminado a la cabeza con seis puntos. No era que importase, nada de eso importaba. Extendió la mano y la apoyó en el hombro de Hugo. Él la miró y ella murmuró un *gracias* en silencio.

Luego recostó la cabeza en la silla y se permitió echarse a llorar.

Capítulo treinta

En la habitación Océano, Lucy hizo las maletas. Se sentía exhausta, como si fuese más un zombi que una persona, pero le ayudaba estar en constante movimiento. Hugo se ofreció a ayudarla, pero no había nada que él pudiese hacer más que hacerle compañía y distraerla para que no volviera a desmoronarse.

—Te llevaré al aeropuerto por la mañana —le dijo mientras ella cerraba su maleta.

—Tengo que estar en el ferri a las cinco —le recordó. Su voz sonaba como si estuviese a kilómetros de distancia y demasiado hueca hasta para sus propios oídos—. A las cinco de la mañana.

—No me importa. Yo voy contigo, y no puedes detenerme.

—No te detendré —le dijo.

Ya eran las nueve y media pasadas y ella necesitaba irse a dormir pronto, pero quería pasar más tiempo con Hugo. Puede que esa fuese la última vez que podrían pasar tiempo juntos, no era que se moviesen por los mismos círculos que digamos. ¿Y cuándo había sido la última vez que ella había ido a Nueva York? Nunca había ido.

—Si quieres llevarte el cuadro del tiburón mañana, tendré que envolverlo y embalarlo, lo que me llevará siglos, o puedo enviártelo por correo o…

Ella tomó una almohada y se la lanzó a la cara.

Él la atrapó al vuelo, haciendo una mueca como si le hubiese dolido.

—¿A qué viene eso? —preguntó.

—No tenías por qué hacerlo —dijo ella—. No tenías que darme un segundo premio falso.

—Quiero que lo tenga Christopher —respondió él—. Y sí, tenía que hacerlo. Tenía que hacerlo o me habría odiado, y tú lo sabes mejor que nadie.

Ella observó el cuadro del tiburón volador que había sobre la repisa de la chimenea, el que se llamaba *Pesca de alto vuelo*. Al menos eso era algo que podría enseñar cuando hablase de la semana que había pasado aquí, un cuadro original de Hugo Reese. Su pintor favorito. Y el de Christopher también.

—Es un regalo enorme, Hugo, sé que tus cuadros se venden por muchísimo dinero.

—No es que sea exactamente Banksy, ya sabes, pero si lo llevases a una galería y lo vendieses podrías…

—No. Ni se te ocurra pensar en ello siquiera —dijo—. No voy a vender un cuadro que le has regalado a Christopher. Ese cuadro costeará sus estudios universitarios algún día si es lo que él quiere, o lo podrá conservar y legárselo a sus hijos o a sus nietos, pero yo no voy a venderlo, jamás.

—Lucy…

Dejó caer la camiseta que había estado doblando en la maleta, se volvió y le miró de frente.

—Ven aquí —le pidió él.

—No —respondió, pero se acercó hasta él de todas formas, se metió entre sus brazos y dejó que la rodeara con ellos. Volvió a llorar, sollozando con fuerza, el tipo de sollozos que salen solo cuando te han partido el corazón en dos con un corte limpio. Hugo se limitó a abrazarla, acariciándole la espalda mientras ella lloraba sin decir nada.

Siempre hay que quedarse callado cuando se está rompiendo un corazón.

Finalmente, sus sollozos se calmaron y ella respiró hondo, una vez, y después otra.

—Voy a estar bien —murmuró.

—Sé que lo estarás.

—Haré lo mismo que cualquier otra madre soltera de este mundo: trabajar hasta la extenuación y cuidar de mi hijo. He decidido que voy a buscar un segundo trabajo, incluso aunque eso signifique no poder ver tanto a Christopher. Pero ahora puede llamarme por teléfono, podemos hacer videollamadas o puedo llamarle yo a él cuando no pueda verle en persona. Y cuando consiga que se venga a vivir conmigo, entonces todo habrá valido la pena.

—Supongo que no me dejarás prestarte…

—No, no te dejaré. Aunque solo sea porque ¿qué pasará dentro de seis meses cuando necesite más dinero? ¿O cuando se me rompa el coche dentro de dos años? ¿O cuando me suban el alquiler o pierda mi trabajo? —Respiró profundamente intentando tranquilizarse y salió de entre los brazos de Hugo—. Necesito ser capaz de poder cuidar de él yo sola, pero gracias por los zapatos.

—Tan solo desearía… —La miró fijamente a los ojos.

—Sí. Yo también.

Él se quedó ahí, de pie, observándola. Parecía que quería añadir algo pero no podía hacerlo o no se lo podía permitir.

—¿Puedo pedirte un favor? —preguntó Lucy.

—Cualquier cosa. —Por la forma en la que respondió, sabía que iba totalmente en serio.

—¿Podrías hacerle un pequeño dibujo de un tiburón o algo así a Christopher para que yo se lo pueda dar mañana mientras esperamos a que llegue el cuadro? ¿Quizás algo con su nombre? Te dejaría quedarte con la bufanda roja a cambio.

—Por supuesto. Iré a buscar mi cuaderno de bocetos. Además, me iba a quedar con la bufanda de todas formas.

Él se dirigió hacia la puerta, pero antes de llegar se detuvo y se dio la vuelta.

—Ese niño te adora, Lucy. Ha respondido al teléfono porque eras tú quien estaba llamando. Porque era su madre quien estaba llamando.

Ella sonrió.

—Aunque este día haya tenido un desenlace horrible… soy feliz. Incluso después de que se mude a su nueva casa de acogida, ahora sé que podremos seguir hablando por teléfono hasta que me pueda permitir comprarme un coche e ir a visitarle en persona. Es tan gracioso, dice que el Mastermind le ayudó a responder el teléfono, supongo que leer tantos libros sobre niños valientes hizo que él se convirtiese en uno también.

—Fue increíblemente valiente —dijo Hugo.

Ella se encogió de hombros.

—Una pena que no se le concediese su deseo.

—Te tiene en su vida —repuso Hugo—. Es un niño con suerte. —Ella notó cómo se sonrojaba. Hugo le devolvió la sonrisa—. No te vayas a ninguna parte, vuelvo en un segundo de reloj.

Lucy se llevó las manos a la cara y respiró profundamente entre los dedos cuando él se hubo marchado. Estaba bien, había perdido el juego. Dolía. Era una mierda. Quería volver a echarse a llorar, quería gritar… pero ahí estaba, aún de pie, respirando, y mañana volvería a ver a Christopher. Eso era todo lo que importaba.

Sacó su teléfono móvil para comprobar si tenía algún mensaje nuevo. Nada importante. Todavía no habían dado la noticia acerca del concurso. Jack les había advertido que mañana tendrían la bandeja de entrada inundada de correos electrónicos y el teléfono lleno de llamadas y mensajes. Lucy pensó en llamar a Angie. Jack le había dado el número de su hermana. Incluso después de tantos años, después de todo el abandono, la soledad y la crueldad, aún seguía deseando tener a alguien de su familia a quien poder llamar cuando se le rompiese el corazón.

Dejó el teléfono a un lado. Todavía no estaba lista para volver a sufrir, no cuando aún estaba sufriendo tanto.

—¿Toc, toc?

Lucy se recompuso. Jack estaba de pie en la entrada de su dormitorio. Todavía llevaba puesto su uniforme habitual con sus pantalones arrugados, una camisa azul clara con una mancha de café y un cárdigan que le quedaba grande y cuyas costuras se estaban empezando a deshacer. Tenía un libro de tapa blanda en uno de los bolsillos y ella se preguntó si por eso siempre llevaba jerséis que le quedaban tan holgados, para poder tener bolsillos donde cupiesen libros.

—Jack —dijo—. ¿No te has ido aún a la cama?

—No, no, estaba terminando algo de papeleo en mi estudio. ¿Puedo entrar?

—Claro, pasa.

Entró arrastrando los pies.

—Espero que no estés demasiado molesta por no haber ganado.

—Lo sigo asimilando. Me alegro de que vayan a publicar el libro y me alegro también en parte de haber podido ver a Angie, pero por lo que más me alegro es por haberte vuelto a ver.

—¿Y a Hugo?

Ella se sonrojó notablemente.

—Y a Hugo, pero no por las razones que estás pensando. Es mi artista favorito.

—Yo no me sonrojo cuando hablo de Paul Klee.

—Pues deberías —repuso ella—. Estoy segura de que era muy apuesto.

Jack se rio, era una buena señal que se estuviese riendo. Tenía el mismo aspecto que el día que ella le había conocido cuando tenía trece años. Los años se desvanecían junto con el dolor.

—¿Dónde está nuestro Hugo? ¿No estaba aquí antes?

—Ha ido a buscar su cuaderno de bocetos para dibujar algo para Christopher.

—Ah, bueno, pues antes de que vuelva, quería darte un detallito. —Sacó el libro que tenía en el bolsillo de su cárdigan—. Me gustaría que tuvieses *La casa en la Isla del Reloj*.

Ella bajó la mirada hacia el libro. Era una copia antigua del primer libro de la saga.

—Ah, gracias —dijo—. Espero que esté firmado. ¿Podrías dedicárselo a Christopher?

—El libro no es para ti. Ni para Christopher.

Ella frunció el ceño.

—¿Qué quieres decir?

—El libro no es el regalo. No quiero que tengas *La casa en la Isla del Reloj* —dijo—. Quiero que tengas *la casa*... en la Isla del Reloj.

Abrió el libro. Había una llave en su interior. La llave de una casa.

La llave de una casa.

La llave que abría una casa.

La llave de la casa en la Isla del Reloj.

—Jack... —soltó sin aliento—. ¿Qué...?

—No has conseguido ganar el libro, pero sí que se conceda tu deseo. Lucy Hart, ¿todavía sigues queriendo ser mi compañera de aventuras?

CAPÍTULO TREINTA Y UNO

Se dejó caer como un peso muerto sobre la cama. Las piernas le habían fallado, se le había nublado la vista. Después todo volvió a cobrar vida de golpe y la niebla desapareció. Ella volvió a verlo todo en color.

—Me estás regalando…

—La casa —dijo Jack—. Si la quieres, y si me quieres a mí también, porque no tengo pensado marcharme de aquí a menos que me saquen metido en un ataúd. Y si puedes convencer a ese Christopher tuyo de que se mude a Maine, me encantaría que viviese aquí también.

—Ni siquiera soy su madre de acogida aún. Y aunque lo fuese, todavía no le puedo sacar del estado, el proceso tardaría meses… —Apenas podía pensar con claridad, tampoco conseguía respirar. ¿De verdad estaba pasando esto?

—Oh, yo puedo ayudar con eso. Por suerte, tengo tanto dinero que no sé ni qué hacer con él.

—No puedes… esto es demasiado, Jack. No puedo aceptarlo…

—Puedes, Lucy. Puedes aceptar la ayuda. Y si no puedes, Christopher sí que puede. —Sacó un fajo de papeles del otro bolsillo de su cárdigan y se lo tendió.

Lucy desdobló los papeles uno a uno. Con la caligrafía dulce, torcida y temblorosa de Christopher, escrito con lápices de colores, ponía: *Mi deseo es que Lucy pueda adoptarme*.

Pasó la vista por el resto de los papeles y se encontró con una docena de cartas de parte de Christopher dirigidas al maestro Mastermind. Al parecer, Jack y él habían estado enviándose cartas desde hacía varios meses. Christopher, con cientos de palabras mal escritas, le había hablado a Jack, que actuaba en nombre del Mastermind, sobre su sueño de convertirse en el hijo de Lucy, sobre la muerte de sus padres, su miedo a los teléfonos. En su última carta, Christopher le había prometido que la próxima vez que Lucy intentase llamarle por teléfono, contestaría a la llamada.

—Ayudaste a que Christopher superase su miedo a los teléfonos —dijo, alzando la mirada hacia él—. No fueron los libros, fuiste tú.

—Si alguien sabe algo sobre el miedo, ese soy yo.

—Tú… —Abrazó las cartas contra su pecho. Se le había cerrado la garganta. Jack, en secreto, en silencio y sin llamar la atención había ayudado a un niño pequeño en la otra punta del país a ser valiente—. Y el canalla no me había dicho nada.

—Quería darte una sorpresa, y lo ha conseguido, ¿no?

Las lágrimas corrían por sus mejillas. Jack la tomó de los hombros con suavidad y la miró fijamente.

—Lucy Hart, hace trece años deseabas ser mi compañera de aventuras, deseo concedido —dijo—. Si quieres que sea un título honorífico, lo será. O puedes mudarte aquí y vivir conmigo, ayudarme a empezar a vivir de nuevo. Y el deseo de Christopher era que pudieses adoptarle, deseo concedido. —Sonrió como si estuviese tramando algo—. Ya le he pedido a mi abogada que iniciase el papeleo por ti y cree que puede matar todos los pájaros de un tiro en tan solo un mes.

—Sé que puedo.

Lucy se dio la vuelta. La señora Hyde estaba en la entrada.

—¿Tú? —No se podía creer lo que veían sus ojos.

—Cuando tengas un momento, Lucy, necesito que firmes algunos papeles para mí. Te estaré esperando en la biblioteca.

—Espera…. ¿No trabajabas para la editorial de Jack?

Ella no sonreía, simplemente se limitó a alzar la barbilla.

—Me acojo a la Quinta Enmienda.

Cuando la señora Hyde se hubo marchado, Lucy se volvió hacia Jack.

—Yo… no me lo puedo creer.

—Si no puedes decir que sí por mí, hazlo por Christopher.

—Pero… ¿Hugo? ¿Qué pasa con Hugo? ¿Estás intentando que yo le reemplace? Estará…

—Bien —terminó Jack por ella—. Estará más que bien cuando sepa quién se va a quedar conmigo. Entonces podrá decidir si se quiere quedar o se quiere marchar de aquí sin que haya nada que le ate a la isla, sin que tenga nada de lo que preocuparse, nada de lo que sentirse culpable. Y no te preocupes, te voy a dejar a ti la casa de la Isla del Reloj cuando me muera, pero él se queda con la isla. —Tomó asiento en la silla que había junto a la cama, mirándola fijamente a los ojos. Lucy le devolvió la mirada. Había envejecido en los trece años que habían pasado desde la última vez que se vieron, como si estuviese desapareciendo poco a poco, pero seguía siendo el Mastermind, aún envuelto entre sus sombras, aún extraño y misterioso, raro y bueno.

—He esperado demasiado para ser feliz, no me hagas esperar más. —Tendió la mano hacia las suyas y las atrapó entre sus dedos—. ¿Qué me dices?

¿Qué podía decir?

Lucy sonrió.

—Yo gano —dijo.

CAPÍTULO TREINTA Y DOS

Por supuesto, el Mastermind había dejado a Lucy ganar.*

---

*. Jack Masterson, *El secreto de la Isla del Reloj*, 2005. Recordad, siempre hay que citar las fuentes.

CAPÍTULO TREINTA Y TRES

Tres meses más tarde

—¿Nervioso? —preguntó Jack.

—¿Parezco nervioso? —Hugo pasó la vista por la zona de recogida de equipajes del aeropuerto, atento a las miradas de complicidad. De momento, nadie había reconocido a Jack. Una de las ventajas de ser escritor: incluso los más famosos podían pasar por alguien normal y corriente en público. Aunque de vez en cuando, un niño o un adolescente echaba un segundo o un tercer vistazo hacia Jack, como si supiesen que le conocían de alguna parte pero no consiguiesen saber de dónde.

—Pareces emocionado, yo parezco nervioso —suspiró Jack.

—No te culpo, viejo, no todos los días conoces a tu nieto por primera vez.

Jack le miró con una ceja alzada.

—¿Nieto?

—Si Lucy es ahora tu hija honorífica, ¿no convierte eso a Christopher en tu nieto honorífico?

Jack pareció pensarlo por un momento.

—¿Sabías que en el estado de Maine puedes adoptar legalmente a un adulto?

—Pues no nos adoptes tanto a Lucy como a mí, por favor, solo a uno.

—Nada de besar a tu hermana.

—Exactamente —dijo Hugo.

—Después de que vea la habitación de Christopher, probablemente se case contigo.

—Déjame besarla antes de casarme con ella.

—Si quieres seguir chapado a la antigua... —se burló Jack.

Hugo no sabía qué le hacía más ilusión: ver a Lucy de nuevo o ver a Lucy cuando viese el dormitorio de Christopher. Se había pasado un mes entero preparando el cuarto para Christopher basado en lo que Lucy le había contado que le gustaba. Había pintado el techo como si fuese un cielo azul lleno de nubes, y las paredes estaban llenas de escenas relacionadas con el océano: barcos con tiburones como timoneles y con sombreros de capitán, pulpos tejiendo redes de pesca que capturaban letras que deletreaban el nombre de Christopher. Era una de sus mejores obras. ¿Quién le hubiera dicho que la felicidad iba a ser la mejor musa de todas?

—La próxima vez que un niño me pregunte si el Mastermind es real —dijo Hugo—, le voy a decir que sí.

—No tenía ni idea de que fueses a terminar con Lucy de este modo —se rio Jack—. No me atribuyas el mérito, eso fue todo cosa vuestra.

—Por algún motivo, no te creo. —Hugo miró el cartel donde iban saliendo las llegadas. Pronto. Muy pronto...

Jack esbozó su sonrisa de Mona Lisa. Pensaba siempre como un escritor, pudiendo ver diez, veinte, cien páginas por delante del resto del mundo.

—Siento haberte ocultado lo del concurso, de verdad, lo siento. Pero me daba miedo que me convencieses de no hacerlo, y no era el momento para tener dudas. Había sido un cobarde demasiado tiempo. Era hora de seguir mi propio consejo y ser un poco valiente, o estúpido, a veces es difícil distinguirlo.

Jack miró su reloj. Ambos estaban contando los segundos.

—Mientras esperamos, hay algo que quería comentarte —dijo Hugo—. He recibido un correo electrónico de parte del doctor Dustin Gardner muy extraño, quería asegurarse de que hubieras recibido su tarjeta de agradecimiento.

—Sí, la recibí.

—¿Por qué te daba las gracias? ¿Por haberle echado a patadas de la isla?

—Por nada en concreto. —Jack se estaba haciendo el inocente, pero Hugo no se lo tragaba.

Le miró fijamente a los ojos, y Jack apartó la mirada.

—Le has pagado sus deudas estudiantiles, ¿verdad?

—No voy a hacer ningún comentario al respecto. Pero —dijo—, si hubiese hecho algo así, el regalo habría llegado con la condición de ir a clases de terapia de control de la ira.

—¿Qué pasa con Andre y Melanie?

—Ninguno ganó el juego, pero nadie dijo que no les podía dar premios de consolación.

—Me he dado cuenta de que, por algún motivo, la fiesta de lanzamiento del nuevo libro se va a hacer en una pequeña librería llamada Little Red Lighthouse en Saint John, Nuevo Brunswick. ¿Nuevo Brunswick? Ni siquiera hemos estado nunca en el viejo Brunswick.

Jack se metió las manos en los bolsillos y se encogió de hombros.

—Siempre me ha gustado apoyar a las pequeñas librerías independientes.

¿Apoyar? Más bien salvar. Hugo ya podía ver cómo saldría esto: periodistas y admiradores irían a la librería de Melanie a montones la semana de lanzamiento del libro, habría colas interminables dando la vuelta al vecindario para poder conocer a Jack y conseguir que les firmase sus ejemplares. Únicamente con los pedidos que se hiciesen por internet para obtener una copia firmada de su nueva novela, Melanie ganaría el dinero suficiente para mantener su librería abierta y vivir sin ningún problema durante más de una década.

—Tengo miedo de preguntarte por tus riñones —dijo Hugo. El único deseo de Andre era poder encontrar un donante de riñón compatible para salvar a su padre. Cuando Andre estaba en la isla, aún seguía esperando hallar ese donante.

—No le voy a dar a nadie ninguno de mis riñones, dudo que alguien los quisiese después de todo por lo que les he hecho pasar. Pero, con la ayuda de un detective de Atlanta, han sido capaces de ubicar a un primo segundo que es compatible, parece que van a hacer el trasplante dentro de poco.

—Jack, no puedes salvar a todo el mundo.

—Y nunca lo intentaría —dijo Jack—. Lo único que he hecho ha sido cumplir la promesa que les hice a esos niños.

Hugo todavía se seguía preguntando... ¿por qué ahora? ¿Por qué Jack, de repente, había dejado de lado su duelo y había vuelto a escribir? ¿Por qué había vuelto a abrir su casa? ¿Por qué había vuelto a vivir? Se lo llevaba preguntando desde hacía tiempo, y el que Jack hubiese hablado del pasado abría una puerta que Hugo temía atravesar, pero sabía que esta podía ser su única oportunidad para hacerlo.

—¿Alguna vez me vas a contar por qué volviste a escribir? No estamos arruinados, ¿verdad?

Jack sonrió.

—Te lo contaré, pero con un acertijo.

—Déjalo.

—Una palabra de dos letras, en el abecedario van después de la Q.

Casi dijo la *R*, pero Jack le había planteado tantos acertijos desde que se conocían que tenía su cerebro entrenado, o probablemente dañado, así que Hugo sabía que la respuesta no tenía nada que ver con la *R* ni con la *S*, sino con las dos siguientes: *T, U*.

Tú.

—Por mí —dijo Hugo—. ¿Has hecho todo esto por mí? —Apenas podía oír su propia voz al hablar. Las palabras se le quedaban atoradas en la garganta como cuchillos.

—Te ibas a marchar, ¿no? Y estás aquí ahora. Y no has hecho ni una sola maleta aún.

Él respiró hondo.

—Jack.

—A veces ni yo mismo puedo apreciar lo que tengo delante de mis narices. Me reproché durante muchos años el no haber tenido hijos, no me había dado cuenta de que estaba a punto de perder a mi único hijo hasta que empezamos a recibir folletos por correo de agencias inmobiliarias de Nueva York. Y cuando por fin me di cuenta, no tenía a nadie a quien culpar por ello más que a mí mismo. Sabía que te quedarías el tiempo suficiente para ver qué pasaba con el concurso. Y dependiendo de cómo fuera el juego… bueno, tal vez si encontraba una razón para que te quedases, lo harías.

Hugo, demasiado conmovido como para decir nada, se limitó a mirar a Jack.

Recordó la noche en la que Lucy se había presentado en la puerta de la cabaña de invitados lista para volver a casa. ¿Qué le había pedido Jack que hiciese para que se quedase?

Distráela con algo. Haz que te ayude con un proyecto, siempre funciona.

Tenía razón, había funcionado.

—¿Todo ese maldito juego era una estratagema para intentar engañarme y que me quedase? —dijo Hugo al final.

Jack soltó una carcajada que conocía muy bien, una que soltaba cada vez que su propia inteligencia le sorprendía incluso a él. Le dio un codazo a Hugo en el costado y señaló hacia la escalera mecánica por la que Lucy y Christopher bajaban lentamente.

—Nosotros ganamos —respondió Jack.

Allá vamos, pensó Lucy mientras Christopher y ella se acercaban a la escalera mecánica. Su nueva vida juntos en Maine comenzaría en cuanto llegasen al final de la escalera. Christopher se detuvo en cuanto llegó y la miró.

—No pasa nada —le dijo ella—. Te puedo llevar en brazos hasta abajo o puedes intentar hacerlo tú solo. Tienes que agarrarte fuerte a la barandilla y colocarte sobre el primer escalón lo más rápido que puedas.

Él estiró el brazo, posó la mano sobre la barandilla, y la apartó rápidamente como si le hubiese quemado, pero en vez de saltar a sus brazos pidiendo ayuda por miedo, lo volvió a intentar.

Esta vez lo consiguió, se aferró a la barandilla en movimiento y se subió a la escalera mecánica. Lucy le sostuvo, agarrando la parte de atrás de su camiseta, por si acaso.

—Guau —dijo Christopher, y después se rio por su sorpresa.

—Buen trabajo, pequeño —le felicitó ella. Christopher sonreía triunfante. Había dejado salir esa misma sonrisa muchas veces últimamente. Las ojeras enormes que solía tener hacía tiempo que habían desaparecido. La mirada perdida que a veces tenía en los días difíciles ya casi se había marchado también. Y sonreía, se reía y daba volteretas por la casa sin razón aparente más que porque podía hacerlo, porque ahora estaba a salvo. Porque le querían. Porque esa seguridad y ese amor no iban a desaparecer de la noche a la mañana.

Lucy tiró suavemente hacia atrás de la espalda de su camiseta. Él la miró.

—Mamá te quiere —le dijo.

Él puso los ojos en blanco antes de responder.

—Lo sé. —Pero después, se echó hacia atrás, apoyándose en su pecho, como si con ese gesto le quisiese decir que él también la quería.

Lucy echó un vistazo al final de la escalera y vio a Hugo y a Jack esperándoles. Sonrió, aunque no les saludó ni le dijo nada a Christopher, no quería que se emocionase demasiado y empezase a correr escaleras abajo. En ese momento, él le estaba hablando de lo guay que iba a ser tener que tomar un barco para ir a clases todos los días a partir de la semana siguiente, que empezaba en el nuevo colegio. *¡Un barco! ¡Para ir al cole! ¡Todos los días!* Nunca se había montado en un barco, y ahora tendría que subirse a *¡un barco! ¡Para ir al cole! ¡Todos los días!*

Jack la saludó con un gesto de la mano. Hugo estaba demasiado ocupado peleándose con un rollo de lo que parecía papel de regalo. Ella vio cómo le daba un golpe a Jack en el brazo. ¿Qué demonios estaban haciendo esos dos? Después, Hugo y él empezaron a alejarse el uno del otro, cada uno con un extremo del papel en las manos, y desplegaron una pancarta de al menos tres metros de ancho por uno de alto en la que ponía: BIENVENIDOS, LUCY Y CHRISTOPHER.

Por supuesto, era obra de Hugo. Sus nombres estaban escritos dentro de las barrigas de unos tiburones. El suyo estaba dentro de un enorme y elegante tiburón blanco y el de Christopher estaba dentro de un tiburón martillo. Cuando Christopher vio la pancarta, abrió la boca de par en par, ya no había forma humana de detenerle. Bajó corriendo los últimos escalones y voló hacia la pancarta.

Primero, abrazó a Hugo. Y después, Lucy tuvo la oportunidad de hacer algo que llevaba soñando con hacer desde hacía semanas.

—Christopher —dijo, mientras le tomaba de los hombros y suavemente le giraba—. Este es Jack Masterson. Jack, este es Christopher. —Sonrió y, con todo el orgullo que era capaz de sentir, añadió—: Mi hijo.

Christopher observaba a Jack fascinado, con los ojos abiertos como platos.

—Saluda —le incitó Lucy.

—¿De verdad eres el Mastermind? —preguntó Christopher.

—¿Qué tiene dos manos —respondió Jack—, pero no se puede rascar?

Lentamente, una sonrisa se extendió por el rostro de Christopher.

—¡Un reloj!

—Buen trabajo, mi niño, te irá muy bien en la Isla del Reloj. Deberíamos irnos ya, Mikey está esperando en el coche.

Cuando llegaron al coche, Christopher reclamó la fila del medio para sentarse junto a Jack, mientras que Lucy y Hugo se sentaron en la parte de atrás, a solas. Cuando Jack se montó en el coche, les guiñó un ojo.

Durante todo el viaje hasta el muelle, Hugo y ella se pasaron el camino susurrando mientras que Christopher y Jack competían para ver quién hablaba más.

—Nunca le había visto tan feliz —dijo Hugo—. No en todos los años que le conozco… ni siquiera antes de la muerte de Autumn.

—Christopher está en una nube de felicidad, y creo que nunca vamos a conseguir bajarle de allí.

—¿Y tú? —preguntó Hugo—. ¿Eres feliz?

Ella apoyó la cabeza sobre su hombro.

—Es mi hijo, eso es más que suficiente.

⟵———)⟩•⟨(———⟶

Los últimos tres meses habían sido una locura, los mejores tres meses de la vida de Lucy. Había vuelto a Redwood y para los niños era como una heroína. Mientras estaba fuera, Jack se había encargado de enviar trescientos juegos completos de los libros de *La Isla del Reloj*, uno para cada niño en el colegio Redwood. Lucy se había pasado todo ese fin de semana concediendo entrevistas para los canales de televisión locales y nacionales. Y entonces, el lunes por la mañana, como no había colegio, había tenido una reunión con una abogada de derecho de familia que trabajaba con la señora Hyde. Habían tardado dos semanas en poder alquilar una pequeña casa en un buen vecindario, llenarla de muebles y alquilar un coche, pero cuando lo tuvieron todo, Christopher ya era su hijo. Por fin le habían dado el visto bueno para que pudiera ser su madre de acogida.

Ese verano, se pasaron todos los días montando en bicicleta o yendo a la biblioteca, o simplemente daban un paseo por el vecindario. Incluso salieron a patinar. Todo eso mientras ella y la señora Vargas, la abogada de derecho de familia, trabajaban en la solicitud de adopción de Lucy. Todo ello costeado hasta el más mísero céntimo por Jack Masterson.

Y Hugo decía que el dinero no podía comprar la felicidad.

Pero lo mejor, aunque fuese duro, fue cuando, por primera vez Christopher tuvo una rabieta por algo que Lucy le pidió que hiciese. Había estado esperando que llegase ese momento desde hacía mucho tiempo, el momento en el que Christopher se portase mal con ella; eso significaba que él mismo sabía que era su hijo, esta vez de verdad, y que ella era su madre, que no se iba a ir a ninguna parte sin él, incluso aunque lloriquease por tener que meter los platos que había usado para el desayuno en el lavavajillas o se negase a lavarse los dientes o a recoger sus Lego, que estaban literalmente desperdigados por toda la casa. Y ella se quejaba de que sus anteriores compañeros de casa eran desordenados...

—Hoy me está volviendo loca —le había dicho a Theresa en una tarde particularmente dura.

—Enhorabuena —había respondido Theresa entre risas—. Ahora ya eres una mamá *de verdad*.

Había momentos más duros, noches en las que Christopher se despertaba sudando por una pesadilla recurrente y llorando porque sus padres ya no estaban. Y en esos momentos ella no podía hacer nada más que abrazarle fuerte contra su pecho, intentar consolarle o leerle un cuento hasta que volvía a quedarse dormido, y, por extraño que parezca, era en esas noches que terminaban rompiéndole el corazón cuando más se sentía como una madre.

Cuando por fin llegó el día en el que Lucy pudo adoptar a Christopher oficialmente, no solo vino la señora Theresa y toda su familia, sino también todos los profesores de Christopher y todos sus compañeros de clase. Incluso la señora Costa, la trabajadora social, trajo globos para Lucy que decían: *Es un niño*. Y Lucy se alegró de que estuviese allí, porque ella había tenido razón después de todo, sí que se necesitaba un pueblo entero para criar a un hijo. Y Lucy estaba consiguiendo su pueblo. Porque esa misma tarde Hugo estaba frente a la puerta de su pequeño salón de alquiler y anunció que, como representante electo del reino encantado de la Isla del Reloj, invitaba a Lucy y a Christopher a convertirse en ciudadanos oficiales del reino.

—Nos está preguntando si nos queremos mudar a la Isla del Reloj —le susurró Lucy a Christopher al oído—. ¿Crees que deberíamos?

Él dijo que sí, dijo que sí mil veces seguidas.

Al día siguiente, sintiéndose más fuerte que nunca, Lucy llamó a Sean y se las apañó para mantener una conversación corta pero civilizada con él. Le habló sobre su aborto espontáneo, se disculpó por no habérselo dicho antes, a lo que, educadamente añadió «nunca», cuando él le preguntó si le gustaría hablarlo en persona la próxima vez que estuviese en Portland. Y con eso se acabó todo. Sean. Sus padres. Sus errores. Lucy había dejado atrás su pasado y sus fantasmas, tanto el real como el que se había imaginado.

Bueno, casi todo su pasado.

◄————————)│•((———————►

—Aquí estamos, Lucy —dijo Jack desde el asiento de delante.

—Gracias —respondió Lucy—. Prometo que no tardaré demasiado, solo voy a hacerle una visita rápida.

Jack echó la mano hacia atrás y le tomó del brazo con suavidad, mirándola fijamente a los ojos.

—Tarda todo el tiempo que necesites —dijo Jack.

—¿Puedo ir yo? —preguntó Christopher.

—Todavía no. Pero pronto, te lo prometo —respondió Lucy—. Quédate con Jack y con Hugo.

—No —replicó Hugo—. Yo voy también, te esperaré en el pasillo.

Lucy sabía por el tono de Hugo que no tenía sentido discutir. Le dedicó una sonrisa de ánimo a Christopher, y Hugo y ella salieron del coche. Pasaron por las puertas giratorias de cristal del centro de atención oncológica.

—¿A dónde vamos? —preguntó Hugo cuando llegaron al ascensor.

—A la tercera planta —respondió ella, con el estómago encogido y en voz baja. El cartel sobre la puerta del ascensor

decía: NO ESTÁ PERMITIDO QUE LOS NIÑOS MENORES DE DIECIO-
CHO VISITEN A LOS PACIENTES.

Hugo pulsó el botón del tercer piso y el ascensor empezó a subir.

—No tenías por qué haber venido…

—Sí, tenía que hacerlo —respondió él—. ¿Sabe ella que
vas a visitarla?

—Le dije que vendría a verla esta semana, pero me
mandó un mensaje diciéndome que hoy la harían algunas
pruebas.

Hugo le hizo la pregunta que ella había estado intentando evitar.

—¿Sabes cuán grave es?

—Es grave —dijo Lucy, temblando—. Puede que le que-
den tres meses, cuatro si tiene suerte. Dios, hemos perdido
tanto tiempo.

Él no dijo nada, se limitó a tomarle la mano y a darle
un suave apretón.

El ascensor se detuvo en la tercera planta, las puertas se
abrieron y Lucy se dirigió a la habitación 3010.

—Yo estaré aquí esperándote —dijo Hugo. Lucy respiró hondo.

—Es tan injusto —murmuró—. Acabo de recuperarla.
Pero tú lo sabes mejor que nadie.

—Lo sé. —Hugo depositó un beso en su frente.

Lucy volvió a respirar hondo para intentar tranquilizarse y entró en la habitación.

—¿Angie? —la llamó mientras apartaba la cortina de
flores que rodeaba la cama.

Angie estaba sentada en una silla, con un bonito pañuelo de cachemira en la cabeza, una manta azul sobre el
regazo y el iPad en la mano.

—Lucy —dijo Angie con una sonrisa feliz pero cansada. Dejó el iPad en la mesilla—. ¿Cuándo has llegado?

Quería abrazar a Angie, pero tenía un catéter intravenoso o algún tipo de vía en el brazo y le daba miedo tocarla. Pero Angie tendió su brazo libre hacia ella y Lucy le tomó la mano que le tendía. Tenía la piel fría y la mano demasiado delgada, pero le dio un fuerte apretón.

—Hace veinte minutos.

Los ojos de Angie se abrieron como platos. Señaló hacia la puerta con el dedo.

—Vete. Ahora. Vete y vuelve mañana. Seguiré estando aquí.

Lucy ignoró sus órdenes y, en cambio, se sentó en la silla que había libre.

—¿Tienes que quedarte aquí a pasar la noche?

—Con mi historial médico están siendo demasiado precavidos —dijo Angie encogiéndose de hombros—. Es lo que hay. Ahora, vete *ahora mismo* y vuelve *más tarde*.

—Solo quería decirte en persona que lo hemos conseguido. ¿Quieres que venga para llevarte de vuelta a casa mañana o que me pase a darles de comer a los gatos esta noche o algo así?

—He dejado a los gatos con mi vecina. Y ya tengo quien me lleve de vuelta a casa mañana. Lo que quiero que hagas es que salgas por esa puerta, te vayas con tu hijo y te lo lleves a la Isla del Reloj. Y quiero que grabes muchos vídeos y hagas muchas fotos para que me lo envíes luego todo. Y quiero verte mañana y quiero ver a Christopher a finales de esta semana cuando esté de vuelta en casa. ¿Vale? Ahora vete antes de que me enfade de verdad. Me has interrumpido mi lectura. —Volvió a tomar el iPad.

—Me voy. —Lucy levantó las manos sobre la cabeza, rindiéndose—. Si te vas a poner borde.

Angie se rio, pero la sonrisa no le llegó a la mirada.

—Gracias por haber venido, hermanita.

Lucy volvió a tomarle de la mano.

—Solía enfadarme tanto cuando no me dejaban visitarte en el hospital.

—Por suerte, ahora eres lo suficientemente adulta. Es divertido, ¿verdad?

—Divertidísimo. —Lucy intentó sonreír, pero no lo consiguió—. ¿Estás bien?

—Estoy en paz. —Angie sonrió, cansada—. Así que vete. *Fus*. Te veré pronto. Dale un abrazo a mi sobrino de mi parte, por favor.

—Lo haré. —Lucy se dirigió a la puerta y entonces se acordó de algo—. Ah, Christopher quería que te diese una cosa. Es raro, pero quería que lo tuvieses.

—Entonces yo quiero tenerlo.

Lucy abrió su bolso y sacó un regalo mal envuelto en papel de seda azul y atado con el cordón de un zapato.

—Como puedes ver, lo ha envuelto él solito.

Angie tomó el regalo que le tendía y, sonriendo, desató el nudo y rasgó el papel. Debajo de todo ese envoltorio había un tiburón martillo de juguete, el mismo que Lucy le había regalado a él.

—Adora los tiburones —explicó Lucy—. Deberías sentirte honrada. Ese tiburón martillo es su favorito.

Angie sostuvo la pequeña figurita de plástico entre sus manos como si fuese su tesoro más preciado. Después rodeó el cuerpecito del tiburón con sus dedos y se lo llevó hacia el pecho, contra su corazón. Y justamente en ese instante, sin bombo ni ceremonia, sin fuegos artificiales o lágrimas derramadas, Lucy perdonó por fin a Angie, y fueron solo dos hermanas, hermanas de verdad, por primera vez en sus vidas.

—Dile que me siento muy honrada —dijo Angie.

Tras eso, Lucy salió al pasillo, donde Hugo seguía esperándola. Se levantó de su asiento y abrió los brazos. Ella fue directa hacia allí y él la abrazó con fuerza contra su pecho.

—No me digas que todo irá bien —le pidió ella.

—Nunca —respondió él—. Sé que no hay que mentir.

Le dio un beso en la coronilla.

—Vamos —añadió—. Vámonos a casa.

Para cuando llegaron al coche Lucy ya se había secado las lágrimas. Tendría mucho tiempo para llorar, pero hoy no. Hoy era el día de Christopher, no el de ella. Ahora era madre, y tenía que dejar lo que sentía a un lado.

Veinte minutos más tarde, ya habían llegado a la terminal del ferri.

—¿Listo? —le preguntó Jack a Christopher.

Christopher respondió gritando mucho más alto de lo necesario.

—¡Listo!

La brisa era cálida y el sol brillaba, el cielo estaba más azul de lo que Lucy lo había visto nunca mientras el transbordador los llevaba hacia la isla. Christopher y Jack estaban el uno junto al otro de pie en la proa. Jack solía señalar algo. Después era Christopher quien señalaba. Cuando Jack se colocaba una mano como si fuese una visera sobre los ojos para observar a un pájaro volando sobre sus cabezas, Christopher le imitaba.

Lucy, al lado de Hugo, se echó a reír.

—Parecen un abuelo y su nieto.

—Lo son. —Hugo la sonrió—. ¿Jack y tú ya habéis decidido cuál va a ser tu trabajo como su compañera de aventuras oficial?

—Tenemos grandes planes —dijo ella—. Para empezar, vamos a crear una organización benéfica para darles libros, mochilas y material escolar gratis a los niños de acogida. Y todos los paquetes que enviemos irán con matasellos de la Isla del Reloj. ¿Qué te parece?

—Creo que es una de las mejores ideas que he oído jamás.

—Creo que lo vamos a llamar…

De repente, Hugo miró fijamente hacia el frente del barco y extendió su mano hacia allí.

Lucy se quedó callada.

—¿Qué pasa? —susurró.

—Christopher, ven aquí —le llamó Hugo. Christopher se volvió y corrió hacia él—. Mira.

Hugo señaló hacia el mar donde había un pequeño triángulo gris rompiendo la superficie de las olas antes de volver a esconderse bajo el mar de nuevo.

—¿Es un tiburón? —soltó Christopher sin poder creérselo.

—Tenemos muchos por aquí —respondió él—. Nunca te metas en el mar a nadar con un sándwich de embutido en el bolsillo.

El ferri se acercó lentamente pero sin detenerse al extremo sur de la Isla del Reloj. Las seis, las cinco, las cuatro.

Lucy sacó su teléfono móvil del bolsillo y empezó a grabar. Angie quería que le enviase fotos y vídeos, así que eso haría.

Y, por fin, ahí estaba, brillando bajo el sol. La casa en la Isla del Reloj.

—Hogar, dulce hogar —le dijo Jack a Christopher.

—¿Qué? ¿Esa es nuestra casa? —preguntó Christopher. Miró hacia Hugo y hacia Lucy completamente sorprendido.

—Lo es —dijo ella—. ¿Te gusta?

El ferri atracó en el muelle. El capitán paró los motores.

—Tic, tac —dijo Jack—. Bienvenidos al Reloj.

La sonrisa de Christopher brillaba más que el sol.

Hugo fue el primero en bajar del barco y después ayudó a Lucy a bajar, ella ayudó a Christopher y, juntos, los tres ayudaron a Jack.

Christopher estaba fascinado por los tiburones que había pintados en las paredes y por el mar, por supuesto, que veía a través de la ventana de su dormitorio. Después, mientras Jack estaba enseñando a Christopher cómo usar una máquina de escribir y dándole algunas nueces a Thurl Ravenscroft, Hugo se llevó a Lucy al pasillo.

—¿Qué? —susurró ella.

Él echó un vistazo a la derecha y luego a la izquierda. Tenía una mano detrás de la espalda, algo que Lucy pensaba que era muy sospechoso.

—No le cuentes a nadie que te he dado esto. La editora de Jack me mataría si lo supiera. —Hugo sacó la mano de detrás de su espalda.

Un libro. No cualquier libro.

—*Un deseo para la Isla del Reloj* —dijo—. Espero que te guste la portada.

Los ojos se le llenaron de lágrimas mientras observaba atentamente el trabajo que había hecho Hugo. Un niño que se parecía a Christopher estaba sentado en una cama individual mientras una mujer que era exactamente igual que ella le estaba leyendo un cuento de buenas noches. Por la ventana, el hombre en la luna les observaba como si estuviese intentando escuchar también la historia.

Lucy no sabía qué más decir aparte de:

—Hugo…

—Lo he leído —dijo—. Es la historia de Astrid, la niña del primer libro que vuelve a la Isla del Reloj cuando se hace mayor.

—¿Yo soy Astrid en la portada?

—Claro que lo eres. Ella y su hijo se enteran de que el Mastermind ha desaparecido y tienen que trabajar juntos para encontrarle.

—¿Le encuentran?

Él sonrió ampliamente.

—Supongo que tendrás que leerlo para descubrirlo. Y deberías leerlo. Es la caña.

—¿Supongo que esa es tu manera de decir que «es bueno»?

—Vas aprendiendo.

No podía apartar la mirada de la portada. Ahí estaba Christopher, con sus grandes ojos azules y su pelo negro totalmente despeinado. Y ahí estaba ella, con su cabello castaño, su perfil e incluso una de sus bufandas tejidas a mano rodeándole el cuello.

—De pequeña quería ser ella, ¿lo sabías?

—Ahora lo eres. Mientras no me quieras demandar por haber usado tu cara sin tu permiso.

Ella le rodeó el cuello con los brazos y le besó con tanta fuerza que casi dejó caer el libro con el impulso.

Christopher salió corriendo al pasillo, llamándola. Lucy se apartó de Hugo y metió el libro en su bolso.

—¡Mamá! ¡Mamá! ¡Mamá! ¡Le he dado de comer a un cuervo de verdad!

Nunca se cansaría de oírle llamarla «mamá». Incluso ni aunque lo dijese cien veces seguidas.

—¡Lo he visto! Buen trabajo. ¿A dónde vamos ahora? —le preguntó Lucy a Jack—. ¿Al pozo de los deseos? ¿Al faro? ¿Al Vendedor de Tormentas?

—Oh, tengo una idea mucho mejor. —Jack tomó a Christopher de la mano y le llevó hacia el patio de la casa.

Hugo tomó a Lucy de la mano y les siguieron.

—Quédate justo aquí —le pidió Jack a Christopher. Todos se quedaron de pie en la parte de atrás de la casa mientras Jack se acercaba a la Ciudad de Segunda Mano.

—¿Qué está haciendo? —le preguntó Lucy a Hugo en un susurro.

—Ha estado muy ocupado mientras os esperaba. Mira eso.

Oyeron un ruido, como el de unas ruedas de hierro girando, y el sonido de un silbato. Y entonces apareció el *Expreso de la Isla del Reloj* en el horizonte, pintado de negro y amarillo brillante y con Jack en el asiento del conductor.

—¡Lucy! —la llamó Jack—. ¡Por fin he terminado de colocar las vías! ¿Quieres que te lleve a la estación de Samhain, Christopher? ¡He oído que allí siempre es Halloween!

Christopher estaba completamente callado. Tenía los ojos abiertos como platos. Lucy sabía qué iba a ocurrir a continuación así que sacó su teléfono móvil y empezó a grabar un vídeo para Angie.

Él respiró hondo, hinchando su pecho, alzó las manos sobre la cabeza y gritó todo lo alto que pudo de pura alegría.

¿Y por qué no?, pensó Lucy. Ella también gritó. Y Hugo también. Y Jack.

Cuando tienes que gritar, gritas.

Las aventuras de la Isla del Reloj. ¡Consíguelos todos!

1. La casa en la Isla del Reloj

2. Una sombra cae sobre la Isla del Reloj

3. Un mensaje de la Isla del Reloj

4. El embrujo de la Isla del Reloj

5. El príncipe de la Isla del Reloj

6. El mago de invierno

7. En busca de la Isla del Reloj

8. Noche de los duendes en la Isla del Reloj

9. Calaveras y trampas (Una súper aventura de la Isla del Reloj)

10. El cuervo mecánico

11. La máquina fantasma

12. Una noche oscura en la Isla del Reloj

13. Los piratas de Marte contra la Isla del Reloj

14. El fantasma de la ópera de la Isla del Reloj

15. Los jinetes sin cabeza

16. La balada de Pie Grande

17. ¡La Isla del Reloj está siendo atacada!

18. El rey perdido de la Isla del Reloj

19. Una bruja del tiempo

20. El hechizo de octubre

21. Hombres lobo en la Isla del Reloj

22. El barco de las pesadillas

23. *El conde de la Isla del Reloj*

24. *El reloj de arena encantado*

25. *La escalera secreta*

26. *El monstruo marino dice «monstruo»*

27. *El cazador de nubes*

28. *El circo misterioso*

29. *La noche estrellada*

30. *La princesa de la Isla del Reloj*

31. *La puerta esqueleto*

32. *Misterio en el Expreso de la Isla del Reloj*

33. *El bosque de las horas perdidas*

34. *Abuelo Reloj, abuela Tiempo*

35. *¡Atrapados! en la Isla del Reloj*

36. *Máscaras y bailes de máscaras*

37. *La llave de la Torre del Reloj*

38. *El carnaval de la luna*

39. *El guardián de la Isla del Reloj*

40. *Los náufragos de la Isla del Reloj*

41. *¡La Isla del Reloj en el espacio!*

42. *El unicornio de cristal*

43. *La caída de la casa de la Isla del Reloj*

44. *El mapa del laberinto*

45. *El sabueso de la Isla del Reloj*

46. *El bazar extraño*

47. *Cuentos olvidados de la Isla del Reloj*

48. *Mientras el espantapájaros vuela*

49. *Un peligro navideño*

50. *El ladrón del trueno*

51. *El viajero del tiempo perdido*

52. *El secreto de la Isla del Reloj*

53. *La paradoja del puzle*

54. *Escapada a la Isla del Reloj*

55. *La biblioteca de Casi Todo*

56. *El reloj maldito*

57. *El dispositivo dinosaurio*

58. *Una caja de acertijos*

59. *Un espía en la Isla del Reloj*

60. *La linterna de fuego del zorro*

61. *El bandido de los cuentos*

62. *La aventura del gato negro*

63. *El caldero del tiempo*

64. *La criatura del lago de la Isla del Reloj*

65. *Érase una vez un reloj*

66. *Un deseo para la Isla del Reloj*

También de Jack Masterson

NO FICCIÓN

Coescribir con cuervos y otras historias de la Isla del Reloj

POESÍA

Yo, cíclope

Cancionero para arañas

AGRADECIMIENTOS

En teoría, escribir un libro es un trabajo solitario, pero en realidad hay miles de manos invisibles sobre el teclado cuando un autor escribe. En primer lugar, tengo que dar las gracias al Willy Wonka de Gene Wilder por apoderarse de mi cerebro cuando iba a tercero de primaria. ¿Te imaginas tener la oportunidad de participar en un juego que podría cambiarte la vida? ¡Ay, lo que daría por ser Charlie! También, mi más profunda gratitud a los cientos de padres de acogida y a los niños que estuvieron en acogida y que han compartido sus vivencias en las redes sociales, en los libros o incluso en las noticias. No existe una única historia que valga para todas las familias y los niños de acogida o adoptados. Algunas son historias felices. Otras son historias de miedo. Pero sé que todos podemos estar de acuerdo en que todos los niños en acogida se merecen un final feliz como el de Christopher. Ojalá esos niños y sus cuidadores puedan experimentar esa felicidad. Pido disculpas por cualquier error u omisión que haya podido cometer en las descripciones de cómo es de verdad el proceso legal y la realidad de la acogida. Decidí centrarme en las esperanzas, los sueños y los deseos que puede tener un niño en acogida más que en los intrincados procesos de este sistema tan complicado.

Gracias a mis maravillosos padres y a mi fabulosa hermana por su amor y apoyo. Gracias a mi fantástico marido por detectar los problemas del libro que nadie más había visto. Gracias a mis primeros lectores, que me prestaron una ayuda de valor incalculable. Kira Gold, autora y diseñadora con un inmenso talento quien, como Hugo, tiene un hermano con síndrome de Down al que quiere con locura. También muchísimas gracias a Kevin Lee, mi artista británico favorito, y a Karen Stivali, escritora, madre y antigua terapeuta (y una amiga a la que adoro). A Earl P. Dean, que fue el primer escritor en leer las páginas iniciales de esta historia y me dijo que si la terminaba de escribir le encantaría poder leerla. Gracias, Earl, y ¡espero que la disfrutes!

Gracias a mi fabulosa, increíble y brillante agente literaria Amy Tannenbaum y a todo el maravilloso equipo de la agencia Jane Rotrosen. A todos los aspirantes a escritores: ¡hay vida después de toda la pila que va a la basura! Gracias a Shauna Summers, extraordinaria editora. Tus ideas y tu entusiasmo no tienen precio.

Y un agradecimiento muy especial al episodio 470 de *This American Life:* «Just South of the Unicorns». Cuenta la historia de Andy, un niño que, en 1987, se escapa de su casa en Nueva York y se va a Florida, donde se presenta en la puerta de Piers Anthony, un escritor famoso de fantasía y el héroe de Andy. De verdad, Andy, este libro es para ti y para todos los niños que, en tiempos oscuros, encuentran la luz entre las páginas de los libros.

Muchas gracias a todos.

P. D.: Niños, no os escapéis de casa, por favor.

Sobre la autora

Meg Shaffer es profesora de escritura creativa a media jornada y candidata a un máster en guion de cine y televisión en Stephens College, en Columbia, Missouri, a tiempo completo. Vive en un constante estado de incertidumbre. Meg es la abreviatura de Megalodón.